KB006258

"이 일은 저 두 사람이 알게 해선 안 돼.
……무슨 일이 있어도."

굳게 결심한 표정을 짓는 소녀의 말에
라파엘은 흐뭇해하며
머리를 쓰다듬었다.

"무리하지 마라,
포레. 나도 있다."

마왕인 내가
노예엘프를
신부로 삼았는데
어떻게 사랑하면
되지?

기적이 일어나는 밤
<아시엘 이메라>가
다가온다!

"그동안 잘 지냈나요.
〈슈테른〉, 〈몬트〉,
나의 '천사 사냥꾼'들.
잠에서 깨어난 기분은 어때요?"

소녀는 느긋하게 말을 걸더니
'그것'을 들어서 입을 맞춘다.

마왕인 내가
노예 엘프를 신부로 삼았는데
어떻게 사랑하면 되지?
8

지음／**테시마 후미노리** • 일러스트／**COMTA** • 옮김／**권미랑**

NEXT

커버 그림 · 본문 일러스트   **COMTA**

Contents

──어라……? 무슨 일이 있었던 거지…….

혼탁한 의식 속에서 쿠로카는 멍하게 생각한다.

지금 바닥에 쓰러져 있는 걸까. 바닥의 서늘한 감촉이 전해져온다. 휙 내던져진 팔다리는 무거워서 전혀 힘이 들어가지 않는다.

──귀는, 들린다. 코도……괜찮아.

팔다리가 움직이지 않아서 지팡이를 잡지는 못하지만 눈의 빛을 잃은 쿠로카가 주위를 지각하기 위한 기능은 손상되지 않았다.

다만 목소리는 나오지 않았다.

냄새로 추측해보건데 이곳은 큐아노에이데스의 거리 어딘가일 것이다. 사람과 음식, 그리고 축축한 흙냄새가 뒤섞여 있다. 적어도 교회는 아닌 것 같다.

시끌벅적한 거리의 소리가 조금 떨어진 곳에서 들려온다. 그렇다면 여긴 뒷골목이나 실내인가. 아니, 햇빛과 바람이 느껴지는걸 보면 역시 실외다.

그러고 있는 동안 조금 회복된 걸까, 간신히 고개를 들 힘이 생긴다.

역시 감각이 이상한 것 같다. 어디인지는 설명하기 힘들지만 팔다리가 내 것이 아닌 다른 어떤 것으로 변한 것 같은 느낌이다.

일어날 수가 없어서 그 자리에서 발버둥치고 있자 뭔가가 손에걸린다. 부드러운 그 물체가 옷이라는 것을 깨닫자 핏기가 가신다.

과연 자신은 지금 옷을 걸치고 있는 걸까?

──지팡이……내 지팡이는?

자리에서 일어나려고 해도 걸으려고 해도 지팡이가 없으면 주위 상황을 하나도 알 수가 없다. 손가락과 발가락의 감각이 둔해서 설사 지팡이를 찾아내더라도 쥘 수나 있을지 의문이지만.

"……? 어이, 누가 거기 있나?"

그 말에 몸이 딱딱하게 굳는다.

목소리의 주인은 남자인 것 같다. 눈이 보이지 않는 쿠로카는 자신이 지금 어떤 모습을 하고 있는지조차 모른다. 자신의 망측한 모습에 수치심을 느끼지 않을 정도로 여성으로서의 자신을 버린 건 아니다.

그런 쿠로카의 공포를 아는지 모르는지, 목소리의 주인은 허탈한 듯 쓴웃음을 흘린다.

"뭐가 이렇게 소란스럽나 했더니 너였구나, 아기 고양이. 싸움이라도 했냐?"

남자는 다정한 목소리로 그렇게 말하더니 쿠로카의 몸을 슥 들어 올린다.

쿠로카의 체구가 작긴 하지만 사람 한 명을 이렇게 번쩍 들어 올리는 건 보통 사람에게는 불가능한 일이다. 그런 일이 가능하다면 그는 틀림없이 마술사다.

큐아노에이데스는 〈마왕〉 자간 덕분에 치안은 좋은 편이지만 대부분의 마술사들이 악당이라는 사실에는 변함이 없다. 그리고 묘수인(猫獸人)인 쿠로카는 마술사에게는 양질의 **재료**가 된다. 몸도 제대로 움직이지 못하는 쿠로카에게는 저항할 방법이 없다.

잔뜩 경직되어 있자 남자는 쿠로카의 얼굴을 가만히 쳐다본다.

"응……? 눈이 안 보이는 거냐? 보아하니 새로 생긴 상처는 아닌 것 같은데. 그런데도 잘 살아온 걸 보면 누가 키우는 고양이인가? 그런데 왜 이런 곳에 있지?"

예상과 달리 그 목소리는 진심으로 쿠로카를 걱정해주고 있는 것 같았다.

──그런데 이 사람, 왠지 나를 진짜 고양이처럼 말하고 있는 것 같은데……?

처음에 '새끼 고양이'라고 한 건 소녀에 대한 비유라고 생각했는데…….

그런 다음, 남자의 시선이 자신에게서 다른 곳으로 이동하는 것이 느껴졌다.

"뭐야, 이건. 옷……이군. 누가 세탁물이라도 떨어뜨렸나?"

아무래도 쿠로카의 옷은 바닥에 흩어져 있나 보다. 그 옷과 자신을 번갈아 보고 있는 게 느껴졌다.

"설마……. 아니겠지? 어이, 할퀴지 마, 아프잖아. 안 잡아먹으니까 무서워하지 말고."

최소한의 저항으로 쿠로카는 남자의 손을 할퀴었지만 슬프게도 너무 무력했다.

동시에 그 팔이 자신을 잡고 있는 손에만 닿는다는 것을 깨달았다.

──내 몸, 설마……?

남자는 절망하는 쿠로카를 안아든 채 천천히 걷기 시작한다.

"어차피 오늘은 비번이라 한가하니까 상처 정도는 봐주마. 널 발견한 사람이 나라는 점에 감사하도록 해, 쿠로스케! 검은 고양이니까 쿠로스케다. 하하하, 마음에 드냐? 그래, 그래, 알았으니까 물지 좀 마. 피가 나잖아!"

남자의 괴멸적인 네이밍에 절망한 쿠로카는 꼼짝 없이 남자의 손에 들려 어딘가로 끌려간다.

──왜, 이런 일이…….

어렴풋이 깨닫고는 있었다. 자신은 다른 사람보다 불운한 체질인지도 모른다는 건. 하지만 이번 일은 불운으로 치부하기엔 다소 무리가 있는 재난이었다.

쿠로카는 알지 못했다. 이때 복수의 장소에서 사건이 일어나고 있었다는 것을.

사건의 발단은 그날 아침으로 거슬러 올라간다.

"왕이여, 오늘도 마을에 갈 생각인가?"

아침. 〈마왕〉 자간의 거성에 있는 옥좌의 방에서 외출 준비를 하고 있던 자간에게 초로의 집사가 말을 건다.

라파엘이다. 주름 하나 없이 단정한 연미복에 차분한 모습. 쉰이 넘는 나이에도 꼿꼿한 등, 얼굴에는 깊이 새겨진 흉터. 왼팔에는 어깨까지 덮은 갑주를 하고 있어서 평범한 사람처럼 보이진 않지만 그 손에 쥐어져 있는 건 국자다.

충신의 말에 자간은 가만히 고개를 끄덕였다.

"그래. 하지만 혼자 알아보는 것도 슬슬 한계인 것 같아서 오늘은 키메리에스와 함께 갈 생각이다."

자간은 옥좌 위에서 대답한다.

오늘도 여느 때와 다름없이 어린아이가 보면 울음을 터뜨릴 것 같은 인상. 요즘은 빗질도 좀 하는 등 나름대로 노력을 하고 있는 흑발. 그렇지만 여전히 험악한 빛을 발하는 은색 눈동자. 긴 망토 안에는 로브를 입은 마술사 차림.

그렇게 대답하자 라파엘은 흐음 하는 소리를 내며 팔짱을 꼈다.

"나의 왕의 옛 친구……마르크라고 했던가. 왕이 이 정도로 애를 썼는데도 어떤 단서도 발견하지 못했다니, 도대체 어떤 사람인지 궁금하군."

자간이 마술사가 되기 전, 뒷골목에서 쓰레기를 뒤지며 살았을 때의 일이다. 원수 같은 친구, 아니, 형제처럼 지내던 사람들이 있었다. 마르크는 그중 한 명이다.

──그 남자(마르크)의 뒤를 쫓으면 될 거예요──

그 말을 들은 것도 벌써 한 달 전이다.

〈아자젤〉의 정체를 찾는 자간에게 흡혈귀 소녀 알시에라는 그렇게 말했다. ……그래놓고 그의 뒤를 쫓지는 말라고도 했다.

큐아노에이데스에서 멀리 떨어진 동쪽의 섬나라 류카온에서 있었던 일이다.

당연히 자간은 큐아노에이데스로 돌아오자마자 마르크의 행방을 찾았다. 자신과 마르크, 그리고 또 한 아이가 만나서 살았던 곳이 이 마을이기 때문이다.

그런데 한 달을 찾았는데도 아직 작은 단서 하나 발견하지 못했다.

──애당초 살아 있기는 한 걸까?

품에서 낡은 안경을 꺼낸다.

마르크가 사용하던 것이다. 안경테는 녹이 슬어서 움직이지 않고 렌즈에는 금까지 갔다. 적어도 몇 년은 사용하지 않았다는 것을 알 수 있다.

자기도 모르게 입을 다문 채 가만히 있는 자간을 보고 라파엘은 고개를 옆으로 흔든다.

"나의 왕이 진정으로 원하고 있는 건 〈아자젤〉의 정체였군."

예전에 네피의 고향──엘프의 숨겨진 마을에 남아 있던 수기에 적혀 있던 이름이다. 그 기술에 열두 자루의 성검의 이름이 나열되어 있어서 자간은 그것이 열세 번째 성검일 거라고 추측했다.

——그렇게 골치 아픈 검이 열세 번째가 또 존재한다면 그 소재를 확실히 밝혀두고 싶다.

또한 엘프의 숨겨진 마을에 남아 있었으니 네피와도 관계가 있을지 모른다.

고작 그 정도 생각으로 시작한 일이었다.

분명 그랬다.

그런데 그 이름과 엮이기 시작하면서 이상한 일만 계속 일어나고 있다.

라파엘의 의붓딸이자 마술사를 저주했던 소녀 쿠로카의 습격. 자간과 의붓딸에게 걸린 저주. 포레를 폭주시킨 지긋지긋한 흡혈귀, 그리고 두 번째 만났을 때는 어째서인지 중상을 입고 있었던 알시에라와의 만남. 최강의 성기사장 미하엘과 〈마왕〉의 필두인 안드레알푸스의 비밀. 그리고 마르크처럼 옛 친구인 스텔라와의 재회.

하나같이 골치 아픈 사건이긴 했지만 분명 아무 접점도 없는 일이었다.

——하지만 그 일들은 어떤 부분에서 서로 연결되어 있었던 건지도 몰라.

어쩌면 마족의 존재, 아니, 의붓딸(포레)과의 만남조차도 말이다. 알시에라의 말에 따르면 그 접점이 바로 마르크라는 남자라고 한다.

그리고 실제로 그 발자취를 쫓아보니 이번에는 아무 흔적도 발견할 수 없었다. 이것을 단순히 우연이라고 치부하는 건 너무 낙관적인 생각이다.

미간을 누르고 있다가 라파엘이 계속 그의 말을 기다리고 있다는 것을 깨달았다.

"⟨아자젤⟩에 관해서는 어느 정도의 가설을 세울 수 있게는 되었다."

"호오, 내가 들어도 되는 이야기인가?"

"상관없어. 성검과 관련이 있는 이상 너도 아무 관계가 없는 건 아니니까."

성 안에서 검을 지니고 다니는 건 삼가하고 있지만——그래봤자 근처에 없는 건 아니지만——라파엘은 열두 자루의 성검 중 한 자루를 맡아서 가지고 있는 전(前) 성기사장이다.

자간은 자신의 생각을 정리하는 것처럼 입을 연다.

"어디서부터 이야기할까. ……그래, 성기사장 미하엘은 알고 있지? 자네의 전 동료 말이야."

"물론이지. 정체를 알 수 없는 남자라서 대화를 나눈 적은 별로 없지만."

"역시 예리하군. 그 녀석의 정체는 ⟨마왕⟩의 필두인 안드레알푸스였다. 섣불리 건드렸으면 아무리 자네라도 목숨을 부지하기 힘들었을지도 몰라."

그 대답에 라파엘의 눈도 휘둥그레졌다.

자간은 집사의 동요가 잦아들기를 기다렸다가 입을 연다.

"녀석의 말에 따르면 성검에는 '천사'라는 것이 봉인되어 있다고 하더군. 〈마왕의 각인〉에 마신이 봉인되어 있는 것과 똑같은 원리지."

"천사? 나도 오랜 세월 교회에 몸을 담고 있었지만 한 번도 들어본 적 없는 이름이군."

의아해하는 라파엘을 보고 자간은 어깨를 으쓱이며 대꾸했다.

"그렇겠지. 선대 〈마왕〉 마르코시어스와 인연이 있었는데 이름도 남지 않을 정도로 완벽하게 소멸되었다고 하니까. 자네의 반응을 보아하니 교회에도 천사의 이름은 남아 있지 않은 것 같군."

"흐음……? 천사라는 건 하늘의 사자라는 뜻인가. 그렇다면 신과 관계가 있는 존재였을지도 모르겠군. 〈마왕〉과의 사이에 싸움이 일어나는 건 당연하다면 당연한 일인가."

"하늘의 사자라고 해서 꼭 깨끗하고 올바른 선인인 건 아니지. 마술사는 당연히 제거해야 하는 악이라고 단정 짓고 있는 시점에서 교회의 정의라는 것도 비뚤어져 있는 거니까."

"찔리는 이야기군."

라파엘은 떨떠름한 표정을 지으며 고개를 옆으로 흔들었다.

"중요한 건 그게 아니야. 하나 더, 류카온에서 우연히 만난 흡혈귀는 〈아자젤〉을 사람의 이름처럼 부르더군. 이 두 가지가 사실이라면 이름의 의미도 알 수 있는 것 아닌가?

자간이 무슨 말을 하려는지 깨달은 건지 라파엘의 표정이 험악해졌다.

"즉 〈아자젤〉은 천사의 이름이라는 건가?"

"아마도. 그렇게 생각하면 엘프의 마을에서 발견한 수기의 의미도 달라지지. 처음엔 성검 소지자에게 협력하라는 뜻인 줄 알았는데……."

"성검이 아니라 천사를 따르라……는 건가."

"그래. 애당초 엘프들은 인간보다 신이나 정령에 가까운 존재라고 하니까."

자간은 고개를 끄덕였다.

엘프의 수기는 아주 오래된 것이었다. 숨겨진 마을이라는 철저하게 수호되던 환경이었기에 마르코시어스의 손에서도 벗어날 수 있었을 가능성이 높다.

게다가 엘프의 언어는 난해하고 신령언어는 하이 엘프인 네피조차 그 정확한 의미를 모른다. 그러니 의미를 잘못 파악했을 수도 있다.

그러자 라파엘은 다시 기억을 되짚는 것처럼 검지로 관자놀이를 눌렀다.

"왕이여, 예전에 오로바스의 꿈을 꾼다는 이야기를 한 적이 있지?"

"그래, 지금도 꾸고 있나?"

예전에 라파엘은 마족과의 싸움에서 빈사의 중상을 입은 적이 있었다고 한다. 그때 같은 장소에서 목숨을 잃은 현룡 오바로스의 피 덕분에 목숨을 부지할 수 있었다. 그 때문일까, 오바로스의 기억에 대한 꿈을 꿀 때가 있다고 한다.

라파엘은 고개를 흔든다.

"아니, 왕이 류카온에서 돌아온 후로는 꾸지 않네. 그런데 그 꿈에도 〈아자젤〉이라는 이름이 나왔던 것 같은 기분이 드는군."

"정말인가?"

그 말에는 자간도 옥좌에서 몸을 앞으로 내밀지 않을 수 없었다.

"무슨 이야기를 들었지? 적이라고 하던가? 아니면 아군이나 수하?"

"글쎄, 잃어버렸다……. 아니, 부서졌다고 했던가. 어쨌든 지금은 존재하지 않는다는 투였다. 그리고, 그래. 도움이 될 터었다……고 표현해야 할까, 적어도 적대시하는 대상을 향한 말은 아니었어."

"협력 관계, 또는 손에 든 패 중 하나였다는 건가……?"

〈아자젤〉이 천사였든 성검이었든 〈마왕〉의 밑에 있었다면 당연히 교회에서는 기피하는 대상이었을 것이다.

──하지만 천사를 제거할 정도로 증오했던 마르코시어스가 천사인 〈아자젤〉을 자신의 곁에 두려고 할까?

설령 성검이라고 해도 그 안에 천사가 존재하고 있다는 사실에는 변함이 없다. 〈마왕〉의 증오가 그것을 허용했다고 보기 힘들다.

라파엘은 골머리를 앓고 있는 자간을 타이르는 것처럼 말했다.

"그냥 내게는 그렇게 들렸다는 말이다."

"아니, 자네가 어떻게 느꼈는지는 중요해. 오바로스의 기억을 추체험하고 있는 것이라면 그 감정은 필시 자네의 시점에도 영향을 주고 있을 테니까."

즉 라파엘의 느낌은 믿을 수 있다는 뜻이다.

자간은 팔짱을 끼고 등받이에 몸을 기댔다.

"역시 가설이라고 해도 아직 정보가 부족하군."

가설도 '어느 정도'의 영역을 벗어나지 않는 추론의 단계다. 전제로 생각하기엔 다소 성급한 감이 있다.

엘프의 수기에 있는 기술 하나도 새로 입수한 정보에 의해 그 의미가 바뀌었을 정도다. 그러니 지금 생각하고 있는 전제가 완전히 뒤집어질 수 있다는 가정 정도는 해둘 필요가 있다.

아직 손에 쥐고 있는 안경으로 다시 시선을 준다.

"결국 지금은 이 녀석의 행방을 쫓는 것 말고 다른 단서는……."

말을 하다가 문득 무언가 생각났다.

"왜 그러지, 왕?"

"그러고 보니 고메리와 발바로스가 신경 쓰이는 말을 했던 게 생각났어."

"어떤 말이었지?"

"그 녀석들, 마르크의 얼굴이 왠지 낯익다는 식으로 말했어."

하지만 본인 역시 기분 탓일지도 모른다는 말투였다. 그래도 두 명이나 그런 말을 했으니 단순히 우연으로 치부할 순 없다. 적어도 마술사에게는 그렇다.

그 말을 들더니 라파엘도 심각한 표정을 지었다.

"그 마르크라는 인물이 그 두 사람과도 접점을 가지려고 했다는 뜻인가?"

"그건 몰라. 마술사라는 건 쓸데없이 오래 사는 족속들이니까. 같은 대륙에서 백 년이나 살다 보면 어디선가 한 번 정도는 얼굴을 마주할 가능성은 낮지 않지. 다만……."

"발바로스는 나의 왕과 똑같이 20세 정도밖에 되지 않아서 마술사로서는 젊은 축에 들 텐데."

주군에 대한 말치고는 불경할 수도 있지만 애당초 단어 선택이 절망적으로 서투른 게 바로 이 집사다. 게다가 가식 없는 이 말투는 오히려 친근함의 표현이라고 최근 들어 자간도 받아들이게 되었다.

자간도 고개를 끄덕여 보인다.

"바로 그거야. 발바로스가 내게 접근을 해온 건 네피 사건이 처음은 아니지. 그래서 내가 마술사가 된 후에도 마르크가 내 주위를 어슬렁거리고 있었고 거기서 마주친 게 아닐까 짐작하고 있다."

발바로스의 스승은 자간이 처음으로 죽인 마술사 안드라스다.

당시에는 그 사실을 알 길이 없었지만 이따금 나타나서는 승부를 내자고 제안해왔다. 그렇지만 서로 상대를 죽이기엔 너무 미숙해서 '싸움'의 영역을 벗어나지 못했고 결국 그 일을 계속 반복하다가 어느새 친구가 되었다.

라파엘이 한숨을 내쉰다.

"그럼 발바로스를 심문하면 되지 않나? ……그러고 보니 성의 창고에 고문 도구가 남아 있는 것을 본 기억이 있는데."

아마 추궁해보라는 뜻일 것이다. 고문 도구 운운하는 건 말을 하다 보니까 생각이 났을 뿐 아무 관계도 없다.

그건 알고 있었지만, 그래도 자간은 고개를 저었다.

"그 자식이 그렇게 기억력이 좋은 남자일 것 같아? 흥미가 없으면 어제 저녁에 뭘 먹었는지도 기억하지 못하는 놈이라고."

"그런 주제에 용케도 마술사로서 살고 있군."

"그러게⋯⋯. 뭐, 그래도 바보지만 머리는 좋으니까."

최근에 자신도 남의 말을 할 처지가 아니라는 자각이 있기 때문에 너무 바보 취급하지도 못하지만.

그때 문득 생각났다.

"아니지, 발바로스는 안 되더라도 다른 부하들은 알고 있을 가능성이 있지. 외출하기 전에 물어볼까."

가만히 생각해보니 큐아노에이데스만 계속 조사하고 부하들에게는 물어볼 생각을 하지 못했다. 고메리나 키메리에스 정도 되는 힘은 없더라도 백 년 전후의 세월을 살아오고 있는 마술사가 30여 명이나 있다. 이 녀석들을 잊고 있었다니, 바보도 이런 바보가 없다.

그 순간 라파엘이 몸을 긴장시키는 게 보였다.

"⋯⋯? 왜 그러나, 라파엘?"

"음⋯⋯. 지금은 타이밍이 별로 좋지 않다."

"타이밍⋯⋯? 무슨 일이라도 있었나?"

"별 일 아니다. 하지만 경우에 따라서는 놈들의 목숨이 위험해질 수도 있어."

또 뭔지 알 수 없는 말을 해서 자간은 고개를 갸웃거렸다.

"음……. 일의 진척을 재촉한 직후라서 더 이상 재촉하면 정신적 피로가 쌓일지도 모른다는, 뭐, 그런 건가?"

"음, 바로 그거다!"

라파엘은 정곡을 찔렀다는 듯 손을 마주쳤다.

……솔직히 이런 이야기는 좀 더 알기 쉽게 해줬으면 좋겠는데.

한숨을 꾹 눌러 참은 자간은 품에서 종이 한 장을 꺼낸다. 자신과 마르크, 그리고 또 한 명의 소꿉친구의 모습을 그린 것이다. 그렸다고 표현했지만 〈봉서〉라는 이름을 붙인 마술을 이용해서 자간의 기억에서 전사한 것이기 때문에 그림과는 다르지만.

"그러면 자네가 이걸 부하들에게 돌려서 보여주도록 해. 내가 그 녀석을 알고 싶어 한다고 하면 짚이는 게 있는 녀석은 이야기하러 오겠지."

자간은 자신에게 공헌을 한 부하에게는 보수를 아끼지 않는다. 그건 부하들도 잘 알고 있으니 자발적으로 조사해줄 가능성도 기대할 수 있었다.

라파엘은 왠지 마음이 놓인 듯한 얼굴로 종이를 받아들었다.

"알겠네. 왕의 조사에는 지장이 없는 건가?"

"이 그림은 마술로 만든 거라서 금방 똑같은 걸 만들어낼 수 있어."

마을에서 조사를 할 때도 이 〈봉서〉는 아주 도움이 되었었다.

"아, 마을이라고 하니 생각났는데, 그쪽에 있는 부하들에게도 이 그림을 보여주고 싶군."

마왕전에 20명 전후, 그리고 맹우인 샤스틸에게 협력하기 위해 의료 지식을 가진 마술사 몇 명을 교회에 배치해두었다.

그들은 평소에는 이 성에 돌아오지 않기 때문에 마술을 이용한 텔레파시나 문서를 보내야 한다. 물론 어차피 자간은 마을에 나갈 예정이기 때문에 직접 건네주는 게 더 빠르다.

그렇게 중얼거리자 라파엘이 사냥감이라도 사냥하는 것처럼 눈을 날카롭게 뜬다.

"왕이여, 교회에 간다면 한 가지 부탁하고 싶은 게 있는데."

"음, 뭐지?"

되물어보자 어쩐 일로 라파엘은 말하기 곤란한 듯 시선을 피했다.

눈썹을 찌푸리고 있자 충실한 집사는 그제야 결심한 것처럼 입을 연다.

"쿠로카가 어떻게 지내고 있는지, 한 번 봐줬으면 하네만⋯⋯."

──아까부터 좀 이상하다 싶더니 이게 원인인가.

피가 이어진 건 아니지만 라파엘에게는 딸이나 다름없는 소녀 쿠로카가 있다. 그녀는 지금도 교회에서 일하고 있지만 라파엘은 어떤 사건에서 죽은 것으로 되어 있기 때문에 공공연하게 만나러 가는 건 불가능하다.

한숨이 흘러나온다.

"⋯⋯하여간에 두 부녀가 똑같이 서툴러 빠져가지고는. 쿠로카에게도 만나러 오라고 말해뒀는데, 그 모습을 보아하니 결국 오지 않은 건가."

자간이 그 말을 한지도 벌써 한 달이나 지났건만.

"면목이 없네."

"됐어. 어차피 그 정도는 다 알고 곁에 두고 있는 거니까. 자네는 충분히 잘 일해주고 있고."

"황송하군."

자간은 공손하게 머리를 숙이는 라파엘을 한 손으로 제지하고 자리에서 일어난다.

"그럼 슬슬 나가볼까. 용건이 조금 늘어나서 귀가는 조금 늦어질 것 같군."

"주인의 뜻대로 하시길."

라파엘은 사냥감을 가지고 놀다 죽이는 것처럼 냉혹한 미소를 짓더니 옥좌 앞에서 물러난다.

마치 모반이라도 꾸미고 있는 것 같은 표정에 자간도 고개를 갸웃거렸다.

──응? 왠지 안심하는 것처럼 보이는군.

초면인 사람이 보면 자기도 모르게 검이라도 뽑을 것 같은 표정이지만 그게 안도하는 표정이라는 것 정도는 이제 자간도 알고 있다.

딸이 잘 지내고 있는지 보고 와주겠다고 해서 그런 것도 있겠지만 그것만이라고 보기엔 묘하게 기분이 좋아 보인다. 뭐, 원래 말과 행동, 표정 모두 오해로 이루어진 것 같은 남자니까 단순히 기분 탓일지도 모르지만.

어쨌든 오늘은 할 일이 많다.

"아, 맞다, 네피는 주방에 있나? 나가기 전에 얼굴을 보고 가고 싶은데."

류카온에서 있었던 사건 이후, 왠지 거리가 가까워진 것 같은 느낌이 든다.

설레는 가슴으로 물어보니 집사는 곤란해하며 말했다.

"네피 아가씨는 아까 외출하셨다."

"뭐?"

자간의 얼굴은 버림받은 강아지처럼 풀이 죽어 어두워졌다.

"어디에 갔는지는 모르지만 샤스틸, 네프테로스와 볼 일이 있는 것처럼 말하더군. 여자들끼리 잘 통하는 것도 있지 않겠나?"

"그, 그건, 뭐, 확실히 그렇긴 하지만……."

자간은 네피가 원하는 건 무엇이든 다 들어줄 준비가 되어 있지만 애당초 자기주장이 부족한 게 그 소녀다. 생활에 필요한 것이 있을 때도 잠자코 있거나 나중으로 돌려버리기도 한다.

꼭 집어서 말할 순 없지만 자간도 남자이다 보니 미처 신경 써주지 못하는 게 반드시 있을 것이다. 실제로 네피가 이 성에 온 초창기에는 그 문제로 서먹서먹하게 만든 적도 있었다.

샤스틸이나 네프테로스가 곁에 있어주는 건 바라던 바지만…….

최근 아침이면 보여주는 활력은 거기에서 비롯되었다고 해도 과언이 아니다.

〈마왕〉은 어깨를 늘어뜨리고 성을 뒤로했다.

◇

"——라파엘, 자간과 네피는 벌써 갔어?"

자간이 옥좌의 방을 떠난 지 얼마 지나지 않아 주인을 배웅한 라파엘을 부르는 목소리가 들렸다.

앳된 그 목소리의 주인은 자간과 네피의 사랑스러운 딸인 포레였다.

오늘도 세 가닥으로 땋아서 묶은 초록 머리 사이로 살짝 휘어진 뿔이 솟아 있고 작은 얼굴에는 커다란 호박색 눈동자. 하얀색과 심홍색을 베이스로 한 민족 의상을 입은, 그 외모도 10살 정도 되어 보이는 소녀다.

하지만 그 호박색 눈동자에는 강한 의지의 빛이 서려 있었다.

라파엘은 자애로운 아버지처럼 온화한 목소리로 대꾸한다.

"걱정하지 마라. 두 사람 모두 외출했다. 특히 오늘은 귀가가 늦어지도록 손을 써뒀으니 밤까지는 돌아오지 않을 게다."

"고마워."

포레는 머리를 꾸벅 숙이더니 무거운 목소리로 이렇게 중얼거렸다.

"이 일은 그 두 사람은 절대 알면 안 돼. ……무슨 일이 있어도."

굳게 결심한 표정을 짓는 소녀에 말에 라파엘은 흐뭇해하며 머리를 쓰다듬었다.

"너무 애쓸 필요는 없다, 포레. 나도 있지 않느냐."

그 말에 작은 소녀는 어깨를 움찔 떨었다.

"미안해, 라파엘. 괜히 끌어들여서."

"너무 애쓰지 말라니까 그러네. 나의 왕은 자간이지만 내 목숨은 네게 바쳤다. 넌 전혀 걱정할 필요 없어."

"……응."

포레는 옥좌로 걸어가더니 털썩 걸터앉았다.

"릴리스와 셀피는 기대대로 일해주고 있어. 키메리와 다른 마술사들에게도 협력과 묵인을 얻었고. 고메리는 내가 기대대로 움직이고 있는 한 배신하지 않을 거야. 남은 건 네피가 걱정인데 지금은 성에 없어."

즉 이 어린 소녀가 사실상 이 성의 실권을 쥐고 있다는 뜻이다.

"──〈아시엘 이메라〉── 반드시 성공시켜 보이겠어. 설사 자간과 네피가 기뻐하지 않더라도."

부모자식 사이 아니랄까봐 서툴기 그지없는 소녀의 모습에 라파엘은 못 말리겠다는 듯 웃는다.

"걱정할 것 없다. 그 두 사람이라면 네가 하는 일을 네 성장이라 보고 기뻐할 게다."

그것만큼은 확신을 가지고 대답할 수 있다.

"그렇다면, 좋겠는데……."

포레가 처음으로 스스로 기획하고 실행하는 계획이다. 불안함을 느끼는 것도 무리는 아니다.

　하지만 라파엘은 그 계획을 돕기 위해 자간을 따르기로 선택했다. 그래서 다시 한 번 어린 주인의 머리를 쓰다듬어줬다.

　──오히려 네피 님이 더 걱정이다만…….

　포레에게 비밀을 듣고 이렇게 협력하고 있지만 사실 라파엘은 다른 비밀을 하나 더 안고 있었다.

　──네피 님이 자간과 마주치지 않아야 할 텐데.

　오늘 네피가 성을 비운 것도 우연은 아니다. 네피에게는 네피 나름의 목적이 있었다.

　그녀에게 비밀을 들은 건 보름 정도 전. 신기하게도 포레가 이번 일로 협력을 요청한 것과 같은 시기였다.

　그 비밀이라는 것은 '어떤 일' 때문에 성을 잠깐 비우고 싶다는 것이었다.

　그래서 라파엘은 포레의 부탁에 응해주는 한편 네피가 성 안에 있는 것처럼 행동하고 있었다.

　하지만 오늘은 네피가 평소보다 조금 빨리 성을 비웠다. 그래서 자간에게는 숨기지 못했다. 게다가 자간은 반드시 성을 비워줘야만 했다. 그렇다 보니 다른 선택지는 없었다.

　그렇지만 라파엘은 네피를 위해 전혀 손을 써두지 않은 건 아니었다.

　──뭐, 그쪽은 고메리가 알아서 잘하겠지.

　포레의 말에서도 알 수 있지만 고메리도 이쪽에 협력적이긴 하다.

게다가 그녀는 도저히 이해할 수 없는 성격의 소유자이지만 이 럴 때 보여주는 실력은 자간의 부하들 중에서도 타의 추종을 불허 한다. 마술사로서도 책사로서도 유능한 사람이다.

……쓸데없는 문제를 일으킬 가능성도 높아서 별로 의지하고 싶진 않지만.

자기도 모르게 한숨이 흘러나올 뻔 했다.

──그나저나 〈아시엘 이메라〉라니…….

그것은 원래 교회쪽에서 사용하는 말로 마술사와는 전혀 관련 이 없다.

그럼에도 불구하고 그 말이 〈마왕〉 자간의 세력권 안에서 일 찍이 없었던 혼란을 만들어내려 하고 있다. 이 얼마나 얄궂은 일 인가.

오늘 하루가 무사히 끝나긴 글렀다는 생각에 자기도 모르게 하 늘을 올려다보는 라파엘이었다.

"네페리아, 여기에 온 걸 형부에게 들키면 곤란하잖아. 안쪽에 들어가 있어."

그 말에 네피의 뾰족한 귀 끝이 떨린다.

하이 엘프라는 증거인 순백의 머리카락은 허리까지 곧게 내려 온다. 작은 얼굴에는 커다란 감청색 눈동자. 오늘도 군청색 원피스에 새하얀 앞치마, 치유 마술이 걸려 있는 부츠를 신은 시녀 차림을 하고 있다. 목에 걸려 있는 투박하게 생긴 목걸이도 이젠 익숙하다.

소란스러운 가운데 목소리를 낮춘 여동생의 말에 네피는 고개를 꾸벅 숙였다.

"고마워요, 네프테로스. 그리고 샤스틸 씨도."

이 가게는 낮에도 찾아오는 손님이 많다 보니 네피의 얼굴도 이미 널리 알려져 있다.

──자간 님은 오늘도 사람을 찾느라 마을에 계실 테고…….

샤스틸은 별 일 아니라는 듯 고개를 옆으로 흔든다.

"신경 쓰지 마, 네피. 나도 갑자기 휴가를 얻은 바람에 시간이 남아돌던 참이었으니까. 오늘이 〈아시엘 이메라〉이다 보니 부하들이 나름대로 배려를 해준 모양이야."

"……너 같은 경우는 일을 너무 많이 하니까 좀 쉬라는 의미인 것 같은데?"

씁쓸하게 웃는 샤스틸을 보고 네프테로스가 어이없다는 목소리를 대꾸한다.

네피도 그런 여동생과 친구를 보면서 재미있다는 듯 웃었다.

"뭐야, 네페리아."

"아니, 그 의상, 두 사람 모두 정말 잘 어울리는 것 같아요."

네프테로스와 샤스틸은 화려한 붉은 의상을 입고 있었다.

옷깃과 소매는 하얀 털뭉치 같은 것으로 장식되어 있고 가슴 부분에는 귀여운 초록색 리본이 달려 있다. 남자는 바지이지만 여자는 기장이 짧은 치마이다 보니 네프테로스도 갈색 허벅지가 신경 쓰이는 것처럼 몸을 이리저리 비틀고 있다.

네프테로스의 갈색 피부에도, 샤스틸의 심홍색 머리와 눈동자에도 아주 잘 어울려서 자신도 모르게 눈을 가느스름하게 뜨고 쳐다보게 된다. 이제 곧 자신도 입게 될 텐데, 과연 이 두 사람처럼 잘 어울릴까.

이곳은 큐아노에이데스에 있는 술집이다.

예전에 어떤 사건으로 인해 네피가 우울해하고 있을 때 친구인 마뉴엘라가 데리고 와준 가게이자 자간과 라파엘이 처음 만난 곳이기도 하다.

낮에 틈을 봐서 이곳에서 일하는 게 현재 네피가 가진 비밀이었다.

네프테로스가 은색 머리를 쓸어 올리며 한숨을 쉰다.

"비꼬는 걸로밖에 들리지 않아. 왜 내가 이런 차림을……."

"……? 평소보다 노출은 적은데 부끄러운가?"

"그런 문제가 아니야!"

이상하다는 듯 고개를 갸웃거리는 샤스틸을 보고 네프테로스 역시 자기도 모르게 목소리를 높인다.

"너야말로 부끄럽지 않아? 이런 어릿광대 같은 차림."

"무슨 말이야! 이건 전통적인 교회의 〈아시엘 이메라〉 의상이다. 왜 내가 부끄러워해야 하지?"

"……형부처럼 당당하게 말해봤자 설득력 없는 것 알지?"

확실히 샤스틸에게서 느껴지는 건 자간 같은 위엄이 아니라 새 옷을 입고 들떠서 즐거워하는 아이 같은 천진난만함이었다.

네피는 쓸쓸하게 웃으며 네프테로스의 의상을 향해 손을 뻗는다.

"네프테로스, 리본이 풀어질 것 같아요. 이제 곧 접객을 하게 될 텐데 옷매무새는 제대로 해야죠."

"쓰, 쓸데없는 참견 좀 하지 마."

초록 리본을 다시 묶어주자 네프테로스는 고개를 휙 돌린다.

하지만 발그레하게 물든 그 귀는 왠지 기뻐하는 것처럼 떨리고 있었다.

──이건 기뻐하고 있는 걸까요?

귀여운 반응에 네피도 흐뭇해진다.

네프테로스는 대충 얼버무리려는 듯 주위로 시선을 준다.

"그보다 샤스틸, 발바로스에게 들키진 않았지?"

발바로스라는 남자는 샤스틸의 호위를 맡고 있기도 한 마술사의 이름이다. 자간의 원수 같은 친구 녀석이라 네피도 얼굴을 볼 일이 많은 편이다. 그러니 그가 알게 되면 자간의 귀에 들어가는 건 시간문제다.

샤스틸은 자랑스럽게 가슴을 펴고 고개를 끄덕인다.

"그 점은 염려하지 마. 발바로스도 오늘은 용건이 있어서 하루 종일 없으니까."

"……그럼 다행이지만."

네프테로스는 발바로스가 다소 거북한지 노골적으로 싫은 얼굴을 한다.

"발바로스 님도 그렇게 나쁜 분은 아니에요. 너무 매정하게 말하는 건 실례예요."

네피는 샤스틸 앞에서 발바로스를 너무 나쁘게 말하면 기분이 상해할 것 같아서 가능한 한 부드럽게 타이른다.

하지만 네프테로스는 더 싫다는 표정을 짓는다.

"그 자식은 샤스틸 앞에서만 그런 태도를 취한단 말이야! 나와 쿠로카 앞에서는 여전히 살기가 샘솟을 정도로 짜증나게 굴어."

"에…… 음, 그런지도 모르겠네요."

여기에 대해서는 네피도 아무 대꾸를 할 수 없었다.

그치만, 하고 네피는 네프테로스에게 얼굴을 가까이 대고 속삭였다.

'안 돼요, 네프테로스. 샤스틸 씨 앞에서 발바로스 님을 너무 의식하게 만드는 말을 하면.'

'에, 리처드에게도 비슷한 말을 들었는데 이 정도도 안 된다고?'

'……보면 알 거에요.'

그렇게 말하고 샤스틸을 가리키니 소녀는 나름대로 의연하게 구는 듯 있었지만 귀까지 빨개진 얼굴로 부들부들 떨고 있었다. 자세히 보니 눈물까지 맺혀 있다.

'아, 응. 알겠어.'

네프테로스는 어안이 벙벙한 얼굴로 머리를 흔든다.

"그보다 언제까지 이런 곳에 서서 이야기할 거야? 들키면 안 되는 것 아니야?"

네프테로스는 네피의 손을 잡고 가게 안쪽으로 들어간다.

——네프테로스가 이렇게 손을 잡아주게 되었다니. 이게 다 샤스틸 씨 덕분이에요.

생각해보면 자매의 만남은 최악이었다. 서로 적의를 드러내며 싸웠다. 그런데 이렇게 손을 잡는 날이 오다니, 당시의 자신들에게 말해도 아마 절대 믿지 않을 것이다.

네피는 자신의 귀도 기뻐하는 것처럼 떨리고 있다는 것을 알아차리지 못했다.

주방에 가기 전에 들어간 건 종업원용 탈의실이다.

네피는 시녀용 앞치마와 원피스를 벗는다. 이 의상도, 서서 일하는 데 따른 피로를 경감시켜주는 부츠도 자간이 처음으로 선물해준 보물이다. 소중히 개어서 사물함 안에 넣어둔다.

그런 다음 다른 사람들과 똑같은 의상으로 갈아입는다. 스커트를 입으려고 몸을 숙이자 긴 머리카락이 바닥에 닿으려고 한다. 그러자 샤스틸이 머리카락을 살짝 들어주었다. 어느새 머리카락이 이만큼이나 자란 모양이다.

——그래, 포레의 머리카락도 자랐으니까 내 머리카락도 자랐겠죠.

마지막으로 상의 단추를 잠근 후 샤스틸에게 눈빛으로 감사 인사를 건넨다.

"감사해요, 샤스틸 씨."

"괜찮아. 그보다 네피의 머리카락은 참 가늘고 예쁜 것 같아. 엘프는 모두 이렇게 아름다운 머리카락을 가지고 있는 거야?"

그 의문에 한숨으로 대꾸한 건 네프테로스였다.

"그럴 리 없잖아? 매일 손질하는 게 얼마나 힘든 일인 줄 알아? 특히 최근 날씨가 추워지고부터는 정전기가 심해져서 머리카락이 삐죽 솟아오르고, 아주 말도 아니야."

"아아, 네프테로스도 그래요? 저도 아침에는 한참 빗질을 해야 해요."

"난 전기를 억제하는 마술을 사용하고 있어서 그나마 괜찮은 편이야. 다음에 가르쳐줄까?"

"꼭 부탁드릴게요!"

네피는 여동생의 손을 잡고 평소와 달리 힘껏 고개를 끄덕였다.

정전기라는 것은 마술용어에 해당되지만 마술은 아니다. 호박 같은 일부의 보석이 먼지 등을 끌어당기는 원인이 되기도 하는 자연 현상이다. 일반적으로는 많이 알려져 있지 않지만 인체에서도 발생한다.

이게 보통 성가신 게 아닌 게, 기온이 내려가면 쉽게 발생한다고 하며 네피와 네프테로스 같은 모질은 마치 의지라도 가진 것처럼 솟아오르기도 하는 등 여간 골치 아픈 게 아니라고 한다.

열띤 그 대화에 샤스틸도 압도된 것처럼 뒷걸음쳤다.

"나, 난 적당히 빗질을 한 다음 얼른 묶어버리기 때문에 그런 고생은 별로 해본 적 없어……."

"……그러니까 *노부시라고 불리는 거야."

---

*노부시: 산야에 숨어서 패잔병 등의 무기를 탈취하기도 하던 무사나 토민.

"왜 그걸 네프테로스가 알고 있지?"

한 달 정도 전 쯤. 네피 일행은 류카온에 있는 무인도에서 잠깐 휴가를 즐겼다. 그때 샤스틸과 발바로스가 나눈 대화를 본인은 아무도 듣지 못했을 거라고 생각했나 보다.

샤스틸은 한동안 고민하더니 말하기 곤란한 듯 두 손의 검지를 꼼지락거리며 네피와 네프테로스를 바라본다.

"저기…… 역시 차림새에 신경을 좀 써야 할까?"

"그건, 그게 좋지 않을까요? 저만 해도 조금이라도 자간 님이 기뻐해주실 수 있도록 되고 싶은 걸요."

"──천상 숙녀로군."

샤스틸이 충격을 받은 것처럼 눈을 커다랗게 뜬다.

"숙녀라니, 저도 네페리아 만큼은 아니라도 나름대로 외모에 신경을 쓰고 있어요. 엘프가 사람들의 시선을 끈다는 건 자각하고 있고요."

"크, 그러고 보니 두 사람 모두 속옷도 귀여운 걸 입고 있었지."

"……뚫어져라 쳐다보지 마."

네피와 네프테로스는 얼굴을 가렸다.

물론 네피는 자간의 곁에 있는 여자로서 부끄럽지 않은 모습을 갖추기 위해 제법 신경을 쓰고 있지만 새삼 그런 말을 들으니 쑥스럽다.

"자간은 알고 있어? 네피가 이렇게 노력하고 있다는 걸."

그 말에 네피는 그만 네프테로스와 얼굴을 마주본다.

"모를 것 같은데? 형부는 여자의 침실을 멋대로 훔쳐보는 타입은 아니거든."

"자간 님이 알게 되면 너무 부끄러워요……."

자기도 모르게 귀까지 축 처진다.

샤스틸은 한 대 맞은 것처럼 비틀거리더니 입술을 꽉 깨물고 호소한다.

"크…… 이것이 바로 *여자력이라는 건가. 제, 제발 가르쳐줘, 네피, 네프테로스. 난 어떻게 하면 되지? 숙녀는 어떤 것에 신경을 써야 하지?"

"에? 저기, 그게, 저도 잘 아는 건 아니지만, 예를 들어 목욕을 할 때 사용하는 향유 같은 건 이것저것 다양하게 찾아서 사용하고 있어요. 역시 향기도 금방 익숙해지는 것이다 보니 같은 향을 계속 사용할 수는 없거든요."

"향유? 냄새가 그렇게 중요해?"

"내, 내가 그렇게 생각하고 있는 것뿐인지도 모르지만 좋은 향기가 나면 자간 님도 왠지 좋아해주시는 것 같은 느낌이 들어요! 게다가 자신의 체취가 별로 좋지 않으면 부끄럽잖아요."

덧붙여 향유를 추천해준 사람은 또 한 명의 친구인 마누엘라다. 향수를 사용하면 훨씬 더 간단하지만 그건 양을 조절하는 게 어려워서 네피는 아직 능숙하게 다루지 못할 것 같았다.

그렇게 설명하자 네프테로스는 납득한 것처럼 고개를 끄덕였다.

"그러고 보니, 너, 늘 좋은 냄새가 나긴 하더라."

"알고 있었군요. 네프테로스."

---

*여자력: 여성의 아름다움과 그것을 가꾸기 위한 노력을 뜻하는 단어.

"응. ……다음에 나한테도 가르쳐줄래?"

"물론이죠. 나도 전기를 억제하는 마술을 배우고 싶은 걸요."

이 자매가 의기투합한 건 이번이 처음인지도 모른다. 서로 마주 보며 미소를 짓고 있자 샤스틸이 새파랗게 질린 얼굴로 자신의 옷과 팔의 냄새를 맡기 시작한다.

"……어떡하지? 땀 냄새가 나는 것 같아."

"샤스틸 씨는 임무도 있으니까 어느 정도는 어쩔 수 없지 않을까요?"

"으으윽, 그래도 한 번 신경 쓰기 시작하면 신경 쓰지 않을 수가 없잖아."

──발바로스 님은 그런 건 신경 쓰지 않으실 거예요.

네피는 목구멍까지 올라온 말을 간신히 집어삼키고 미소로 대답한다.

"그러면 다음에 향유 몇 가지를 드릴게요. 하지만 지금은 신경 써봤자 어쩔 수 없잖아요."

그렇게 타이르자 샤스틸은 어깨를 축 늘어뜨리면서도 순순히 물러났다.

"그러고 보니 네피가 있는 곳에는 목욕 도구도 많았었지……."

벌써 반 년 정도 전의 일이다. 고작 며칠이긴 하지만 교회의 누군가가 샤스틸의 목숨을 노리고 있어서 잠깐 자간의 성에 신세를 진 때가 있었다. 그때는 포레도 힘든 시기였기 때문에 툭하면 샤스틸의 비명이 울려 퍼졌다.

네피는 예전 추억을 떠올리며 무방비하게도 이렇게 대답한다.

"그야 자간 님의 **무릎 위에 앉거나 자간 님께 무릎베개를 해드리는데** 불결한 상태로 있을 수는 없으니까요."

아무렇지도 않은 고백에 네프테로스가 믿을 수 없다는 눈을 크게 뜬다.

"연인 사이에는 역시 그런 걸 하는구나……."

"아니, 네피와 자간은 사귀기 전부터 그랬어."

"왜 샤스틸 씨가 그런 걸 알고 있는 거죠?"

"에, 그치만 네피, 친구들과 있으면 의외로 자랑 삼아 잘 이야기하잖아……."

왠지 말하기 곤란해하는 샤스틸의 대답에 네피는 얼굴을 가리고 주저앉았다.

──난 그럴 생각으로 한 말이 아니었단 말이에요!

샤스틸도 그런 일에 서툰 자간이 걱정되었는지, 예전에는 네피에게 어떻게 지내고 있는지 자주 물었기 때문에 별 생각 없이 있는 그대로 대답했을 뿐이다.

"어쨌든 목욕을 할 때 향유를 사용한다 이거지. 나도 해봐야지."

샤스틸이 진지 그 자체인 표정으로 메모를 하더니 다시 묻는다.

"그 외에도 주의할 만한 게 또 있을까?"

"평소에도 예쁜 옷을 입어보는 건 어때? 늘 예복 차림이잖아."

"웃……. 그치만 옷은 기본적으로 이 정도 밖에 없단 말이다. 그 외에는 사교용 드레스 정도가 고작이고."

그 대답에는 네피와 네프테로스 모두 머리를 싸맬 수밖에 없었다.

"그러면 오늘 일이 끝나면 모두 함께 옷을 보러 가는 건 어떨까요? 마뉴엘라 씨라면 분명 잘 상담해줄 거예요."

"그래도 괜찮아, 네피? 따로 할 일이 있는 것 아니었어?"

네피는 돈이 궁해서 이 술집에서 일을 하고 있는 게 아니다.

그런데도 네피는 당연한 것처럼 고개를 끄덕였다.

"네. 오히려 저야말로 샤스틸 씨와 네프테로스에게 도움을 받고 싶던 참이었는 걸요."

"조, 좋았어! 그럼 가자, 네피!"

"그렇게 결정되었으니 오늘도 열심히 일하도록 해요!"

그러면서 네피가 주방으로 가려고 하자 샤스틸이 불러 세웠다.

"아, 잠깐 기다려, 네피. 주방에 가는데 그 머리는 좀 위험하지 않아?"

"그런가요?"

"응. 잠깐만 기다려. 내가 묶어줄게."

샤스틸은 네피의 등 뒤로 가더니 능숙하게 머리를 묶어주었다.

──친구가 이렇게 해주니까 왠지 기쁜 것 같아요.

자신의 얼굴이 헤벌쭉해지는 것을 자각한 네피는 감사 인사를 전한다.

"가, 감사합니다."

"너도 일단 여성스러운 일을 할 줄은 아네?"

"일단, 이라는 말은 뭐냐, 네프테로스. 임무 중에 긴 머리는 걸리적거리니까 어쩔 수 없단 말이다. 풀어질 때마다 다시 묶다보니 익숙해진 것뿐이고."

"난 딱히 욕하는 게 아니야. 그냥, 저……."

샤스틸이 가만히 노려보는 데도 네프테로스는 말을 꺼내기 쉽지 않은지 입만 우물거리고 있었다. 무슨 말인가 하고 싶어 하는 것 같은데, 과연 뭘까?

네피가 고개를 갸웃거리자 샤스틸이 문득 깨달은 것처럼 고개를 끄덕였다.

"그래, 네프테로스, 너도 묶지 그래? 홀을 뛰어다니는데 머리카락이 방해가 되면 안 되잖아."

"……뭐, 그렇게 말한다면 부탁 좀 할게."

발그레해진 귀를 한 채 고개를 휙 돌리는 여동생의 모습을 보니 네피도 흐뭇해진다.

──음, 네프테로스는 이런 식으로 응석을 부리는군요.

언젠가 자신에게도 이렇게 응석을 부리게 되는 날이 올까.

그녀가 친동생이라는 사실을 알게 된 지 한 달. 둘 사이의 거리는 꽤 가까워진 것 같지만 그래도 아직 샤스틸을 이기진 못할 것 같다. 그래도 친구의 손에 의해 둘이 똑같은 머리 모양을 하게 된 건 꽤 기분 좋은 체험이었다.

──이젠 무사히 '그것'을 발견하기만 하면 되는데 말이죠…….

자간의 눈을 속여가면서 이런 일을 반복하고 있고 이젠 시간도 얼마 남지 않았는데도, 네피는 여전히 '목적한 것'을 찾아내지 못했다.

네피는 오늘 하루가 평온하게 끝나기를 기도했다.

『왜지, 보스! 왜 당신이 이런 짓을.』

피를 토하는 것 같은 목소리로 통곡한 것은 젊은 마술사였다.

주위는 불길에 휩싸여 있고 숨이 막힐 것 같은 피냄새를 넘어서서 피보라가 자욱하다.

참살의 광경. 이곳에는 작은 마을이 있었다. 힘없고 온화한, 그렇지만 조금 '특별'한 부류의 수인(獸人)들이 모여 사는 곳이었다.

그런 곳이 지금은 처참한 시체로 뒤덮여 있다.

불과 시체로 가득한 지옥 속을 헤매고 다니며, 남자는 외친다.

『당신이 말했잖아! 그 누구도 불합리하게 죽지 않는 행복한 세계를 만들겠다고. 그래서 난 당신을 따랐던 건데..』

그 외침에 대답하는 목소리는 없다.

남자가 어리석었던 것이다. 애당초 마술사라는 건 성실하게 살지 못한 악당의 말로다. 악당의 입에서 나오는 그럴싸한 말을 믿는 사람이 이상한 것이다.

──그래도 나는 믿고 싶었어…….

남자도 대부분의 마술사가 그렇듯이 밑바닥 인생을 살아왔다. 다른 사람의 물건을 빼앗는 것은 당연하고 빵 한 조각을 위해 상대방이 정신을 잃을 때까지 두들겨 팰 때도 있다. 당연히 그 반대도 마찬가지다.

그런 쓰레기 같은 자신에게 보스는 '사람을 구할 수 있는' 마술을 가르쳐주었다.

　아무리 쓰레기라도 인생을 다시 시작할 수 있지 않을까 하는 꿈을 꾸게 해주었다.

　그 결과가 지금 이 지옥이다.

　믿었던 보스의 대답은 없고, 어느새 남자의 외침은 규탄에서 간청으로 변해 있었다.

　『아무도 없나? 누구라도 좋으니까, 대답 좀 해줘.』

　이 지옥을 만들어낸 건 다른 누구도 아닌 남자 자신이다. 이기적인 말을 하고 있다는 건 자신도 잘 알고 있다.

　──그래도 한 명이라도 좋으니까 제발 살아 있어줘!

　그 누군가가 살아 있다고 해도 무엇을 하고 싶은지, 무슨 말을 해주기를 바라는지, 어떻게 해주기를 원하는지는 자신도 모른다.

　『으……아…….』

　망자처럼 배회하고 있자 갑자기 신음소리가 들렸다.

　깜짝 놀라 주위를 둘러보니 무너진 벽에 여자 한 명이 기대고 있었다.

　『어이! 살아 있는 건가…….』

　남자는 서둘러 달려갔다가 얼굴을 찌푸렸다.

　──틀렸군. 이 녀석은 이미 가망이 없어.

　여자의 몸 밑에는 새빨간 피웅덩이가 생겨 있었다. 어깨에서 가슴에 걸쳐 베인 상처가 있고 그 상처는 심장까지 이르렀다. 남자의 하찮은 마술로는 감당하지 못하는 상처였다.

　그런데도 여자는 아직 숨을 쉬고 있었다.

『부탁이야, 이 아이를, 구해줘…….』

여자의 품에는 작은 여자아이가 안겨 있었다. 불로부터 지키기 위해 젖은 천에 감싸여 있었는데 정신을 잃긴 했지만 분명 숨을 쉬고 있었다.

『알았다. 이제 괜찮아! 그러니까 걱정…….』

대답했을 때 여자의 호흡은 이미 멎어 있었다.

『……제길.』

자신은 무엇을 위해 마술을 손에 넣은 것일까.

남자는 정신을 잃은 소녀를 본다.

──이 아이만큼은 무슨 일이 있어도 구해야 돼……!

그것은 남자에게 허락된 단 하나의 속죄였는지도 모른다.

남자가 소녀를 안아들려고 한 바로 그때였다.

『……어이, 너. 여기서 무슨 일이 있었는지 설명해봐.』

그 목소리는 뒤에서 들렸다. 불 같은 분노와 얼어붙을 것 같은 냉철함이 공존하는 목소리다. 듣기만 했는데도 마치 심장을 움켜잡히는 것 같은 느낌이 들었다.

덜덜 떨면서도 뒤를 돌아보니 그곳에 서 있는 건──.

그 순간 남자는 깨어났다.

눈앞에 있는 것은 불과 피보라로 이루어진 광경이 아니라 얇은 목재로 된 천장이다. 위층에 있는 사람이 걸을 때마다 티끌과 먼지가 떨어진다. 눈앞을 옆으로 굴려보니 지저분한 테이블에는 재떨이에 산더미처럼 쌓인 담배꽁초와 술병 두 개가 굴러다니고 있었다.

임시 주거이긴 하지만 이 마을에 있는 자신의 방이다.

이 더러운 방에 있는 싸구려 소파가 남자의 침대 노릇을 하고 있다.

"……젠장, 또 그때 꿈인가."

지옥 같은 광경으로부터 5년이 지났다.

5년이 지났는데도 남자는 한심하게 살고 있었다.

——어제는 좀 많이 마셨군…….

오늘은 몇 주 만에 얻은 휴가다. 그렇게 생각했더니 긴장이 풀리면서 그만 과음을 하고 말았다.

느릿느릿 몸을 일으키자 심한 두통과 구토감이 밀려와서 그제야 숙취를 자각한다. 나른함을 꾹 눌러 참고 마술로 간을 활성화시켜서 몸에 있는 알코올이 빠져나가기를 기다린다.

그런 다음 간신히 몸을 일으키자 테이블에는 테두리가 빛나는 문자가 떠올라 있었다.

"……말도 안 돼."

마술의 전령이다. 그것은 남자의 휴일이 허무하게 소멸되었음을 알려주고 있었다.

두통과 구역질 모두 한동안 가라앉을 것 같지 않았지만 남자는 비틀거리며 로브를 집어 들더니 눈부시게 건강한 거리 속으로 사라졌다.

◇

"잘 들어라, 꼬맹이들. 기본적으로 너희들의 적은 너희보다 크다. 따라서 한 번 잡히면 끝이라고 생각하도록. 상대도 그렇게 생각하고 있을 거다."

자간이 성을 나서서 얼마 지나지 않았을 무렵. 나중에 쿠로카 아델하이드가 쓰러지게 될 그 장소에서 자비라고는 조금도 찾아볼 수 없는 사실을 담담하게 이야기하는 사람은 자간이다.

자간을 둘러싸고 있는 건 지저분한 몰골을 한 아이들이었다.

부랑아들이다. 큐아노에이데스 번화가 뒷골목. 곳곳에 쓰레기가 나뒹굴고 고약한 냄새가 나는 이곳은 그들의 집합소다. 그와 동시에 자간의 옛 터전이기도 하다.

자간이 웅크리고 앉아서 눈높이를 맞춘 다음 이야기하자 부랑아들은 흥미진진한 모습으로 고개를 끄덕인다.

그중 한 명이 손을 들었다.

"저기, 저기, 〈마왕〉. 그러면 어떻게 하면 돼?"

"미련 없이 죽어……라고 말하고 싶지만 난 그렇게 예의 바른 놈들과 이야기를 하러 온 게 아니다. 탐욕스럽게 살아서 발버둥을 칠 수단은 얼마든지 있어."

그 대답에 부랑아들은 '오오!' 하고 환호성을 지르며 몸을 앞으로 내밀었다.

"마술을 가르쳐줄 거야?"

"앞서 나가지 마. 글자도 못 읽는 너희들에게 어떻게 마술을 가르치란 말이냐."

"에에──……."

마술을 배우려면 마도서부터 읽을 줄 알아야 한다.

자간은 낙담하는 부랑아들은 아랑곳 않은 채, 바로 옆에 있는 여자아이의 팔을 잡아 보인다.

"이렇게 잡히면 다들 어떻게 할 거지?"

"울 거야."

"……운다고 놔주는 적은 얼마 없다. 어떻게 자신의 몸을 지킬 것인가 하는 말이다."

"그럼 걷어찰 거야!" "난 물어버릴래!" "모래를 뿌려야지!" "침을 뱉을 거야!" "난 돌을 던져야지!"

아이들이 저마다 의견을 늘어놓자 자간도 어이가 없다는 듯 고개를 옆으로 흔든다.

"죄다 임시방편에 지나지 않는군. '몸을 지키는 것'으로 이어지질 못해."

그러더니 아직도 팔을 잡고 있는 아이를 향해 말한다.

"이대로 자신을 향해 팔을 비틀면서 잡아당겨봐. 힘은 안 줘도 돼. 엄지를 아래로 향하게 하는 느낌으로 해보는 거다."

"……? 이렇게? 아, 풀렸다!"

소녀의 팔은 자간의 손에서 슥 빠져 나왔다. 깜짝 놀란 표정을 짓는 소녀를 보고 다른 아이가 말한다.

"거짓말하지 마. 마왕이 풀어준 거잖아?"

"그러면 네가 한 번 잡아봐."

"절대 놔주지 않을 거야. ……우와, 빠져나갔어! 어떻게? 이거,

마술이야?"

웅성거리는 아이들에게 자간이 말한다.

"어린애에게 그렇게 위험한 걸 어떻게 가르쳐주냐! 이런 건 '재주'라는 거다. 요령만 알고 있으면 누구든 할 수 있지."

설명을 하면서 다시 아이들끼리 서로 팔을 잡도록 시킨다.

"하지만 이것만으로는 팔은 풀 수 있어도 몸은 지키지 못해. 그래서 이건 상대의 팔을 되잡는, 받아치는 기술로 사용한다. 조금 전에 본 것처럼 팔을 풀고 나면 그대로 상대의 팔을 끌어들이는 것처럼 되잡도록 해. ……그래, 그거야. 하지만 잡는 건 손목이다. 이렇게……."

자간은 팔을 되잡은 아이의 손 위치를 수정해준다. 엄지의 뿌리 부분부터 새끼손가락 쪽 손등을 덮어씌우는 것처럼 해서 잡는다.

"잡는 방법을 잘 기억해두도록 해. 손목을 잡고 있는 너, 그대로 상대를 향해 발을 내딛으면서 돌아봐. ……멍청아. 왜 앞구르기를 하려는 거야? 돌라고 했잖아."

그 자리에서 발레리나처럼 회전시키자 상대는 붕 떠오르더니 그대로 바닥을 굴렀다.

"에…… 우와!"

"그것 봐, 잘할 수 있잖아. 아주 좋아."

자간이 솔직하게 칭찬해주자 아이는 쑥스러운 미소를 짓는다.

"이걸로 어른도 해치울 수 있어?"

"글쎄다. 한 방 정도는 먹일 수 있겠지."

그 대답에 아이들은 노골적으로 불만스러운 표정을 지었다.

"뭐야, 못 해치우는 거야?" "그럼 의미가 없잖아." "그 녀석들은 즉시 때린단 말이야. 혼내주고 싶은데." "맞아, 맞아! 죽이고 싶어!"

자간은 무서운 말에 동조하는 아이들의 이마에 살짝 딱밤을 준다.

"멍청한 놈들. 네놈들은 빵 한 조각 때문에 매번 사람을 죽일 생각이냐? 그런 짓을 반복했다가는 금방 어른들의 손에 죽임을 당하고 그대로 끝이다. 잊지 마라. 상대가 더 강하다. 그래도 꼭 해야겠다면 최소한 자신과 주위 사람들을 지킬 수 있을 만큼 강해진 다음에 하도록 해."

"……해도 된다는 뜻이구나."

아이들은 아연실색했지만 자간의 이야기는 계속 이어진다.

"그러니까 내가 가르쳐준 '재주'는 사용하지 마."

"에엥——? 그럼 왜 배우라는 거야, 아얏!"

즉시 끼어드는 꼬맹이 녀석의 이마에 다시 딱밤을 날려서 입을 다물게 한 다음 자간은 말한다.

"너희들은 힘없는 아이들이다. 그건 단점이지만 장점이기도 하지. 너희들은 힘없는 아이들이기 때문에 죄를 저질러도 두들겨 맞는 것만으로 끝나는 거다. 그러니 아이로 있을 때는 아이라는 점을 최대한 이용하도록 해."

거기서 말을 잠깐 멈추더니 그 자리에 있는 모두의 얼굴을 가만히 쳐다본다.

"하지만 '재주'를 사용한다는 건 아이라는 점을 버린다는 뜻이다. 겉모습은 아이라도 흉기를 꺼내들면 어른도 너희들을 죽이겠지. 그것과 똑같은 거다."

"……그럼 왜 이런 걸 배우는 거야?"

당연한 의문에 자간은 진지한 표정으로 고개를 끄덕인다.

"너나 네 동료가 위험에 처했을 때 아무것도 못하고 죽지 않기 위해서다."

이런 곳에서 살다보면 언젠가 반드시 찾아오는 순간이다.

──마술사에게 걸리면 더더욱 그렇지.

그렇다 보니 자신의 옛 터전이자 마르크와 만난 곳임에도 불구하고 근처에도 오려고 하지 않았다. 그러니 이곳에 오는 건 달리 실마리를 찾을 방법이 없을 때의 마지막 수단이다.

그리고 지금 이곳에 있다는 건 정말로 실마리를 찾아내지 못했다는 뜻이다.

자간은 다시 부랑아들의 얼굴을 본다.

"그때가 오면 망설임 없이 '재주'를 사용하는 거다. 아이라는 점은 버려. 그렇게 하면 자신과 다른 사람이 도망칠 수 있는 시간 정도는 벌 수 있다. 이건 그때를 위한 힘이다."

무슨 말을 하려는지 잘 전해진 걸까. 반발심이 드러나는 표정을 짓는 아이, 당혹감을 감추지 못하는 아이도 있었지만 부랑아들은 그때까지 장난스럽게 떠들던 것도 잊고 열심히 듣고 있었다.

그러다 문득 혼자 무리에서 떨어져서 이쪽을 보고 있는 소녀가 있다는 것을 깨달았다.

자간은 그 소녀에게 시선을 준다. 부랑아들은 종족도 제각각인데 그 소녀는 인간족인 것 같았다. 연한 금발과 감청색 눈동자를 가지고 있다. 깔끔하게 차려 입으면 제법 예쁠 것 같았지만 안타깝게도 너무 지저분해서 남자와 잘 구분이 가지 않았다.

"왜 그러지? 무언가 말하고 싶어 하는 것 같은데."

"……왜 마술사가 '친절'하게 굴지? 우리에게 '친절'한 어른은 거짓말쟁이라고…… 그 사람이, 말했어."

적의를 드러내고 있다기 보다는 겁에 질려서 그런 걸까. 경계심을 감추지 못하는 소녀의 말에 자간은 오히려 칭찬하듯 고개를 끄덕였다.

"맞는 말이다. 올바른 조언을 해준 이웃에게 감사하도록 해. 당연히 나도 공짜로 이런 걸 가르쳐주고 있는 건 아니다."

아이들의 얼굴에 두려움의 빛이 번진다.

──마술사에게 경계심을 느끼는 건 좋은 일이지.

뒷골목에서 살아가면서 경계심을 잊으면 죽는 수밖에 없다. 자간은 품에서 종이 한 장을 꺼내더니 본론으로 들어간다.

"너희들, 이 그림 속 남자를 본 적 없나? 한가운데 있는 안경을 쓴 놈 말이다. 10년 전의 모습이니까 지금은 어른이 되었겠지만……."

꾀죄죄한 세 소년소녀의 그림이었다. 아침에 라파엘에게 준 그림의 복제본이다. 이 마술을 사용할 수 있는 사람은 현재로선 자간을 포함해서 세 명밖에 없다.

보기 드물면서 정교한 〈봉서〉를 본 아이들이 지금까지의 공포를 잊고 몸을 앞으로 내민다.

하지만 안경을 쓴 소년을 아는 사람은 없었다.

"모르겠어." "본 적 없는 걸." "난 알아. 이건 안경이다." "안경이라는 건 처음 봤어." "이 그림, 팔아도 돼?"

아이들은 저마다 자기 좋을 대로 떠들었지만 자간은 끈질기게 묻는다.

"그럼 너희들에게 나처럼 '친절'을 베푼 **수상한** 녀석은?"

"없어." "응. 마왕이 처음이야."

어쩌면 옛날에 자신이 그랬던 것처럼 마르크에게 '재주'를 배운 사람이 있지 않을까 기대했지만 아무래도 없는 것 같다.

"그렇군……. 뭐, 됐어. 다음에 또 '재주'를 가르쳐주러 올 테니까 이 녀석을 봤거나 생각이 나면 나한테 말하도록."

10년이 훌쩍 지난 옛날 일이다. 지금 아이들이 알고 있을 가능성은 낮다. 그건 알고 있었지만 자간에게는 이곳이 마지막으로 짐작이 가는 곳이었다. 한숨을 쉬고 싶어진다.

낙담을 감추지 못하는 목소리에 아까 그 소녀가 고개를 갸웃거렸다. 그러더니 〈봉서〉를 가리킨다.

"저기, 거기에 그려져 있는 작은 아이가 마왕?"

안경을 쓴 소년 옆에는 죽상을 한 자간이 그려져 있었다.

"그래, 나다. 여덟 살 때지."

"나보다 작잖아." "마왕도 어렸을 때가 있었구나!"

소녀는 이상하다는 듯 고개를 갸웃거렸다.

"마왕은 왜 마술사가 된 거야?"

이 또한 당연한 의문이지만 자간은 귀찮아하며 〈봉서〉를 가리켰다.

"이때로부터 얼마 지나지 않아 마술사의 손에 죽을 뻔했는데 반대로 내가 죽이는 바람에 그렇게 된 것뿐이다."

그 대답을 들은 아이들이 조용해진다.

즉, 자간도 어른을 죽였기 때문에 '어린아이임'을 버릴 수밖에 없었던 인간이다. 그리고 이곳에 있는 아이들에게는 언젠가 자신이 직면하게 될 일이기도 하다.

자간이 자리에서 일어나자 소녀가 머뭇거리며 입을 열었다.

"저기, 다음에는, 나한테도 '재주'를 가르쳐……주세요."

"……그래, 다음에 그러지."

소녀의 머리를 툭 하고 두드려주자 다른 아이가 갑자기 뭔가 생각난 것처럼 목소리를 높였다.

"앗."

"이 녀석에 대해 뭔가 알고 있는 게 있나?"

자간이 몸을 앞으로 내밀고 묻자 아이는 머리를 옆으로 흔든다.

"아니. 그게 아니라 마왕이 우리에게 '재주'를 가르쳐준 건 오늘이 〈아시엘 이메라〉라서 그런 거야?"

낯선 단어에 자간은 눈썹을 찌푸렸다.

"뭐냐, 그 아시엘 어쩌고 하는 건……?"

왠지 어떤 흡혈귀의 이름과 비슷해서 불길한 느낌이 든다.

아이들은 조금 전의 소녀까지 포함해서 서로 얼굴을 마주보았다.

"마왕, 〈아시엘 이메라〉가 뭔지 몰라?"

"처음 들었다. 교회에서 사용하는 말 같은데 도대체 뭐지?"

자간이 의아해하며 되묻자 아이들은 슬픈…… 아니, 동정하는 것 같은 표정을 지었다. 그리고 누가 먼저랄 것도 없이 자간을 끌어안았다.

"왜, 왜 이래?"

"마왕, 불쌍해." "다음에 또 여기 와도 돼." "난 마왕을 우리 동료라고 생각하고 있어." "마왕은 혼자가 아니야!"

"에, 에잇, 떨어져! 이래봬도 바쁜 몸이야!"

영문을 알 수 없는 동정에 자간은 허둥지둥 뒷골목을 도망쳐 나왔다.

◇

"……도대체 왜들 저러지?"

오늘은 아침부터 이상한 일만 계속 일어나고 있는 것 같다.

부랑아들의 의미를 알 수 없는 동정도 그렇지만 네피가 자간에게 한 마디 말도 없이 성을 비웠고 라파엘도 어딘가 좀 이상했다. 가만히 생각해보니 포레도 침착하지 못한 모습으로 안절부절 못하고 있었던 것 같고.

무슨 일이 일어나고 있는데 자신만 눈치채지 못하고 있는 것 같은 기분이다.

마음에 걸리긴 하지만 머리를 흔들어 떨쳐낸다.

──해결하지 못한 사건이 너무 많아서 머리가 제대로 돌아가지 않는 건지도 몰라.

알시에라는 단서라면서 마르크가 사용하던 안경을 남겨두고 떠났다. 오랫동안 사용한 물건에서 마력을 이용해서 주인을 찾아내는 것은 그리 어려운 마술은 아니다. 추적은 간단할 줄 알았는데 막상 그 뒤를 쫓은 마력은 어디에도 연결되지 않았다.

자연스럽게 사라진 건 아니다. 누군가에 의해 흔적을 쫓지 못할 정도로 완벽하게 말소되어 있었다.

〈마왕〉의 보복이라도 있었는지, 마치 처음부터 존재하지 않았던 것처럼.

──그럴 리 없어. 나도 스텔라도 그 녀석에게 살아가는 방법을 배웠단 말이다.

그렇다면 이건 도대체 어떻게 된 걸까.

그 문제로 고민하며 뒷골목을 빠져나오자 낯익은 얼굴이 그를 기다리고 있었다.

"그 얼굴을 보니 자간 씨도 찾지 못한 모양이군요."

사자의 얼굴을 한 마술사였다. 검은 갈기에 황금색 눈. 자간도 올려다봐야 할 정도의 거구에 잘 단련된 몸에서는 마술 따위에 기대지 않아도 바위 정도는 간단히 박살낼 수 있는 힘을 엿볼 수 있다. 그렇지만 엘프와 묘수인, 마인족과 함께 개체수가 적은 종족이기도 하다.

지금은 자간이 자신의 오른팔로 두고 신뢰하고 있는 부하, 키메리에스다.

혼자 찾는 건 한계라는 것을 깨달은 자간이 도움을 요청한 것이 바로 이 남자다.

하지만 그 사납게 생긴 모습과 반대로 키메리에스의 표정은 떨떠름했다.

"죄송합니다. 제 후각으로도 이 안경 소유자의 냄새를 찾아내진 못했습니다."

키메리에스가 내민 건 마르크의 안경이다.

자간이 아는 한, 냄새를 추적하는 데 있어 키메리에스보다 뛰어난 자는 존재하지 않는다. 묘수인인 쿠로카도 시력을 잃은 대신 후각이 예민해지긴 했지만, 그래도 마술사인 키메리에스에는 미치지 못한다.

"그쪽도 실패인가. ……이런 잡무를 시켜서 미안하다."

"아닙니다. 자간 씨에게 필요한 일이라면 우리에게도 반드시 필요한 일일 거라고 생각하고 있습니다."

"흐음, 그렇게 추켜세워봤자 아무것도 안 나온다."

자간이 콧방귀를 끼자 키메리에스는 뒷골목 안쪽으로 시선을 준다.

"그나저나 괜찮을까요? 저 아이들에게 말하는 법 정도는 제대로 가르쳐야 하는 것 아닐까요? 상대가 자간 씨가 아니었다면 큰일 났을지도 모릅니다."

상대가 〈마왕〉이라는 것을 알면서도 경칭 하나 붙이지 않았다. 키메리에스가 하려는 말이 뭔지 모르는 건 아니다.

그렇지만 자간은 어깨를 으쓱일 뿐이었다.

"마술사가 예의 운운해봤자 우스꽝스럽기만 해. 게다가 저래 봬도 저 아이들은 쓰레기장에서 영리하게 살아가고 있다. 지혜 정도는 알아서 익히게 되어 있어."

어이없는 대답이었지만 오히려 키메리에스는 흐뭇해하며 고개를 끄덕였다.

"역시 상대가 자간 님이었던 건 행운이라는 생각이 드네요."

"운이 좋은 녀석은 애당초 부랑아가 되지도 않아."

그렇지만 이런 말을 해주는 사람이 있다는 것도 그리 나쁘지는 않은 것 같았다.

하지만 이곳에서도 마르크에 대한 단서를 찾아내지 못했다. 키메리에스도 심각한 표정으로 고개를 끄덕인다.

"하던 이야기로 돌아가지. 내 마술 추적과 자네의 후각으로도 흔적 하나 발견하지 못했어. 그렇다면 생각할 수 있는 건 〈마왕〉급의 마술사에 의해 흔적이 말소되었다는 거다."

"저도 그렇게 생각합니다. 그건 즉 사실상 그 사람은 존재하지 않았던 것으로 되어 있다는 뜻이죠."

즉 마르크가 살아 있을 가능성은 한없이 낮다. 그가 어떤 사람이었는지 알아내는 것조차 거의 불가능하다는 뜻이다.

"……스텔라라면 마르크에 대한 단서를 가지고 있을지도 모르는데."

아마도 두 번 다시 만나지 못할 옛 친구의 얼굴을 떠올린 자간은 자기도 모르게 한숨을 흘린다.

"자간 씨의 친구였다는……?"

"그래. 지금은 안드레알푸스가 보호하고 있지. 만나지 않아도 된다면 그게 서로를 위한 일이야."

자간은 그녀의 원수이기도 하고 스텔라 역시 다시 일어날 수 있다면 마술과는 인연이 없는 평범한 사람이 될 수 있을지도 모르니 말이다.

키메리에스는 격려를 하는 것처럼 목소리를 높인다.

"차근차근 찾아보도록 하죠! 10년 전, 이곳에서 자간 씨와 만났던 건 틀림없는 사실이니 분명 어떤 단서가 있을 겁니다."

"……이런, 괜히 신경 쓰게 만들었군. 나야 계속해서 찬찬히 찾아볼 생각이다만."

단념한 건 아니지만 허세라고 할 만큼 공허한 미소는 아니었다.

그러다 문득 아까 아이들이 했던 말과 행동이 생각났다.

"그러고 보니, 키메리에스, 아시엘 이메라라는 걸 알고 있나?"

아까는 부랑아들의 생각지도 못한 행동에 깜짝 놀라서 도망쳤지만 도대체 그게 뭔데 그러는 걸까. 마르크의 뒤를 쫓다가 나온 단어라면 일단 알아두는 게 좋을 것 같다.

키메리에스의 어깨가 움찔 떨린다.

"제가 알고 있는 것과 같은 건지는 모르겠지만 비슷한 단어는 알고 있습니다."

"……어떤 거지?"

자간이 날카로운 목소리로 묻자 키메리에스는 고개를 옆으로 흔들었다.

"그게 〈아시엘 이메라〉를 말하는 거라면 교회의 성자를 기리는 의식……이라고 생각합니다만."

"성자를 기리는 의식? 그게 오늘 열리나?"

"글쎄요. 정확한 날짜는 모르지만 그런지도 모르겠군요."

키메리에스는 태연하게 대답했지만 그 시선이 살짝 허공을 헤맨 것을 자간은 놓치지 않았다.

흐음, 하고 자간은 팔짱을 낀다.

"숨기고 있다……기보다는 뭔가 대답하기 곤란한 이유라도 있나 보군."

그 지적에 키메리에스도 체념한 것처럼 어깨를 늘어뜨렸다.

"……자간 씨는 사람의 마음도 읽으실 수 있습니까?"

"못 읽으니까 이렇게 묻는 거잖아. ……그래도, 뭐, 됐어. 네가 대답하지 못하는 걸 보니 그럴 만한 이유가 있어서 그런 거겠지."

"죄송합니다. 하지만 제가 지금 대답한 건 사실입니다."

그렇군, 하고 자간은 고개를 끄덕인다.

──아시엘이라는 것이 무언가의 이름이라면 '아시엘 날'이라는 의미인가?

교회의 신에게 이름은 없다. 이름이 있다면 분명 성자일 것이다.

그런데 그 성자라는 존재가 보통내기가 아니다.

일단 성자는 '사후 한 번은 기적을 일으킨' 사람이어야만 한다. 목숨을 바치는 대신 무언가를 이룬 영웅 정도로는 어림도 없다.

한마디로 기적이라고 말해도 여러 가지가 있다.

죽은 성기사장이 성검 그 자체가 되어 검만으로 계속 싸웠다거나 치유의 힘을 가진 여자가 자신의 팔을 비석에 넣어둠으로써 사후에도 비석을 만진 사람을 치유해줬다거나 불사자(不死者)를 물리치는 성스러운 샘을 남긴 자 등. 그중에는 사막에 씨를 뿌려서 수백 년 후에 숲을 만든 소녀 같은 수수한 사례도 있었다.

솔직히 자간은 그중 몇 명은 마술사가 아니었을까 의심하고 있다.

그런 수많은 기적 중에서 가장 유명한 것이 바로 '사후의 부활'이다.

불사자(언데드)를 사악한 존재로 보고 눈엣가시처럼 여기는 교회가 무슨 말을 하는 건가 싶지만, 좀비와 스켈레톤, 피를 마시는 흡혈귀 같은 불완전한 존재가 아니라 인간으로서 부활하는 것이라고 한다.

——죽었다가 다시 살아났다는 것부터가 이미 인간이 아닌데.

그렇다 보니 예전 같으면 성자라고 하면 비웃었겠지만 요즘은 조금 생각이 다르다.

——천사의 일화가 그 녀석들의 일화로 바뀌었을 가능성이 있어.

과거에 존재했던 자를 완전히 소멸시키는 건 제아무리 마르코시어스라고 해도 그리 간단한 일은 아니다. 그때 화를 면한 단서가 교회에도 있는 게 아닐까.

그렇지만 누가 뭐래도 마르코시어스가 완벽하게 소멸시킨 존재다. 이런 곳에서 당당하게——뒷골목 아이들도 알고 있을 정도의 수준으로 남아 있을 리 없다.

자간은 머리를 흔들어서 사고를 전환한다.

"교회와 관계된 일이라면 교회 녀석에게 물어보는 게 가장 빠르겠지."

샤스틸은⋯⋯네피와 볼일이 있다고 했지만 그 외에도 쿠로카와 리처드, 교회에 신세를 지고 있는 처제, 네프테로스도 있다.

그렇게 중얼거리자 키메리에스는 노골적으로 당황했다.

"자, 자간 씨! 가능하면 말이죠, 저기, 〈아시엘 이메라〉에 대해서는 못 들으신 걸로 해주시면 안 될까요?"

"뭐야. 내가 알면 곤란한 일이냐? 교회의 의식이라면서?"

"그건⋯⋯. 원하신다면 제가 반드시 대답해드리겠습니다. 그렇지만 오늘만은⋯⋯, 딱 하루만 눈을 감아주셨으면 합니다."

키메리에스와 함께한지는 그리 오래 되지 않았지만 이 남자가 이렇게 필사적으로 무언가를 간청하는 모습은 본 적이 없다.

——이 녀석이 이렇게까지 말한다면⋯⋯.

자간과 자간의 주위에 해를 미치는 일이라면 키메리에스도 이런 태도는 취하지 않을 것이다. 하는 수 없이 고개를 끄덕인다.

"알았다, 알았어. 더 이상 캐묻지 않도록 하지. 그러면 되나?"

"⋯⋯감사합니다."

머리를 깊이 숙이는 심복의 모습에 자간은 고개를 옆으로 흔들었다.

"그만둬. 나도 무신경했을 수 있으니까. 다른 사람에게 말하고 싶지 않은 것 한두 가지 정도는 있는 게 인간이니까."

자간에게는 그것이 바로 마르크와 스텔라에 대한 것이었는지도 모른다.

그제야 키메리에스도 마음이 놓인 표정을 지어 보였다.

"으음——! 나이스, 〈아시엘 이메라〉! 오늘은 여기저기서 날카로운 사랑의 힘이 느껴지는구나! 거기 있는 소녀, 자, 이 사과를 받아! 오늘도 좋은 날이 되기를!"

느닷없이 울려 퍼진 노파의 목소리에 키메리에스는 자신의 모든 노력이 수포로 돌아간 것처럼 험악한 표정을 지었다.

"아——……. 음. 오늘은 그만 됐어, 키메리에스. 바쁘지?"

"죄송합니다! 전 이만 고메리 씨를 잡으러 다녀오겠습니다!"

키메리에스는《흑인(黑刃)》이라는 이름 그대로 바람처럼 가버렸다.

——왠지 불길한 예감이 드는데…….

더 이상 추궁하지 않겠다고 약속했지만 아무래도 골치 아픈 일이 일어날 것 같은 느낌이 든다.

그렇게 심복과 노파에게 정신이 팔려 있느라 자간은 알아차리지 못했다.

자신과 엇갈리는 것처럼 한 사람이 부랑아들이 있는 뒷골목으로 들어갔다는 것을.

"마왕 말이야, 좋은 녀석이었어." "그치만 조금 가엽기도 했어."
"응. 다음에 만나면 밥이라도 좀 나눠주자." "바보야, 마왕은 높은 사람이기 때문에 밥 정도는 잘 챙겨먹고 살거든?" "〈아시엘 이메라〉를 같이 보낼 수 있으면 좋을 텐데." "응. 우리랑 함께 〈아시엘 이메라〉를 할 수 있으면 좋을 텐데 말이야."

자간이 떠난 뒷골목에서 부랑아들은 즐겁게 그런 대화를 나누고 있었다.

그런 담소를 소녀——리제트는 한 발 떨어진 곳에서 바라보고 있었다. 처음에 자간에게 경계심을 드러냈던 그 소녀다.

완전히 더러워진 금발 머리를 쓸어 올린 리제트는 끌어안고 있는 무릎에 얼굴을 묻었다.

——마왕이 '친절'했던 건 이곳 출신이었기 때문일까.

그는 어른이었지만 자신들을 때리진 않았다. 정말로 이야기만 들으려고 '재주'라는 것을 가르쳐준 것 같다.

어쩌면 이야기를 듣는다는 것도 거의 구실이고 그냥 이곳 아이들에게 몸을 지키는 기술을 가르쳐주러 온 것인지도 모른다. 적어도 그를 만난 아이들은 그렇게 느끼고 있었다.

리제트도 그렇게 믿고 싶은 마음이 치밀어 오르고 있다.

——그렇지만 정말 믿어도 되는지 잘 모르겠어.

자신에게 있을 곳을 마련해준 건 이곳의 아이들뿐이고 그것조차 아직 신참인 리제트에게는 거리감을 가늠하기 힘들었다.

——**그 사람**이라면 뭐라고 말할까……?

이름은커녕 얼굴조차 생각나지 않는, 그래도 리제트가 유일하게 마음의 버팀목으로 삼고 있는 사람이다.

고개를 숙이고 있자 아이들 중 한 명이 손짓을 해주었다.

"리제트도 이쪽으로 와. 한데 모여 있는 게 훨씬 더 따뜻해."

서로 어깨를 맞댄 채 웃고 있는 아이들은 확실히 따뜻해 보였다.

"……응!"

그 아이들 사이에 들어가려고 할 때였다.

"룰루랄라♪ 나는 해적, 자유로운 해적♪ 빼앗아서 죽이고 오늘
은 서쪽, 내일은 동쪽에서 길가에 쓰러져 죽지. 빼앗겨서 죽임을
당해 무덤 속. 오늘은 누구의 것을 빼앗을까, 내일은 누구의 것을
빼앗을까♪"

무시무시한 노랫소리가 느닷없이 뒷골목에 울려 퍼졌다.

아까 자간이 사라진 통로 너머에서 한 사람이 다가온다.

마치 사냥이라도 하는 여우처럼 가벼운 발걸음으로 기이한 노
래를 흥얼거리며 후드를 깊숙이 눌러 쓰고 있다. 목에는 몇 가지
보석이 박힌 목걸이. 폭력적일 정도로 알아보기 쉬운 마술사의 모
습이었다.

가락이 맞지 않는 선율은 귀에 거슬리기만 해서 마술사의 기이
함을 한층 더 돋보이게 만들 뿐이다. 그리고 그 노래에서 조금 전
마왕 자간 같은 친근함을 느끼는 건 불가능했다.

"수상한 놈이 왔다!"

"도망쳐!"

뒷골목 소년소녀들은 개미떼가 흩어지는 것처럼 도망친다.

하지만 리제트는 후드 사이로 언뜻 보이는 얼굴이 왠지 낯익어

서 도망치지 못했다.

마침내 후드를 쓴 사람은 뒷골목 한가운데에서 걸음을 멈추더니 악취가 뒤섞인 공기를 기분 좋게 들이마신다.

"으음——, 이 썩은 공기, 오랜만이군."

후드 사이로 보이는 입가가 초승달 같은 미소를 그린다.

"**그 녀석**은…… 역시 없나. 하긴 그 후로 몇 년이나 지났으니 어쩔 수 없겠지. 또 승부를 하고 싶었는데 아쉽다, 아쉬워."

아쉽기는커녕 즐거운 모습으로 마술사는 중얼거린다.

그러더니 갑자기 뒤를 슥 돌아봤다.

"그런데 꼬마, 무슨 용건이라도 있냐?"

"히익……."

날카롭게 쏘아보는 눈동자는 분명 리제트를 비추고 있었다.

"아하——? 전혀 대답할 생각이 없다 이건가. 그런 태도는 좋지 않다고 아무도 가르쳐주지 않았나? 그렇다면 그런 걸 배우지 못한 자신의 불운을 저주하는 게 좋을 거다."

"아, 아니야…… 난……."

무릎이 덜덜 떨려서 털썩 엉덩방아를 찧었다.

다리가 풀린다는 게 이런 상태를 가리키는 걸까. 도망쳐야 한다는 걸 알고 있지만 아무리 해도 다리에 힘이 들어가지 않았다.

그리고 입가를 초승달 모양으로 일그러뜨린 마술사는 리제트를 향해 땅을 걷어찼다.

"——!"

머리를 감싸고 눈을 감는다.

자신은 분명 여기서 죽을 것이다. 그런 공포와는 반대로 리제트의 몸은 부드러운 것에 감싸였다.

안겨 있다는 것을 깨달은 건 조금 시간이 지난 후였다.

동시에 무언가가 우지끈 찌그러지는 소리. 어깨 위에 뭔가가 후드득 떨어진다.

"에……?"

"마음에 들지 않는군. 내 **여동생**에게 무슨 짓을 하려는 거지?"

머뭇머뭇 뒤를 돌아보니 리제트의 뒤에 이형의 '무언가'가 서 있었다.

마술사처럼 로브를 걸치고 있지만 그 안에서 기어 나오고 있는 건 긴 체모에 뒤덮인 팔이 네 개. 머리에는 마술사의 주먹이 박혀 있어서 판별이 불가능하지만 적어도 리제트는 한 번도 본 적 없는 종족이었다.

마술사가 의외라는 듯 말한다.

"수왕족(獸王族)……? 왜 이런 곳에——엇."

『옷보오오오오오.』

얼굴은 도려내졌지만 4개의 팔은 마술사를——아니, 리제트를 잡으려고 다가온다.

"이런, 이런……. 어이, 꼬마, 혀를 깨물지 않도록 조심해라."

그렇게 말한 마술사는 한손으로 리제트를 안아든 채 뒤로 뛰어오른다. 네 개의 팔은 한 발 늦게 허공을 긁었다.

한 발 떨어져서 보니 그것은 마술사보다 머리 두 개 정도는 더 큰 거한이었다. 리제트와 나란히 서면 진짜 두 배 정도는 됨 직해 보인다.

마술사의 주먹도 별로 효과가 없는지, 허공을 가른 네 손은 맹렬하게 돌진해왔다.

"손버릇이 나쁜 놈이군. 여자들은 그런 걸 싫어하는 거 모르냐?"

마술사는 한숨을 쉬며 그렇게 중얼거리더니 리제트를 바닥에 내려놓았다. 그리고 뒤를 돌아보는 동시에 긴 다리로 호를 그리며 발차기를 날린다.

그 발목이 네 개의 팔 중 하나에 닿은 순간이었다.

『엇.』

거한의 몸이 공중에서 빙글 한 바퀴 돌았다.

──이건 아까 마왕이 가르쳐준 '재주'와 똑같아……?

그것도 손으로 잡지도 않고 발로 처리했다. 아무것도 모르는 어린아이라는 점을 빼고 보더라도 차원이 다른 기량이라는 것을 알 수 있었다.

무슨 일이 일어났는지 알 틈도 없이 네 개의 손은 얼굴에서 바닥으로 내동댕이쳐진다.

마술사의 '재주'는 그것만으로 끝나지 않았다. 공중에서 팽이처럼 몸을 회전시키더니 그대로 나머지 발로 발꿈치를 내리찍었다.

도끼 같은 일격에 쿵 하고 둔한 충격이 일어난다.

하지만 그 일격은 땅을 후벼팠을 뿐이었다.

"……호오?"

마술사의 목소리에서도 비웃음의 빛이 사라진다. 네 개의 손은 네 개의 팔로 바닥에 달라붙더니 그대로 뒤로 도약한 것이다.

　네 개의 손도 땅을 기는 것처럼 자세를 잡자 두 사람은 서로 날카롭게 노려본다.

　하지만 그 상태가 지속되진 않았다.

　『ㅇㅇ.』

　마술사가 공격하기 전에 네 개의 손은 뒤로 펄쩍 뛰어오르더니 그대로 모습을 감추었다.

　"……도망친 것, 같군."

　그제야 마술사는 리제트에게 시선을 준다.

　"괜찮아? 설 수 있겠어?"

　그 말을 듣고서야 자신이 또 주저앉아 있다는 것을 깨달았다. 마술사가 내민 손을 잡고 간신히 일어났다.

　"저, 저기……. 저를 구해주신, 건가요?"

　"그런 것 같은데?"

　"어째서……. 저는, 보답으로, 드릴 수 있는 게, 전혀 없어요."

　어른은 아무 보답 없이 '친절'을 베풀지 않는다. 그런 '친절'을 베푸는 어른은 거짓말쟁이다. 몸을 지켜라. 그것이 리제트 안에 있는 진실이다.

　머뭇머뭇 목소리를 쥐어짜내자 마술사는 풋 하고 웃더니 리제트의 머리를 쓰다듬었다.

　"나도 이곳 출신이니까 따지고보면 넌 내 여동생이나 마찬가지다. **뒷골목의 형제**가 여동생을 도와주는 데 이유가 필요한가?"

그것은 부랑아들 사이의 암호였다.

어른을 믿지 않는 뒷골목 아이들은 서로를 형제라고 부른다.

마술사는 후드를 벗고 얼굴을 보였다.

"이거 참, 자간의 얼굴을 보러 왔는데 위험에 처한 형제를 그냥 놔둘 수는 없지."

그 얼굴을 본 리제트는 숨을 삼켰다.

——이 사람, 마왕이 가지고 있던 그림에 그려져 있던…….

옷도 다르고 눈동자 색도 다르지만 그 옆얼굴은 분명 낯이 익었다. 그 그림 속 인물이 10년이나 성장하면 이렇게 되지 않을까 싶은 모습이다.

그리고 그 눈동자는 자간과 똑같은 은색이었다.

은안(銀眼)의 마술사는 의아해하며 중얼거린다.

"그나저나 수왕족은 처음 보는군. 옛날에 멸망했다고 들었는데."

죽은 자가 길을 잃고 이 세상에 나타난다. 원래라면 있을 수 없는 일이지만 오늘 이날——〈아시엘 이메라〉라면 필연이라고도 할 수 있었다.

◇

"쿠로카 짱, 혼자만 가도 괜찮겠어? 쿠우도 따라갈까? 어차피 오늘도 가게에 가야 해서 도중까지는 같이 갈 수 있어."

교회에 있는 방에서 동거인인 호수인(狐獸人) 소녀 쿠우가 걱정스럽게 말한다.

"고아원과 관청에서 성경을 낭독하고 오기만 하면 되니까 괜찮아요. 쿠우는 가게 일 말고도 〈아시엘 이메라〉 준비를 해야 되잖아요?"

"그건…… 그렇지만."

쿠우는 납득이 되지 않는 얼굴로 뺨을 잔뜩 부풀린 채 침대에서 뒹굴거린다.

"오늘은 〈아시엘 이메라〉인데 쿠로카 짱은 일을 너무 많이 해. 왜 하필 오늘 샤스틸 씨와 네프테로스 씨는 쉬는 날인 거야?"

오늘은 샤스틸과 네프테로스 모두 교회에 없었다.

"샤스틸 님은 너무 일을 많이 하셔서 세 기사님들이 강제로 쉬게 하셨어요. 네프테로스 님은 애당초 교회에 소속된 사람이 아니고요."

"에, 정말이야? 사제나 사교 같은 높은 사람인 줄 알았어."

깜짝 놀라서 몸을 일으키는 쿠우를 향해 쿠로카는 미소를 지어 보인다.

"교회에 협력해주고 계신 건 전적으로 네프테로스 님의 후의(厚意)예요. 그러니까 억지를 부려선 안 돼요. 이런 날 정도는 가족들과 함께 보내고 싶지 않을까요?"

"가족이라……. 네프테로스 씨의 가족은 어떤 사람일까?"

"저도 자세히는 모르지만 언니가 있다고 들었어요. 오늘은 그 언니라는 분과 함께 외출한다고 하셨어요."

"오오, 언니가 있구나. 역시 대단한 사람일까?"

쿠로카는 가슴에 손을 올리고 고개를 끄덕였다.

"멋진 분이셨어요."

"쿠로카 짱, 만나본 적 있어?"

"네. 지난번에 류카온에 갔을 때 잠깐……."

──그 사람이 오빠가 좋아하는 사람.

그 사실을 알았을 때는 깜짝 놀랐지만 동시에 납득도 할 수 있었다.

쿠로카는 자신의 눈앞에 손을 들어본다.

빛이 없는 세계는 암흑과는 조금 다르다. 달이 뜨지 않은 밤의 어둠보다는 앞으로 뻗은 손끝도 보이지 않는 안개 속이 그나마 비슷할 것이다. 하얀색도 검은색도 아닌, 색 자체가 존재하지 않는 세계다.

그런 세계에서도 기억을 떠올리는 건 가능하다.

손으로 만진 물건의 윤곽을 상상하는 건 가능하다.

지팡이로 땅바닥을 두드리면 튼튼한 바닥도 인식할 수 있다.

그런 식으로 자신 안에 외부 세계를 **만들어가는 것**이다.

지금은 제법 익숙해졌지만 눈이 보였을 때의 감각은 그리 간단히 사라지는 것이 아니다.

가끔 견딜 수 없이 불안해질 때가 있다.

이렇게 들어 올린 손에 정말 손가락이 다섯 개 있는 걸까? 팔다리가 있다고 믿고 있는 것뿐, 사실은 몸의 어딘가가 없어진 건 아닐까? 또는 얼굴에 보기 흉한 상처가 있는데 다들 아무 말 않고 있는 건 아닐까?

쿠로카가 실명한 건 마술사의 마술을 피하지 못했기 때문이다.

──그래서 대답하지 못한 걸까······.

네프테로스의 언니 네피. 그녀는 쿠로카에게 이렇게 말해주었다.

──당신의 눈, 저라면 치료할 수 있을지도 몰라요──.

마술과는 다른 기적을 다루는 하이 엘프. 그 힘이라면 쿠로카는 눈의 빛을 되찾을 수 있을지도 모른다. 그런 네피가 그렇게 말해주었다.

원한다고 얻을 수 있는 기회가 아니다. 땅바닥에 머리를 대고 조아리는 한이 있더라도 그러겠다고 해야 하는 제안이다.

──그런데 다리가 얼어붙어서 목소리가 제대로 나오지 않았어.

두려웠던 것이다.

네피는 그런 쿠로카를 경멸하지도 나무라지도 않고 그저 기다리겠다고 말해주었다. 마음을 정리하고 난 후라도 괜찮다고.

──그 사람은 도저히 이기지 못할 것 같아요.

그 후로 벌써 한 달이나 지났는데도 여전히 한 발도 내딛지 못하고 있는 쿠로카에게는 상대도 되지 않는 사람이다.

그래서 존경하기로 했다.

쿠로카는 머리를 흔들며 일어난다.

"자, 슬슬 일을 하러 가봐야 할 것 같아요. 쿠우도 조심히 잘 다녀오세요. 거리가 활기로 넘치는 건 좋은 일이지만 그만큼 위험한 일도 늘어나니까요."

"응──. 쿠로카 짱도 조심히 잘 다녀와──. 앗, 잠깐만."

지팡이를 집어 들려고 하자 쿠우가 불러 세웠다.

"무슨 일이에요…… 앗, 쿠우?"

뭔가 생각났는지, 쿠우는 쿠로카를 꼭 끌어안았다.

"에헤헤, 규우——. 괜찮아. 쿠우는 쿠로카 짱과 늘 함께 있으니까."

그 말을 들으니 신기하게도 마음이 편안해진다.

쿠로카의 불안한 마음을 알아차리고 이렇게 해준 모양이다.

"……고마워요. 돌아오면 우리 같이 케이크라도 먹도록 해요."

"응! 쿠우가 맛있는 걸 만들어줄게."

착한 동거인의 위로를 받으며 쿠로카는 방을 나선다.

"앗, 쿠로카 짱, 앞——."

"에——아웃."

콩, 하고 머리에서 둔탁한 소리가 들렸다.

"아, 미안. 괜찮나?"

목소리의 주인은 성기사 리처드인가.

아무래도 목재 같은 것을 옮기고 있는데 마주친 모양이다. 오늘은 〈아시엘 이메라〉라서 교회 안도 북적거리고 있다.

"그런 면이 걱정된단 말이지……."

마음씨 고운 동거인은 웅크리고 있는 쿠로카의 머리를 어루만져주었다.

얼마 후. 큐아노에이데스 번화가.

——결국 난 많은 사람들의 도움을 받고 있어.

안 그래도 다른 사람의 도움 없이 살아가지 못하는 몸인데 그 이상으로 도움을 받고 있다.

"릴리스와 셀피에게도 걱정을 끼치고 말았고……."

자기도 모르게 혼잣말이 흘러나왔다.

소꿉친구 둘――특히 릴리스는 다른 사람들보다 훨씬 걱정이 많은 성격이다 보니 큐아노에이데스로 돌아온 후에도 잘 지내고 있는지 보러 와주고 있다. 그녀가 자간의 성에 몸을 의탁하고 있기도 해서 이틀에 한 번 꼴로 얼굴을 보고 있는 셈이 되는 건가.

좀 더 정신을 차려야겠다 싶어서 마음을 다잡고 성경의 내용을 반추한다.

얼마 되지 않는, 검을 휘두르는 것 말고 다른 누군가의 도움이 될 수 있는 기회다. 이럴 때 열심히 하지 않으면 언제 열심히 한단 말인가.

그렇게 정신을 바짝 차렸을 때였다.

익숙한 냄새가 코를 찔렀다.

"――!"

귀 끝부터 두 갈래로 나뉜 꼬리 끝까지 털이 곤두섰다.

잊을려 해도 잊지 못한다.

이 '냄새' 때문에 쿠로카는 복수를 다짐한 사람이 되었다.

――이 '냄새'…… 우리 고향을 습격한 놈……!

일족을 멸망시킨 원수의 '냄새'였다.

쿠로카는 오로지 그 마술사를 죽이기 위해 교회의 비밀 조직인 〈아자젤〉에 들어가서 수많은 마술사를 죽여왔다.

──진정해. 아직 확실한 건 아니야.

비슷할 뿐 똑같은지는 아직 모른다.

게다가 〈아자젤〉에 있었을 때, 아무리 찾아도 찾아내지 못했던 마술사다. 그런 마술사가 이제야 자신의 앞에 나타나다니, 이렇게 기가 막힌 타이밍이 있을 수 있을까.

그렇게 속으로 되뇌었지만 두근두근 미친 듯이 뛰는 심장은 처참한 기억을 되살려낸다.

──복수는 이미 끝났어.

지팡이를 꽉 쥔다. 과거에 증오가 이끄는 대로 달리던 쿠로카를 자간은 아무 말 없이 전부 다 받아주었다. 그럴 필요 없었는데도 쿠로카가 모든 증오를 다 토해내게 해주었다.

그러니 쿠로카의 복수는 이미 다 끝났다.

──그렇지만 결판을 내고 싶어. 그게 아니더라도 누구인지 확인해두고 싶어.

시간을 생각한다. 길을 헤맬 것을 염두에 두고 여유를 가지고 교회를 나섰다. 일을 시작하려면 아직 시간이 남았다.

길을 잃고 헤맨 건 불과 몇 초였다.

몇 초 후에 쿠로카는 '냄새'의 행방을 쫓아 걷기 시작했다.

많은 사람들의 체취와 흙먼지, 그리고 운하의 습한 냄새. 떠들 썩한 소리와 함께 그 냄새들이 흘러들어오는 곳은 큐아노에이데스의 번화가다.

'냄새'는 번화가를 벗어나서 좁은 길로 이어지고 있다.

곰팡내와 시큼한 냄새가 풍기는 그곳은 뒷골목인 것 같다. 거지와 부랑아, 노상강도들의 집합소다. 애용하는 특수 지팡이가 있긴 하지만 앞이 보이지 않는 쿠로카가 가까이 가도 좋은 곳은 아니다.

——하지만 '냄새'는 이 앞에서 나고 있어.

발을 내딛어보니 이상하게도 인기척은 전혀 느껴지지 않았다.

보통은 부랑아들이, 그게 아니더라도 거지 한두 명 정도는 늘 자리를 잡고 있는데 지금은 숨결 하나 느껴지지 않는다.

쿠로카는 몰랐다. 그곳이 조금 전에 자간이 부랑아들에게 둘러싸여서 '재주'를 가르쳐준 곳이고 은안의 마술사가 부랑아 소녀 리제트를 구해준 곳이라는 것을.

그래도 뭔가 이상하다는 건 알 수 있었다.

신중하게 발을 내딛자 뒷골목 한가운데에 누군가 서 있는 것처럼 느껴졌다.

——역시 그때 그 '냄새'야.

그렇게 확신하는 것과 동시에 다른 '냄새'가 뒤섞여 있다는 것도 깨달았다.

왠지 그리운 느낌이 나는 '냄새'다. 하지만 누구의 냄새인지는 생각나지 않는다. 스스로 용기를 북돋우는 것처럼 다시 한 번 지팡이를 꽉 쥔다.

"당신은 누구죠?"

입술을 뚫고 나온 것은 그런 말이었다.

그것 말고 다른 해야 하는 말이 있진 않았을까 하고 생각하는 반면, 자신이 알고 싶었던 것은 분명 그것이라고 자각한다.

——어째서 우리 일족을 노린 걸까.

이 인물——아마도 마술사이리라——에게 어떤 이유가 있었던 걸까.

별 것 아닌, 하찮은 이유인지도 모른다. 아니면 자신들이 어떤 원한을 샀을 수도 있다. 어쩌면 지금 쿠로카의 손에 있는 〈천무월(天無月)〉이 목표였는지도 모를 일이다.

그중 무엇이라도 좋으니 알고 싶은 것이다.

도대체 누가 우리를 습격한 걸까.

그 물음에 뒷골목에 있는 인물은 천천히 뒤를 돌아봤다.

그리고 입을 살짝 벌리고 이렇게 말했다.

『너, 는…… **쿠로, 카**…….』

전혀 예상하지 못한 말.

그보다 더한 건 예상하지 않은 목소리였다.

들어본 적 있는 목소리였다.

"어째, 서……. 이 목소리……."

있을 수 없는 일이 일어났다.

"이 목소리, 엄, 마……?"

다시 한 번 듣고 싶지만 더 이상 들을 수 없는 줄로만 알았던 엄마의 목소리였다.

──왜? 어째서 엄마가 이곳에?

설마 습격이 있었던 날, 엄마가 일족을 배신했다는 건가?

그런 의문이 치밀어 올랐지만 즉시 부정한다.

──엄마는 나를 감싸다가 죽었어!

등이 베였지만 그래도 끝까지 쿠로카를 안고 달려준 그 온기를 지금도 기억하고 있다. 엄마가 교회까지 도망쳤기 때문에 쿠로카는 살아남을 수 있었다.

──그럼 마술의 환영 같은 걸까?

자신은 이미 적의 술(術)에 빠져 있는 걸까.

동요하는 쿠로카에게 그 사람은 손을 내민다.

도망쳤어야만 했다. 그게 아니더라도 피하는 것 정도는 할 수 있었을 것이다. 그러나 공황에 빠진 쿠로카는 목소리조차 내지 못했다.

그리고 그 손가락 끝이 쿠로카의 뺨에 닿았다.

"──싫어!"

반사적으로 손을 뿌리치려고 한다.

하지만 동요한 나머지 힘이 제대로 들어가지 않았던 모양이다. 소중한 지팡이가 손에서 슥 빠져나가서 어딘가로 날아가 버렸다.

그러나 쿠로카에게는 그런 것에 신경을 쓸 여유가 없었다.

"──앗, 으으으음……?"

심장이 공처럼 튀었다.

참지 못하고 무릎을 꿇는다.

──몸이, 뜨거워……?

숨을 쉴 수가 없었다.

팔다리에서 힘이 빠지고 정신이 아득해져간다.

자신의 몸에 무슨 일이 일어났는지도 모른 채, 쿠로카는 바닥에 쓰러졌다.

◇

"앗——, 샤크스다! 나 무릎이 까졌는데 치료해줘!" "과자 좀 줘." "돈 좀 주세요." "잠잘 곳도 마련해줘."

"에잇, 시끄럽잖아, 이 자식들아! 다들 저리 가! 오늘은 일을 해야 된단 말이다! 그보다 마술사에게 허물없이 말 걸지 말라고 했잖아. 자꾸 그러면 잡아먹는다!"

번화가를 걷고 있자 어디에서 튀어나온 건지 부랑아들이 모여들었다.

샤크스는 탄탄한 체격에 비해 어딘가 얼빠진 듯한 얼굴을 한 마술사였다.

나이는 20대 후반 쯤 될까. 다갈색 머리를 짧게 자르고 턱에는 수염이 아무렇게나 자라 있다. 유리 같은 눈동자로 부랑아들을 노려보지만 박력이 전혀 없어서 반대로 비웃음만 당할 뿐이다.

이 마을에 온 지 아직 몇 개월 밖에 되지 않았는데 무슨 이유에서인지 꾀죄죄한 아이들이 그를 잘 따랐다.

——이래서 해가 떠 있는 동안 밖에 나오는 건 싫다니까!

대다수의 마술사들이 그렇듯이 샤크스 또한 우울한 연구실에서 나오고 싶어 하지 않는 부류의 인간이다. 그런 그가 한낮부터 번화가를 걷고 있는 건 누가 불러냈기 때문이다.

간신히 부랑아들을 쫓아내고 들어간 가게는 술집이다. 안을 둘러보니 그를 불러낸 사람은 아직 오지 않은 것 같다.

근처에 있는 자리에 앉으려고 하자 점원 중 한 명이 주문을 받으러 온다.

뾰족하게 솟은 귀. 허리까지 내려오는 은색 머리. 기가 세 보이는 눈동자는 달빛. 거기에 무려 갈색 피부를 가진 다크 엘프, 그것도 이 마을에서는 일종의 '유명인'이기도 한 소녀였다.

──앗? 왜 이 녀석이 이런 곳에?

반사적으로 메뉴로 얼굴을 가린다.

아니, 딱히 얼굴을 보게 된다고 해서 곤란한 건 아니지만 마술사라는 인종은 기본적으로 뒤가 구린 것을 잘 반죽해서 만든 다음 옷을 입힌 것과 비슷한 존재다. 아마 비난을 받을 만한 짓은 아직 하지 않았겠지만 조건반사적인 행동이었다.

그런 짓을 한 샤크스는 점원인 엘프도 얼굴을 살짝 찌푸리고 있다는 점을 알아차리지 못했다.

그런 표정을 보인 건 한순간으로 갈색 피부의 엘프는 메모지를 꺼내들었다.

"어서 오세요. 두 분이신가요?"

"앙? 난 혼자⋯⋯앗, 왜 이런 곳까지 따라오는 거냐!"

부랑아 중 한 명이 어느새 샤크스의 로브 자락을 잡고 있었다.

"배고파⋯⋯."

꼬마는 호소하는 눈빛으로 그를 올려다보고 점원인 다크 엘프는 그런 그를 수상쩍게 쳐다본다.

"뭐야? 손님이 아니야?"

샤크스도 한숨을 흘린다.

"나는 맥주, 이 녀석한테는 빵과 우유."

"알겠습니다."

갈색 엘프는 친절한 미소도 하나 없이 그대로 가버린다.

——저 자식, 네프테로스라는 놈이지? 교회에 있는.

뭐가 어떻게 된 건지 모르겠다.

엘프 점원은 샤크스를 알아보지 못한 걸까, 아니면 관심이 없는 걸까. 주방에 주문을 넣더니 다른 자리로 주문을 받으러 간다.

곧이어 음료와 빵이 나오자 부랑아에게 그것을 안겨주고 가게에서 쫓아낸다.

"샤크스, 고마워——."

"알았으니까 어서 꺼져!"

고함을 지르자 아이는 신나게 웃으며 가게 밖으로 뛰어간다.

"……도대체 왜 내가 이런 짓이나 하고 있는 건지."

한숨을 쉬고 자리로 돌아오자 그곳에는 낯익은 얼굴이 있었다.

"어이, 늦었잖아."

"발바로스 나리, 그건 내 술인데……."

"사소한 일에 신경 쓰지 마."

건강과는 거리가 멀어 보이는 마술사는 샤크스가 아직 입도 대지 않은 맥주를 맛있게 마셨다.

"아——……. 여기, 맥주 한 잔 더."

"알았어."

다크 엘프 점원은 친절하지도 않았지만 귀찮게 따져 묻지도 않았다. ……그냥 엮이고 싶지 않아서 그런 것뿐인지도 모르지만.

새 맥주는 곧장 테이블 위에 놓여졌다.

발바로스의 맞은편 자리에 앉은 샤크스는 나른하게 물었다.

"그나저나 무슨 용건이지?"

"특별 보수다."

간결하게 말한 발바로스는 두툼한 책을 테이블 위에 던진다. 특별 보수라고 했지만 평소 지급 받는 지폐가 든 가죽 주머니는 보이지 않았다. 그래도 샤크스는 책의 제목을 보더니 자기도 모르게 휘파람을 불었다.

"휙——. 격려의 선물이 마도서라니, 역시 〈마왕(보스)〉. 배포 하나는 대단하다니까."

마술사에게도 돈은 중요하지만 마도서는 돈을 쌓아둔다고 해서 손에 넣을 수 있는 게 아니다.

게다가 〈마왕〉 자간의 심복인 《요부》 고메리의 저서다. 제목을 보니 그녀의 전문 분야와는 조금 동떨어진 것 같지만 그 사본 정도 되면 마술사들 사이에서 열리는 경매에서도 금화 천 닢 아래로는 내려가지 않을 것이다. 아니, 경우에 따라서는 5천 닢을 넘을 지도 모른다.

그러나 한껏 들떠 있던 샤크스는 왜 하필 지금 이 시기에 특별 보수를 주는지, 게다가 발바로스 같은 마술사가 직접 가지고 왔는지 의문을 품지 못했다.

그런 샤크스의 앞에 책 사이에 있던 편지 한 장이 툭 떨어졌다.

"음, 뭐지, 이건……?"

편지를 주워든 샤크스의 얼굴이 살짝 굳었다.

받는 사람은 샤크스로 되어 있지만 보낸 사람은 그가 말하는 '보스'가 아니었다.

"어이, 발바로스 나리. 이게 어떻게 된 거야?"

"앙? 내가 어떻게 알아! 난 그걸 전달해주라는 명령을 받았을 뿐이야. ……하여간에 이놈이고 저놈이고 나를 심부름꾼 취급해서 짜증 난다니까."

샤크스는 주저했다.

──왠지 불길한 예감이 드는데…….

그는 결코 마술사로서 감이 좋은 편은 아니지만 평소와 다른 사람이 내린 명령 같은 경우는 제대로 된 용건이 없다. 최악의 경우, 보스를 배신하는 일을 도와달라는 경우도 있다. 특히 샤크스는 경험해본 적이 있다.

그리고 많은 경우, 내용을 알게 되면 다시 되돌리지 못한다.

편지를 노려보고 있자 발바로스가 문득 생각난 것처럼 중얼거린다.

"……그나저나 왜 저 엘프 여자가 이런 곳에서 점원으로 일하고 있지?"

"이제 와서 무슨 소리야? 나한테 물어봐도 몰라."

"앙? 난 당연히 덜렁이와 같이 나간 줄 알았는데."

"……? 덜렁이는 또 뭐지?"

이 남자와 말을 하고 있으면 피곤하다. 샤크스도 머리가 아파오기 시작해서 미간을 꾹 눌렀다.

하지만 발바로스는 의외로 진지한 표정을 짓는다.

"덜렁이도 엘프 여자가 이런 곳에 있다는 말은 안 했는데. 아무 말 없이 빠져나간 건가? 그건 좀 곤란한데……."

"뭐야, 저 여자, 감시라도 당하고 있는 거냐?"

하긴 엘프라는 종족은 그렇지 않아도 희소하기 때문에 마술사에게도 파격적인 가치가 있다. 〈마왕〉도 자신의 영지에 그런 종족이 있으면 관리를 하고 싶을 것이다.

샤크스가 되묻자 발바로스는 귀찮은 듯 귓구멍을 후비적거린다.

"그런 건 아니지만 자칫 녀석이나 덜렁이의 시선이 닿지 않는 곳에서 놀다가는 골치 아플지도 몰라. ……지금은 말이지."

"지금은 그렇다는 건 무슨 일이 있었던 거냐?"

신경이 쓰이긴 하지만 지금 샤크스에게 가장 중요한 문제는 이 편지다. 열어봐야 할지 고민하면서 손에 쥐고 만지작거리다가 맥주잔으로 손을 뻗었을 때였다.

"너 모르냐? 최근 어떤 미친놈이 '희귀종 사냥'을 시작한 거."

희귀종 사냥——그 말을 들은 샤크스는 자기도 모르게 맥주가 든 잔을 엎어버렸다.

"으앗? 아 자식이, 무슨 짓이야?!"

"아, 아아⋯⋯. 미안."

손가락 끝으로 간단한 마법진을 그리자 맥주잔이 저절로 원래 위치로 돌아오고 테이블과 바닥을 적신 맥주도 다시 잔 속에 담긴다. 물론 한 번 바닥에 쏟은 맥주를 마실 생각은 들지 않았지만 원래 상태로는 돌아왔다.

그리 어려운 마술은 아니지만 즉석에서 만들어내려면 나름의 기량이 요구된다.

그건 즉, 바로 앞에 있는 발바로스에는 미치지 못하지만 샤크스도 '제법 강한' 마술사라는 뜻이다.

그러고 있자 발바로스가 샤크스를 날카롭게 응시하고 있었다. 방금 전까지의 히죽거리는 모습은 사라지고 먹잇감을 사냥하는 사냥개 같은 눈빛을 하고 있다.

"⋯⋯너 '희귀종 사냥'에 대해 뭔가 아는 거라도 있냐?"

발바로스는 전(前) 마왕 후보다. 게다가 자간이 없었으면 이 남자가 〈마왕〉이 되었을 거라는 말을 들을 정도다. 아무래도 적당히 얼버무릴 수 있는 상황은 아닌 것 같다.

"아니, **그쪽** 문제는 처음 들어."

"그쪽이라는 걸 보니 이쪽이 아니라는 건 알고 있다는 건가."

샤크스는 벌레를 씹은 것 같은 얼굴로 고개를 끄덕였다.

"옛날에 비슷한 사건을 일으킨 놈이 있었어. 희귀종이라 불리는 종족을 닥치는 대로 사냥하고 죽였지. 소문에 의하면 그 사건으로 멸종에 이른 종족이 백이 넘는다더군."

발바로스의 눈도 휘둥그레진다.

"생각났어. 그 사건 말이지? 5년 전이던가? 분명 그런 사건이 있었어. 큐아노에이데스에서는 단순한 가십 취급을 받으며 술렁거리는 정도였지만 교회가 토벌 부대를 편성할 정도로 아주 난리가 났었지. ……그놈들도 결국 다 앙갚음을 당했던가?"

"그래. 이 마을은 〈마왕〉 필두인 마르코시어스의 비호 아래 있었기 때문에 강 건너 불구경이나 하는 셈이었지. 하지만 그놈은 마르코시어스의 영지에까지 손을 뻗어왔어."

"……그래서 처리 당했나?"

"숙청당한 건 사실이야. 하지만 죽었는지 어떤지는 몰라."

즉 행방불명이라는 뜻이다.

흐음, 하고 발바로스는 턱을 매만진다.

"그렇다는 건 마르코시어스가 죽게 되면서 다시 활개를 치기 시작했다는 건가?"

"아니, 난 그럴 가능성은 낮다고 생각해."

"왜지?"

"〈마왕〉의 숙청이 단순한 징벌로 끝날 거라 생각하나? 그야말로 살아 있는 게 불행할 정도의 일을 당하겠지. 살아 있더라도 재기불능일 테고. 그렇지 않다면……."

샤크스는 다음 말을 잇지 못했다.

──그렇지 않다면 내가 살아 있을 수가 없으니까.

왜냐하면 샤크스는 그 사건에 깊이 관여하고 있기 때문이다. 그 범인이 살아 있다면 우선 자신을 죽일 것이다. 그렇지 않다는 점이 범인이 죽었다는 증거라고 생각해왔다.

그런 샤크스의 심정을 어떻게 받아들인 건지 발바로스는 납득한 것처럼 고개를 끄덕였다.

"하긴 마르코시어스로 말할 것 같으면 그의 기분을 상하게 했다가는 같은 〈마왕〉이라도 벌벌 떨었다고 하니까 시답잖은 벌로 끝날 리 없지."

"바로 그거야."

그건 거짓은 아니지만 진실도 아니었다.

——**그 녀석**을 처리한 건 마술사가 아니었어.

이름은 기억하지 못한다. 그쪽은 이름을 밝혔을지도 모르지만 샤크스는 자신이 지은 죄의 무게 때문에 그럴 정신이 없었기 때문이다.

——기묘한 힘……아니, 무기인가? 어쨌든 이상한 힘을 사용하는 놈이었어.

적어도 마술과 성검, 〈마왕〉 자간이 곁에 두고 있는 하이 엘프와도 다른 무언가다.

마르코시어스의 명령에 따라 움직이고 있다고 생각하긴 했지만 선대 〈마왕〉이나 되는 사람이 어째서 마술사도 아닌 자를 부렸는가 하는 건 큰 의문이다. 〈마왕〉이 마술 이외의 것에 기댄다는 것은 자신의 생애를 부정하는 것이나 마찬가지인데 말이다.

어쨌든 샤크스는 범인이 마술과는 다른 그 힘에 의해 쓰러지는 모습을 봤다.

그런데 쓰러진 범인은 그 힘을 알고 있는 것 같았다. 분명…….

"――천사 사냥꾼――."

자기도 모르게 입을 뚫고 나온 이름에 발바로스가 눈썹을 찌푸렸다.

"그건 또 뭐냐?"

"에? 아, 아니, 그 사건이 있었을 때 언뜻 들었던 이름이다. 의미는 몰라. 그 말을 한 사람도 아마 죽었을 테고."

'천사 사냥꾼'이라는 말이 무엇을 가리키는지 샤크스는 모른다. 그저 불길한 느낌을 받았을 뿐이다.

"나리는 뭔가 알고 있는 거라도 있나?"

"……아니, 몰라. 현재로서는 말이지."

왠지 의미심장한 대답이었지만 보아하니 발바로스도 대답하고 싶어 하지 않는 눈치다.

――뭐, 나랑은 상관없지.

그러나 발바로스는 샤크스가 말을 대충 얼버무렸다는 사실을 알아채지 못할 정도로 어리석진 않았다.

"그래서? **그 자식의 이름은** 그렇게 입 밖으로 내고 싶지 않은 거냐?"

"――!"

샤크스는 노골적으로 몸을 떨었다.

――제길, 다 간파하고 있어.

게다가 이 남자는 〈마왕〉 자간과는 달리 목적을 위해서는 수단과 방법을 가리지 않는다.

마술사로서는 아주 성실한 남자인 것이다. 자신보다 실력이 떨어지는 사람의 입을 열게 하는 방법은 얼마든지 가지고 있을 터.

몇 초 정도 핑계를 댈 방법을 생각해봤지만 결국 체념했다.

그리고 아주 무거운 어조로 그 이름을 입에 담았다.

"……'시어칸'이다."

발바로스도 그 이름을 듣더니 커다랗게 뜬 눈으로 딱딱하게 굳었다.

"……진짜냐?"

"그래."

"이거, 참……뭐라고 해야 되나, 미안하다."

이번에는 샤크스가 어안이 벙벙해졌다.

"왠지 성격이 좀 둥글둥글해진 것 같다?"

"뭐? 내가 왜 둥글둥글해져!"

자각이 없는 건지, 발바로스는 의아한 표정을 지을 뿐이었다. 예전의 이 남자라면 어떤 실언을 하더라도 다른 사람에게 사과하는 일은 있을 수 없었을 텐데.

그래도 더 이상 추궁하지 않는 건 다행이었다.

──이미 끝난 일이다.

샤크스는 괴로운 기억을 씻어내려는 것처럼 단숨에 잔을 다 비웠다. 그 모습을 본 발바로스는 아무래도 상관없다는 듯 이렇게 중얼거렸다.

"……그런데 너, 그거 아까 쏟은 맥주라는 건 알고 있냐?"

"우웩!"

다시 맥주를 내뱉은 샤크스는 눈물을 글썽이며 원래대로 되돌려 놓았다.

그러고 있자 발바로스가 테이블을 쓰러뜨릴 것 같은 기세로 일어났다.

"어이, 어이, 더 이상 바닥 청소를 하게 만들지 말아주라."

항의의 목소리를 높였지만 발바로스는 듣고 있지 않는 것 같았다.

"――! 왜 저 녀석이 이곳에……?"

"어이, 발바로스 나리?"

"용건이 생각났다. 물건은 분명히 전달해줬다?"

발바로스는 일방적으로 그렇게 말하더니 자신의 그림자 속으로 푹 가라앉아서 사라졌다.

"갑자기 왜 저러지……잠깐, 계산은 내가 하는 거냐?!"

결국 샤크스는 바닥에 토해낸 맥주를 마신 게 전부인데 말이다.

마지못해 계산을 마친 샤크스는 하릴없이 번화가를 걷고 있었다.

――이것도 열어보긴 해야겠지…….

모처럼 가지게 된 휴가지만 싫은 이야기까지 듣게 되자 연구실에 틀어박혀 있을 기분은 들지 않았다.

게다가 보스 측근의 기분을 상하게 하는 건 보스의 기분을 상하게 하는 것 다음으로 바람직하지 못한 일이기도 하다.

"하아……. 이래서 말단은 괴롭다니까."

덩치도 큰 주제에 등을 구부정하게 말고 걷고 있자 문득 뒷골목 쪽에서 말다툼을 하는 것 같은 소리가 들린 것 같았다.

——희귀종 사냥——.

그 불길한 단어와 뒷골목 부랑아들의 얼굴이 겹친다.

——꼬맹이들 중에 희귀종은 없겠지……?

하지만 성별도 알아보기 힘들 정도로 꾀죄죄한 부랑아들이다. 어떤 희귀종이 살짝 섞여 있다고 해도 전혀 이상하지 않다.

"……난 약해빠진 놈이니까 제발 싸움만은 하지 말아주라."

그래서 한심하게 다른 사람의 눈치나 보면서 살아왔는데 말이다.

샤크스는 뒷골목을 향해 방향을 바꾸었다.

벽에 몸을 숨기고 뒷골목을 둘러본다. 언쟁을 벌이던 사람은 이미 가고 없는지 일단 사람의 모습은 보이지 않는다.

——아니, 뭔가 있는 것 같은데?

자세히 보니 바닥에서 뭔가가 움직이고 있다. 다치기라도 한 건지 누군가 쓰러져 있는 것 같다.

'쳇……. 역시 못 들은 척하고 돌아갈 걸 그랬어.'

일단 본 이상 무시할 수는 없다.

"어이, 누가 거기 있나?"

시치미를 떼고 소리 높여 외쳐본다. 골치 아픈 놈이 있더라도 사람의 눈을 피하고 싶어 한다면 알아서 자리를 떠나줄 텐데.

몇 초 정도 기다려봤지만 땅바닥에서 버둥거리는 인영을 제외하면 움직이는 생물의 기적은 없다.

──난 장점이라고는 딱히 없는 **일반 마술사**니까 괴롭혀봤자 좋을 건 없을 거다, 알겠지?

마음속으로 경고하면서 쓰러져 있는 인영을 향해 신중하게 다가간다.

다행히도 샤크스까지 공격할 정도로 위험한 상대는 없는 것 같았다. 그대로 가까이 다가갔다가──맥이 탁 풀리고 말았다.

──뭐야, 이게?

바닥에 흩어져 있는 건 옷인가? 옷이 사람처럼 보인 것뿐, 실제로 버둥거리고 있는 건 검은 고양이 한 마리였다.

잔뜩 긴장하고 있던 자신이 한심해진 샤크스는 쓴웃음을 흘린다.

"뭐가 이렇게 소란스럽나 했더니 너였구나, 아기 고양이. 싸움이라도 했냐?"

길고양이들의 싸움에 움찔한 거라면 샤크스도 이제 제법 늙고 힘이 빠졌나 보다. 아무리 그래도 너무 소심했다.

번쩍 안아 들어서 보니 검은 고양이는 붉은 눈동자를 가지고 있었다. 크기는 한 손으로 안을 수 있을 정도이니 아직 아기 고양이 축에 들어갈 것이다. 겁을 먹었는지 코를 움찔거리며 떠는 모습을 보니 보호 본능이 샘솟았다.

──오늘은 되는 일이 하나도 없어서 그런지 왠지 치유 받는 기분이군.

특히 샤크스의 고향에서는 검은 고양이를 행운의 상징으로 보고 있다. 반대로 불행을 가져온다고 생각하는 지역도 있는 것 같지만. 이 부분의 차이를 고찰해서 마도서를 집필하려고 생각한 적이 여러 번 있을 정도로 고양이를 좋아했다.

눈을 가느스름하게 뜨고 보다가 알아차렸다.

검은 고양이의 초점은 어디에도 맞지 않았다.

"눈이 보이지 않는 거냐? 보아하니 새로 생긴 상처는 아닌 것 같은데."

아무리 말단 마술사라도 샤크스 역시 치유 마술에 대한 지식 정도는 있다. 아까 들린 소리 때문에 다친 거라면 치료 정도는 해줄 수 있지만 아무래도 어제오늘 생긴 상처는 아닌 것 같다. 하지만 타고난 상처도 아닌 것 같았다.

——사람이 키우는 고양이라고 보기엔 목걸이도 없군.

그렇지만 털도 곱고 깨끗한 게 길고양이처럼 보이지도 않는다.

고개를 갸웃거리고 있자니 고양이의 발에 천조각이 걸려 있는 게 보였다.

"이건 뭐지?"

그쪽으로 시선을 돌리자 천조각이 나풀거리며 바닥에 떨어진다.

그건 아무리 봐도 여자 속옷으로 보였다.

——왜 이런 곳에 여자 속옷이 있는 거지……?

대낮부터 떨어져 있었다고 보기엔 **이렇다 할** 얼룩 하나 없다. 누가 빨래를 떨어뜨렸나 하고 주위를 둘러봤지만 그런 옷을 널 만한 집은 보이지 않는다. 어떤 멍청한 마술사가 변화 마술에 실패라도 한 건가 싶었지만 그런 옷도 아니다.

샤크스의 당혹스러움이 전해진 걸까, 갑자기 검은 고양이가 마구 발버둥치기 시작했다.

"어이, 할퀴지 마. 아프잖아. 안 잡아먹으니까 무서워하지 말고."

아무리 발버둥쳐봤자 상대는 아기 고양이이고 자신은 마술사다.

왠지 장난을 치고 있는 것 같아서 오히려 더 귀엽고 흐뭇했다.

──어쩔 수 없지. 이런 곳에 놔두면 죽을 게 뻔하니까 잠깐 돌봐줄까.

마술사도 인간이다. 외로움을 느끼는 순간이 없는 건 아니다. 아기 고양이와 함께 지내는 것도 나쁘지는 않을 것이다.

게다가 눈을 치려해주려고 해도 현재 가진 마술로는 뾰족한 수가 없다.

──아, 우선 이름부터 지어줘야지.

잠깐 생각에 잠겼다가 씩 미소를 짓는다.

"좋아! 네 이름은 쿠로스케다. 널 발견한 사람이 나인 걸 감사히 생각하도록 해, 쿠로스케! 검은 고양이니까 쿠로스케. 하하하, 마음에 드냐?"

검은 고양이는 대답 대신 그를 덥석 깨물었다.

상당히 마음에 드는 모양인지 꽤 아파서 눈물이 찔끔 났다.

"그래, 그래, 알았으니까 물지 좀 마. 피가 나잖아!"

샤크스의 말이 전해진 걸까. 검은 고양이는 절망에 빠진 것처럼 경직되더니 더 이상 깨물지 않았다.

그때까지 느끼던 우울을 죄다 떨쳐낸 샤크스는 즐겁게 귀갓길에 올랐다.

◇

"……이거 참 곤란하게 되었군요."

샤크스와 검은 고양이가 사라진 뒷골목, 어디선가 그런 목소리가 울려 퍼졌다.

뒤이어 바스락거리는 날개 소리를 내며 검은 박쥐들이 모여든다. 한두 마리가 아니다. 몇 십, 몇 백 마리나 되는 박쥐들이 모여들어서 검은 덩어리를 만들어낸다.

그리고 그 박쥐떼 속에서 가냘픈 팔이 튀어나왔다.

이어서 시커먼 프릴이 달린 드레스. 돌돌 말린 금색 머리카락이 나타나고 귀여운 구두를 신은 발이 지면에 닿으며 탁 하는 소리를 낸다. 번쩍 뜬 눈은 금색이고 입가에는 긴 송곳니가 보였다.

마지막으로 여기저기 기운 흔적이 가득한 으스스한 인형을 꺼내자 박쥐떼는 사라졌다.

그것은 소녀의 모습을 한 흡혈귀——알시에라였다.

"그러고 보니 저 아이는 '네 개의 귀'로군요. 선조귀환이라면 가능한 이야기이지만 설마 이 타이밍에…… 아니, **지금**이기 때문에 그런 걸까요?"

이젠 묘수인(猫獸人)과 카트시의 경계는 애매하지만 옛날에는 묘수인과 묘요정(카트시)이라는 이름대로 명확한 차이가 있었다.

아델하이드의 집에서도 '네 개의 귀'였던 건 쿠로카 한 명. 게다가 〈천무월〉이 주인으로 인정한 소녀. 일족이 잃어버린 능력을 가지고 있을 가능성은 충분히 고려해볼 수 있었다.

아델하이드 가문은 분명 그때를 위해 **대비**를 하고 있었을 것이다.

"그렇지만 아델하이드는 더 이상 없어요."

쿠로카를 홀로 남겨두고 멸망했다.

그 일에 대해 알시에라도 어느 정도 부채감을 느끼고 있었다. 그래서 필요 이상으로 릴리스를 신경 쓰게 된다. 스스로도 그건 자각하고 있다.

알시에라는 뒷골목 구석으로 걸어가더니 쓰레기 속에서 가늘고 긴 막대를 집어 들었다.

쓰레기에 파묻혀 있어서 샤크스는 미처 보지 못한 모양이다. 그건 쿠로카가 떨어뜨린 특수 장치가 된 지팡이 〈천무월〉이었다.

흙과 먼지를 털어내서 깨끗하게 하더니 엄마가 아이에게 하는 것처럼 부드럽게 안는다.

"곤란하게 됐어요, 아자젤. 이건 제가 끌어들인 셈이 되는 걸까요?"

그곳에는 소녀 한 명 밖에 없었지만 마치 친한 친구라도 있는 것처럼 묻는다. 그 물음에 아무 대답도 돌아오지 않았지만 흡혈귀는 납득한 것처럼 고개를 끄덕인다.

"네……. 맞아요. 그 아이 역시 나의 사랑스러운 아기 사슴——은 안의 왕에 버금가는 사람이에요. 그냥 둘 수는 없죠."

그렇게 중얼거리더니 불길한 인형의 등을 비집어 열어서 그 안에 지팡이를 집어넣었다.

딱 봐도 인형 안에 넣을 수 있는 길이는 아니었지만 특수 지팡이는 인형의 등으로 무리 없이 빨려 들어가더니 이내 사라졌다.

그런 다음 소녀는 나른한 모습으로 번화가를 향해 시선을 돌린다.

평소와 달리 활기가 넘치는 사람들. 마치 축제 같다.

"⋯⋯아, 그러고 보니 카니발이었군요."

1년에 한 번 열리는 교회의 축제다.

보기 드물게 알시에라의 미소가 사라지더니 지긋지긋하다는 듯 한숨을 쉰다.

"〈아시엘 이메라〉⋯⋯ 라는 취향 한 번 고약한 이름. 오라버니의 짓이 분명해요. 아아, 화가 나서 미칠 것 같아요!"

인형을 냅다 바닥에 집어던지더니 발로 꾹꾹 밟는다. 자세히 보니 인형이 신사처럼 조끼를 입고 있는 걸 보면 어쩌면 수컷인지도 모르겠다.

한차례 밟고 나자 분이 풀린 모양이다. 인형을 다시 주워서 흙을 털어내더니 다시 소중히 끌어안는다.

그리고 재미있다는 듯 웃었다.

"쿡쿡쿡, 이곳은 마치 교차점인 것 같아요. 사람과 사람이 만났다가 떠나가죠. 5년 전의 인연이 전부 이곳으로 이어져 있는 것처럼."

마치 춤을 추는 것처럼 스커트를 활짝 펼치더니, 마치 춤을 추는 것처럼 그 자리에서 빙글 돈다.

"만남은 가끔 인간을 변하게 만들어요. 때로는 시야를 넓혀주고, 때로는 지킬 사람을 얻고, 때로는 인연을 떠올리게 만들어주고, 때로는 가치관조차 뒤바뀌죠. 이곳에서의 만남은 온통 그런 것뿐이었어요."

흡혈귀는 노래하는 것처럼 말하더니 부드럽게 스커트 자락을 들고 허리를 숙인다. 그리고 뒷골목의 입구로 시선을 준다.

"오라버니는 어떻게 변할까요?"

뒷골목 입구에는 한 인영이 우두커니 서 있었다.

그는 사자의 얼굴을 한 마술사였다.

"셸피! 언제까지 그쪽 냄비에 붙어 있을 거야? 이쪽도 좀 도와달라고!"

"무리한 말을 하면 곤란해, 릴리스 짱. 이 스튜, 눈을 떼면 그 즉시 눌어붙는단 말이야."

"릴리스, 셸피는 초조하면 금방 실수를 하니까 재촉하면 안 돼. 그쪽은 내가 거들게."

"아가씨가 이런 일을 도와줘도 괜찮아?"

주방 안에서는 엄청난 소동이 벌어지고 있었다. 약 50명이 먹어야 할 음식을 준비하다 보니 생긴 소동이다.

릴리스가 담당하고 있는 건 생크림을 식히면서 계속 휘저어서 섞는 작업이다. 생크림이라는 재료는 어떻게 섞느냐에 따라서 성질이 변하기 때문에 반드시 사람이 직접 작업할 필요가 있었다.

녹초가 된 모습으로 릴리스는 한탄한다.

"……그런데 생각해봤는데 말이야, 나도 몽마의 공주잖아. 왜 고귀한 몽마인 내가 이렇게 정신없이 밥을 만들어야 하는 거지? 아, 잠깐, 라파엘 씨, 빙과(氷菓)가 굳기 시작했는데 이렇게 하면 돼?"

"어디 보자……. 음, 옳지. 이젠 지하에 있는 저장고에서 차게 식히기만 하면 돼."

"알았어. 그나저나 대륙의 디저트는 많이 발전했구나. 이런 걸 보는 것도 처음이야."

"류카온에는 빙과가 없나?"

"카키고오리라고 하는 얼음을 갈아서 먹는 건 있지만 크림 형태의 디저트는 없어."

릴리스는 연신 감탄하며 빙과가 든 그릇을 지하로 들고 간다.

이 성에는 마술로 냉각시킨 식량 보관용 저장고가 있다. 원래는 자간이 우유와 말린 고기를 그냥 넣어두기만 하던 장소였지만 라파엘과 네피가 정비하면서 조리와 보관에도 사용할 수 있게 되었다.

그 덕분에 빙과 같은 고급품도 간단히 만들 수 있게 되었다. 마술 없이 만들려고 하면 일단 값비싼 얼음이 필요하고 초석(질산칼륨)이라는 특수한 광물을 대량으로 사용하게 된다. 그러니 일부 귀족과 왕족 정도만 맛볼 수 있는 고가의 디저트가 될 수밖에 없다.

그렇다 보니 레시피 자체도 교회에서 엄중하게 관리되고 있었다. 라파엘도 성기사장이라는 지위에 있지 않았다면 열람하지 못했을 것이다.

라파엘 외에 요리를 담당하고 있는 사람은 세 소녀들이다. 세 사람 모두 네피와 똑같은 앞치마와 원피스 차림으로 바쁘게 뛰어다니고 있었다.

인어족인 셀피는 그렇다 쳐도 한 달 전에 온 몽마 릴리스는 아직 요리에 익숙하지 않았다. 하지만 입으로는 투덜대면서도 손은 부지런히 움직이고 있는 모습을 보면 몽마 소녀도 이제 이 성에 완전히 익숙해졌다고 할 수 있을 것이다.

소란은 주방에만 머물지 않고 지금은 성내 모든 마술사들이 작업에 동원되고 있었다.

릴리스가 지하에서 돌아오자 셀피가 웃으면서 달려온다.

"릴리스 짱, 가만히 있어봐. 뺨에 생크림이 묻었어."

빙과를 만든 손으로 얼굴을 만진 모양이다. 릴리스의 뺨에 생크림이 묻어 있는 것을 보고 셀피가 손가락으로 닦아준다.

"앗, 가, 갑자기 만지지 마……어, 그걸 왜 먹어?"

"아까우니까 그러지. 맛있어."

"아우…… 아우우!"

셀피는 새빨개진 얼굴로 괴로워하는 릴리스를 보고 고개를 갸웃거리며 다시 씩씩한 목소리로 외친다.

"맞다, 포레 아가씨, 이쪽은 맛있게 잘 완성되었어요!"

"알았어. 그럼 다음은 샐러드 드레싱을 좀 봐줘."

"알겠습니다! 에헤헤, 오늘은 다양한 요리의 맛을 볼 수 있어서 너무 좋아."

포레의 마술은 여러 명이 할 일을 혼자 다 맡아서 처리하고 있지만 세심함을 요하는 간보기와 불 조절까지는 불가능하다. 마지막으로 간을 맞추는 건 사람의 손과 혀가 없으면 안 된다.

그렇다 보니 셀피와 릴리스의 도움이 필수불가결이었다.

그렇게 떠들썩하면서 활기찬 주방을 보자 라파엘 역시 자기도 모르게 미소가 흘러나왔다.

──이런 모습을 보면 〈아시엘 이메라〉가 무엇인지 일목요연하단 말이지.

자간을 성에서 쫓아낸 건 일종의 행행(行幸)이었다.

미소를 짓는 라파엘을 보고 포레가 고개를 갸웃거린다.

"라파엘, 무슨 일이라도 있어?"

"잘되고 있는 것 같아서 안심하고 있는 중이다."

"응. 이 정도면 자간이 돌아오기 전까지 끝낼 수 있을 것 같아."

포레가 제안한 '비밀 계획'——그것은…….

자간은 잘 모를 게 분명한 〈아시엘 이메라〉 파티를 여는 것이었다.

포레는 진지한 표정으로 고개를 끄덕인다.

"자간은 늘 내가 원했지만 손에 넣지 못한 것을 주었어. 그렇지만 자간 역시 그런 것을 받아봐야만 해."

그래서 이 소녀가 생각해낸 것이 모두 즐겁게 축하하며 보내는 〈아시엘 이메라〉였다.

교회의 축제이긴 하지만 축제는 축제다.

게다가 포레의 소망은 대부분의 마술사들이 잊어버린 소박하고 순수한 마음이다. 예전에는 분명 자신에게도 있었던 마음에 동경과도 비슷한 공감을 느끼는 사람이 적지 않았다.

자간의 부하 마술사들도 그런 포레의 행동을 보고 무조건적으로 협력해줘서 어느새 주인을 제외한 모두가 열심히 성을 꾸미고 있었다. 그 일을 자간과 네피에게 비밀로 하게 된 건 지극히 자연스러운 흐름이었다.

요리는 전채와 디저트 사전 준비는 이미 끝나고 메인 요리로 들어가려는 참이었다. 거대한 불새 구이다.

여기까지 오면 라파엘이 옆에 붙어서 계속 지켜보고 있을 필요는 없다. 다른 마술사들은 어쩌고 있는지 보러 갈까 하는 생각을 했을 때였다.

"라파엘."

갑자기 포레가 날카로운 목소리로 집사의 이름을 불렀다.

"알고 있다. 아무래도 **초대하지 않은** 손님이 온 것 같군."

라파엘은 주인이 없는 동안 성을 지키는 집사로서 성을 수호하는 결계의 기능 일부를 양도 받았다. 침입자가 나타나면 그 즉시 결계를 통해 통보된다. 그때 함정을 발동할지 말지 하는 판단도 그에게 일임되어 있다.

바로 그 순간 '손님'의 반응이 있었다.

——류카온에서 돌아온 후로 포레의 감이 상당히 날카로워졌군.

포레는 결계의 보호를 받고 있긴 하지만 라파엘처럼 결계의 기능이 주어진 건 아니다. 그럼에도 불구하고 성에서 멀리 떨어진 위치, 결계의 범위 안에 이제 막 발을 내딛은 거리에 있는 '손님'의 존재를 감지한 것이다.

이것을 성장이라고 보고 기뻐해야 할지, 성장할 수밖에 없는 곤란한 상황에 처했던 것을 한탄해야 할지는 판단하기 어렵다.

라파엘은 아무 일도 아닌 것처럼 머리를 흔든다.

"때마침 할 일이 없던 참이다. 내가 가보지."

"혼자 괜찮겠어?"

어린 소녀의 배려에 라파엘은 씁쓸하게 웃는다.

"손님을 맞는 건 집사가 할 일. 네게는 네가 할 일이 있잖아?"

"……응. 그치만 왠지 이상한 느낌이 들어. 조심해."

그 말을 들은 라파엘의 눈이 동그래졌다.

──지금의 표례가 그렇게 말한다는 건 나름 강한 상대라는 건가?

적이라고 정해진 건 아니지만 정신을 바짝 차리고 응대하는 게 좋을 것 같다.

"그래, 조심하도록 하마."

라파엘은 소녀의 머리를 한 번 쓰다듬은 다음 성 밖으로 향했다.

문을 나서서 숲속으로 들어가보니 과연 한 인영이 있었다.

후드를 깊이 눌러쓰고 로브로 전신을 감싸고 있지만 상당한 거구라는 것을 알 수 있다. 입에서는 슈우, 슈우, 불길한 한숨을 토해내고 있어서 벌써부터 말이 통하긴 할지 불안해진다.

──그렇지만 나의 왕의 손님일 가능성도 없지는 않겠군.

류카온에 다녀온 후에 또 부하가 늘어났다. 언뜻 보면 수상쩍어 보이지만 막상 대화를 나눠보면 의외로 정상적인 사람일지도 모른다.

별로 인정하고 싶지는 않지만 자신과 자간도 그런 부류의 인간에 포함되니 말이다.

그래서 라파엘은 가능한 한 친근하게 '미칠 듯이 네놈을 죽이고 싶다'고 말하는 것 같은 처절한 미소를 지었다.

"누구인지는 모르지만 지금 나의 왕은 부재중이다. 네놈이 갈가리 찢어져도 말려줄 사람은 없다는 뜻이지."

선전포고나 똑같은 말이었지만 라파엘 나름대로는 진지하게 충고를 하고 있는 것이었다.

그리고 당연히 후드를 쓴 사람——아마도 마술사일 그는 라파엘을 향해 달려들었다.

그에 비해 라파엘은 무방비 상태다. 하지만 무방비 상태라도 검을 가지고 있지 않은 건 아니었다.

"어리석은 놈."

왼쪽 의수에 오른손을 댄다. 의수의 손바닥이 벌어지면서 튀어나온 것은 장대한 검자루다.

예전에 포레에게 받은 이 의수는 그대로 성검 〈메타트론〉의 검집이기도 하다.

성검은 후드를 쓴 침입자를 향해 뽑혀졌다.

최공(最恐). 마술사 사냥. 마술사 토벌 사상 가장 많은, 무려 499명을 토벌. 성기사장이자 명예롭지 못한 많은 이름으로도 불리어온 자가 바로 라파엘이다. 그리고 500명에 가까운 마술사를 벤 이유는 그저 정당방위에 불과하다는 사실을 아는 사람은 얼마 되지 않는다.

한쪽 팔을 잃은 지금도 그 검섬은 퇴색되지 않고 침입자의 가슴으로 향했다.

하지만 과거와 다른 건 그 일격이 침입자의 가슴을 둘로 베지 않고 둔탁한 소리를 내며 때려눕혔다는 점이었다.

『커헉..』

고통스러운 소리를 내며 날아간 침입자는 굵은 나무줄기에 부딪치더니 더 이상 움직이지 않았다. 늑골 몇 대는 부러졌겠지만 살아는 있다.

"흐음, 나의 왕이 말한 대로다. 성검은 검의 납작한 배 부분으로 때려도 부러지지 않는 강도를 가지고 있군."

화살을 튕겨내는 것이라면 몰라도 검의 배 부분으로 무언가를 때리거나 반대로 받아내려고 생각하는 사람은 별로 없다. 성검처럼 신성한 유산——정작 라파엘은 둘도 없는 도구 정도로만 인식하고 있었지만——정도 되면 당연한 일이다.

하지만 그러면 지금까지처럼 그에게 덤벼드는 사람을 닥치는 대로 죽이게 되기 때문에 자간이 고안한 '비결'이 이것이었다.

이렇게 해서 500명째 마술사를 검으로 베지 않고 처리한 라파엘은 침입자의 얼굴을 확인하기 위해 후드를 벗긴다.

그리고 드러난 얼굴을 본 라파엘은 눈썹을 찌푸렸다.

"음……? 이 뿔은 일각족(一角族)인가?"

이마에 수정 같은 뿔을 가진 종족이다. 아름다운 것은 말할 것도 없고 이 뿔은 이곳과는 다른 세계와 교신할 수 있다는 전설이 있어서 외모, 강한 마력과 함께 보석종과 쌍벽을 이룬 요정의 일족이다.

하지만 그런 점 때문에 마술사들이 닥치는 대로 사냥을 해서 먼 옛날에 멸망한 종족이기도 했다.

어쨌든 죽이지 않은 건 다행이었다. 일단 묶어둬야 할지, 아니면 치료를 해야 할지 고민하고 있을 때였다.

일각족인 침입자가 눈알을 휙 뒤집었다.

그 눈동자는 피처럼 붉고 입에서는 송곳니 두 개가 튀어나와 있다.

"이 녀석, 설마──."

『가아아악.』

침입자는 마술을 사용하지 않고 그 송곳니로 물어뜯었다.

"……옳거니, 불사자──그것도 밤의 일족인가."

라파엘은 의수인 왼손으로 불사자의 얼굴을 움켜쥐고 있었다.

버둥거리는 놈을 찬찬히 관찰한다. 그야 일각족에서 밤의 일족으로 변모한 자가 있다고 해도 이상할 건 없지만 왠지 기묘한 느낌이 들었다.

침입자의 얼굴을 움켜쥔 채 하늘을 올려다본다.

"흐음……? 밤의 일족은 햇빛을 싫어하는 줄 알고 있었는데."

하늘은 아주 맑다. 숲속이긴 해도 햇빛은 눈부시게 쏟아지고 있다.

자간의 이야기 속에 나온 알시에라라는 불사자 정도 되는 힘이 있다면 몰라도 눈앞에 있는 침입자는 성검의 칼등 치기……아니, 배치기로 뻗을 정도로 약해빠졌다.

"그렇다면 밤의 일족과는 다른 '무언가'인가?"

그게 아니면 무엇이냐고 물으면 대답할 말이 없지만.

──왕이라면 뭔가 알고 있는 게 있을지도 모르지만…….

교회에서 얻은 지식 중에 이런 존재의 이름은 실려 있지 않았다.

느긋하게 고민하고 있자 침입자의 몸에 다시 이변이 일어난다.

『에오오…….』

입이 막혀 있기 때문일까, 기묘한 신음을 흘리는가 싶더니 침입자의 몸이 무너지기 시작했다.

밤의 일족은 자신의 몸을 안개나 박쥐로 변모시킬 수 있다고 하는데 아무래도 이 녀석은 진흙인 것 같다.

진흙——그 모습을 보자 몇 개월 전에 있었던 사건이 떠오른다. 〈마왕〉 중 한 명인 비프론스가 불러낸 마신의 잔류 사념. 왠지 그것과 비슷하게 느껴졌다.

——산 채로 잡고 싶었지만 아무래도 그러긴 힘들 것 같군.

만약 '그것'과 동종의 괴물이라면 확실하게 처리하지 않으면 한없이 비대해질지도 모른다. 그러면 〈아시엘 이메라〉 파티나 하고 있을 상황이 아니게 된다.

성검에게 말을 걸려다가 문득 그만둔다.

"그래, 나의 왕에게 받은 힘을 지금 시험해볼까."

혼잣말처럼 중얼거리더니 침입자를 잡은 손을 놓고 거리를 둔다.

성검을 오른손에 쥔 채 앞으로 내민 것은 왼손인 의수였다.

그 의수가 좌우로 개폐된다. 성검을 넣을 때처럼 손바닥뿐만 아니라 팔 자체가 분해되는 것처럼 열린다.

마지막으로 손바닥에서 렌즈 같은 것이 튀어나오고 그곳에 빛이 모이기 시작했다.

"불살라라——〈오로바스〉"

그것은 빛으로 이루어진 화염이었다. 성검 〈메타트론〉의 힘이 아니다. 성검 이상으로 고도에 밀도가 높은 영기가 화염의 형태를 띠고 있는 것이다.

그 불꽃이 침입자를 향해 발사되었다.

화염이 퍼진 건 한순간, 그 후에는 '진흙'과 침입자, 그 무엇도 남지 않았다.

개폐된 틈으로 배열(排熱)하고 나자 갑주는 의수의 형태로 돌아온다.

"현룡 오로바스의 입김이다. 한참 아래의 상대에게 사용하기엔 아깝지만 용서하도록 해라."

라파엘의 몸에는 현룡 오로바스의 피가 흐르고 있다.

하지만 마술사가 아닌 라파엘에게는 그 힘을 활용할 방법이 없었다. 할 수 있는 것이라고는 일시적으로 신체 능력을 높이고 죽음에 이르는 상처에서도 부활하는 재생 능력, 이 두 가지뿐이다.

자간은 의수를 매체로 그 힘을 용의 입김으로 사용할 수 있는 술(術)을 만들어서 그에게 주었다.

이것이 전(前) 성기사장이지만 마술사는 아닌 남자에게 자간이 전권을 맡긴 이유였다.

의수의 상태를 확인한 라파엘은 주인이 향한 마을이 있는 방향으로 시선을 준다.

"나의 왕이 밀릴 만한 상대는 아닌 것 같지만 누구인지 짐작조차 가지 않는군."

마을에 있는 자간과 네피, 그리고 쿠로카 일행의 신변에 아무

일도 없으면 좋을 텐데.

집사는 주인들의 안위를 걱정하면서 발길을 돌려 다시 집무를 보기 위해 돌아갔다.

◇

"캐묻지 않겠다고 말은 했지만……."

키메리에스와 헤어진 후, 자간은 교회를 향해 걷고 있었다. 마르크의 행방에 대한 단서는 현재로선 전혀 없지만 오늘 용건은 그것만이 아니다.

──가망성은 거의 없지만 교회에 있는 부하들에게 마르크의 〈봉서〉를 돌리고, 그 다음에는 쿠로카를 만나봐야겠군.

직접 얼굴을 보는 건 한 달만인가. 류카온의 무인도에 간 후로 처음이다. 그때 고민하고 있던 문제의 원인은 릴리스를 비롯한 친구들 덕분에 조금은 괜찮아졌을 것이다.

그런데도 그녀는 네피를 찾아오진 않았다.

──뭐, 네피도 반드시 고칠 수 있다고 할 순 없으니까 불안한 것도 무리는 아닌가.

그런 사정도 있다 보니 굳이 라파엘이 그런 말을 하지 않아도 신경은 쓰였었다. 오히려 어떻게 지내고 있는지 보러 갈 기회를 원하고 있었던 건 자간이었는지도 모른다.

그런데…….

"이 떠들썩한 축제 분위기는 뭐지?"

가게라는 가게는 모두 빨간색과 하얀색 리본, 현수막으로 장식되어 있고 거리를 오가는 사람들도 저마다 〈아시엘 이메라〉라는 단어를 즐겁게 입에 올리고 있었다. 가게에는 달콤한 과자가 진열되어 있고 그중에는 지나가는 아이들에게 과자를 나눠주는 곳도 있었다.

교회의 축제라면 좀 더 엄숙할 줄 알았는데 아무래도 가게들이 줄지어 영업을 하고 가장(假裝)을 즐기는 축제인 모양이다. 일단 교회의 축제인 만큼 성가를 부르는 성가대도 있기는 하지만.

키메리에스는 못 본 척해달라고 했지만 이렇게 시야 속에 마구 뛰어 들어오면 보고도 못 본 척하는 것도 쉬운 일이 아니다.

──키메리에스의 말대로 내게 불이익이 되는 일은 아닌 것 같지만…….

하지만 저들은 이게 뭐라고 이렇게 난리들인 걸까.

"……뭐, 즐거워 보이니까 됐나."

그보다 사전에 알고 있었으면 네피와 포레도 데리고 올 걸 그랬다.

──두 사람 다 좋아할 것 같은 분위기인데 내일도 하려나?

만약 오늘만 하는 축제라면 진심으로 아까울 것 같았다.

류카온에서도 통감했지만 '평범한 행복'이라는 것을 향유하는 건 꽤나 노력이 필요하고 힘든 일이다.

답답한 마음으로 걷던 자간은 얼마 지나지 않아 교회 근처에 있는 술집 앞으로 접어든다. 지금은 집사로 그를 보좌해주고 있지만 예전에는 적이었던 라파엘과 처음 만난 장소이자 가끔 발바로스와 술을 마시러 오는 가게이기도 하다.

아무 생각 없이 그쪽으로 시선을 주려고 했을 때였다.

『구주 오셨네. 구주 오셨네. 구주, 구주 오셨네. 시든 마음의 꽃을 피워라. 은혜로운 사랑의 힘. 구주는 사랑. 구주는 사랑. 구주는, 구주는 사랑.』

성가대 소년소녀들의 노랫소리에 섞여서 자신의 부하인 할멈의 목소리가 들렸다.

아까 키메리에스가 쫓아갔던 고메리다. 성가대 사이에 섞여 있어서 그런지 지금은 어린 소녀의 모습을 하고 있다. 머리에는 마인족 특유의 구부러진 뿔이 달려 있지만 옷은 착실하게 새하얀 수도복을 입고 있다.

"너 거기서 뭐 하냐?"

아무래도 이건 못 본 척할 수 없어서 자간이 다그치자 성가대 아이들도 웅성거린다.

'아, 〈마왕〉이다' '요즘 자주 보이는 것 같아' '오늘은 엘프 소녀와 같이 있지 않네' '저 뿔 달린 아이, 아는 사이인가?' '그런데 저 애는 누구야?'

두려워하기는커녕 호기심어린 눈으로 쳐다보자 자간도 머리가 아파온다.

고메리는 입술에 검지를 대고 쉿——하고 목소리를 낮춘다.

'어이, 왕, 목소리가 너무 크잖아. 간신히 키메리에스를 따돌렸

는데.'

"……키메리에스를 너무 곤란하게 하지 좀 마. 그리고 숨을 생각이라면 사랑의 힘이 어쩌니 하면서 멋대로 가사도 바꾸지 말고."

도중에 영문을 알 수 없는 가사로 변해서 다른 아이들도 당황하고 있지 않느냔 말이다.

앳된 외모의 고메리는 의기양양한 얼굴로 턱을 짚는다.

"훗, 보아하니 나의 왕에게서 나오는 농후한 사랑의 힘을 감지한 모양이군. 보나마나 어떻게 하면 네피 아가씨에게 이 축제에 가자고 할 수 있을까 고민하고 있었겠지――으악."

"거 참, 시끄럽네. 적당히 안 하면 때린다."

"벌써 때리고 있잖아, 왕……."

발바로스를 때릴 때보다는 힘을 뺐지만 주먹을 내리찍고 있었다.

자간은 눈물을 글썽이며 머리를 문지르는 고메리의 목덜미를 잡고 성가대 아이들에게 말한다.

"아――……. 방해해서 미안하다. 계속들 해."

"바이바이, 〈마왕〉."

아이들이 아주 친절하게 손을 흔들자 자간은 두통을 느끼면서도 손을 마주 흔들어주었다.

거기에 정신이 팔려 있느라 자간은 알아차리지 못했다. 고메리가 그대로 교회를 향해 질질 끌려가면서도 무언가를 완수한 것처럼 웃었다는 사실을.

술집에서 떨어진 곳에서 자간은 고메리에게 물었다.

"도대체 뭘 하고 있었던 거지?"

"이야기를 하자면 길어지지만……, 그보다 왕은 마을에 이상한 기운이 흐르고 있다는 걸 알아채지 못했나?"

그 말에 자간은 눈을 가느스름하게 떴다.

"……그러고 보니 부하들의 것과는 다른 마력의 반응이 있긴 했지."

하지만 그 흔적은 나타났나 싶으면 금방 사라져서 정확한 장소까지는 특정 짓지 못하고 있었다.

──마을의 결계는 공격성 마술에 반응하도록 만들어졌으니까.

큐아노에이데스는 대륙에서도 손에 꼽히는 대도시이다. 당연히 외부인인 마술사도 많이 드나들고 있기 때문에 문제를 일으키지 않는 한은 그냥 지나갈 수 있도록 되어 있었다. 그렇지 않으면 24시간 내내 반응하는 바람에 막상 진짜 감지해야 할 이상 현상은 놓칠 수 있기 때문이다.

아무래도 고메리는 마냥 놀고 있기만 했던 건──.

"너나 할 것 없이 모두 강대하게 사랑의 힘을 높여가고 있지 않느냐 말이지! 길을 걷기만 해도 쌉쌀하고 향기로운 사랑의 힘의 쟁탈전이 벌어지고 있는데 어떻게 잠자코 성에 틀어박혀 있을 수 있냔 말이다!"

"자꾸 그러면 그냥 오리아스에게 넘긴다?"

"농담이라니까 왜 이러실까. 구두 바닥이든 뭐든 핥으라면 핥을 테니까 용서해줘."

할멈은 즉시 땅바닥에 머리를 대고 조아렸다.

"그건 그렇다 치고, 나의 왕에게 조언을 해주고 싶은 게 있는데."

"조언이라고?"

이 할멈이 이런 말을 할 때는 보통 제대로 된 게 없지만.

——그래도 무시할 수 없는 내용인 것도 사실인가.

자간과 네피 모두 '평범한 생활'과는 인연이 없다 보니 보통 연인들이 어떤 일을 하는지 아직 모르는 게 많았다. 데이트라는 즐거운 일을 알게 된 것도 고메리의 조언 덕분이었을 정도다.

굉장히 불길한 예감이 들긴 했지만 무시할 수는 없어서 자간은 되물었다.

"도대체 무슨 이야기냐?"

"키히히, 그렇게 긴장하지 마. 오늘이 〈아시엘 이메라〉라고 불리는 축제날이라는 건 왕도 어렴풋이 알고 있겠지?"

"캐물을 생각은 없다."

자간은 키메리에스에게 약속했다. 그 약속을 어기는 건 왕으로서의 긍지가 허락하지 않는다.

그렇지만 고메리는 모든 것을 다 알고 있는 것처럼 고개를 끄덕였다.

"그렇겠지. 키메리에스는 고지식해서 융통성이 없거든. 하지만 나는 그러면 나의 왕이 불이익을 당한다고 생각해."

"불이익이라고?"

고메리는 대답 대신 길을 지나는 통행인 중 한 명을 가리킨다.

젊은 남자다. 가장을 하진 않았지만 리본이 달린 커다란 꾸러미를 들고 있다. 그러면서 행복해 보이는 얼굴을 하고 있었다.

얼마 지나지 않아 젊은 여자가 남자에게 다가온다. 남자는 허둥지둥 꾸러미를 뒤로 감추었지만 여자에게 들키자 한두 마디 우물쭈물 나누더니 천천히 꾸러미를 내밀었다.

그러자 이게 무슨 일인가. 여자의 얼굴도 환해지더니 남자를 꼭 끌어안는 것이 아닌가.

"저 녀석들이 무엇을 하고 있는 것 같아? 남자가 선물을 준 것처럼 보이긴 하는데."

"그런 거겠지."

어린 소녀의 모습을 한 고메리는 지혜로운 현자 같은 목소리로 말한다.

"〈아시엘 이메라〉에는 좋아하는 사람에게 선물을 주는 풍습이 있다는 말이다!"

"뭐……라고……!"

자간은 하늘을 올려다본다.

이미 정오가 지났고 심지어 쿠로카와 부하들은 만나지도 못했다.

——그런 풍습이 있는데 나는 네피에게 줄 선물을 아무것도 준비하지 않았다는 건가!

이건 중대한 사태다. 게다가 선물을 준다면 포레와 라파엘을 비롯한 다른 사람들에게도 뭔가 해주고 싶었다.

"자, 어떻게 할 거지? 아무것도 않고 성으로 돌아갈 건가? 아니면 할 일을 내팽개치고 선물을 사러 다닐 건가?"

즐겁게 웃는 할멈⋯⋯아니, 소녀를 보고 자간은 이를 악물었다.

──그런 날에 선물을 준비하지 않는 선택을 할 수는 없잖아!

자간은 지금 처음으로 〈아시엘 이메라〉라는 것에 대해 알았지만 마을에서 마뉴엘라나 샤스틸과 교류를 해온 네피가 그걸 모를 리는 없었다.

그리고 분명 네피는 그런 자간을 알고 아무 말 않고 있었을 것이다. 여태껏 선물을 달라고 먼저 나서서 조르지 못하는 소녀이니──조르는 모습도 자간은 그저 감사할 뿐이라는 것을 알아줬으면 좋겠지만──괜히 자간이 신경 쓰게 만들고 싶지 않았을 터.

그러나⋯⋯그러나 자간으로서는 그럴 수는 없었다.

──하지만 쿠로카는 어떻게 하지?

그 충실한 집사가 부탁을 했고 자간은 그래주겠다고 약속했다.

게다가 라파엘의 의붓딸이라면 자간에게도 조카나 사촌 같은 존재라고 할 수 있다. 그냥 놔둘 수는 없다.

지금껏 이렇게 궁지에 몰린 것 같은 기분을 느껴본 적이 있었던가.

하지만 번뇌의 시간은 그리 길지 않았다.

자간은 〈마왕〉의 위엄을 담아 고메리를 가리킨다.

"나를 얕보지 마라, 《요부》 고메리. 네피에게 줄 선물은 당연히 준비할 거다. 쿠로카가 어떻게 지내고 있는지도 보러 갈 거다. 내가 둘 중 하나를 선택하는 도량이 좁은 왕이라고 생각하나?"

위압적이라기보다는 공격적이기까지 한 의지를 담은 선언에 고메리의 눈도 휘둥그레진다. "역시 〈마왕〉——아니, 그렇기 때문에 〈마왕〉인가. 암, 그래야 나의 왕이지!"

고메리는 환희로 몸을 떨면서 무릎을 꿇는다.

"그렇다면 이 고메리도 왕을 위해서 두 팔을 걷어붙이고 나서야겠군. ……자, 어떤 일부터 시작할 거지?"

"……일단 네피에게 줄 선물부터."

물론 쿠로카도 보러 갈 거지만 시력을 잃은 만큼 감이 좋은 소녀다. 마음이 급한 상태로 가봤자 반대로 신경만 쓰게 만들 것 같았다.

"키힛, 나의 왕이라면 그렇게 말할 줄 알았어. 내가 좋은 가게를 하나 알고 있는데 안내해줘?"

"흐음. 그래야 나의 오른팔이지. 부탁하마."

자간도 고메리도 알지 못했다.

이 행동이 이 마을에 있는 사람들의 톱니바퀴를 조금 어긋나게 만든다는 것을.

바로 뒤에 있는 뒷골목에서 검은 고양이를 안은 덩치 큰 마술사가 모습을 드러내더니 자간이 가려고 했던 교회가 있는 방향으로 걸어갔다.

"자, 도착했다, 쿠로스케. 여기가 오늘부터 네 집이다."

교회의 부지 안, 하지만 성당에서는 조금 떨어진 위치에 있는 작은 숙사. 그곳이 샤크스와 다른 몇 명, 〈마왕〉 자간의 부하인 마술사들이 함께 생활하는 건물이었다.

호출이 있으면 즉시 출동할 수 있고 성기사들에게 알려지면 곤란한 연구를 하고 있어도 타박 받지 않는 절묘한 위치에 자리 잡고 있다. 〈마왕〉과 공생관계에 있는 성기사장이 신경 써서 배려해준 것이다.

샤크스는 테이블 위에 있는 술병을 아무렇게나 치우더니 커다란 바구니를 놓고 그 위에 얇은 담요를 깔았다. 조금 더럽긴 하지만 이 방에 있는 유일한 이불이다.

그 위에 앞이 보이지 않는 검은 고양이를 살짝 올려준다.

"하하하, 잠자리는 어떤 것 같으냐? 옳지, 좋다니 다행이다."

기분 탓인지 검은 고양이는 이상한 냄새가 나는 것처럼 얼굴을 찌푸린 것처럼 보였지만 샤크스는 기분 좋게 웃는다.

"자, 보자."

샤크스는 그런 고양이의 얼굴을 가만히 들여다봤다. 그리고 손가락 끝에 마력의 빛을 만들어내더니 고양이의 얼굴 앞에서 좌우로 흔들어본다.

안구 자체에 눈에 띄는 상처는 없다. 그러나 동공이 전혀 기능을 하지 않고 각막 안쪽에 있는 망막에는 심하게 손상된 흔적이 보였다.

샤크스의 표정이 험악해진다.

──이건, 마술에 당한 건가?

아마 보는 것 자체가 발동의 열쇠가 되는 마술의 덫일 것이다. 이런 종류의 마술에 당하면 망막은 말할 것도 없고 시신경 자체가 불타버리는 경우도 있다.

자신의 실력이라면 안구를 고치는 것까지는 어떻게든 할 수 있다. 하지만 시신경까지 파괴되어 있다면 거기서부터는 뇌의 영역이다. 현대의 마술로도 뇌는 미지의 영역이 많아 잘못 간섭했다가는 시신경이 회복되더라도 다른 기능이 파괴될 위험이 있었다.

어찌할 수 없는 무력감이 치밀어 올랐다.

——난 또 아무것도 못하는 건가…….

벌써 두 달 전의 일이다. 교회의 성기사들이 한 합성생물과 교전을 벌이다가 크게 다친 적이 있었다. 키메라 자체는 그 후에 성기사장이 없앴지만 부하 성기사는 피투성이가 되어서 이곳으로 실려 왔다.

샤크스가 어떻게 손을 쓸 수 없는 중상이었다.

아주 짧은 시간, 마지막으로 가족들과 만날 수 있는 정도의 시간만 연장하는 것이 고작이었다.

그런데 마찬가지로 실려 온, 심각한 부상을 입은 다크 엘프가 아주 간단히 그를 치료해 보였다. 본인도 상당히 쇠약해져 있었음에도 불구하고 말이다.

환자가 목숨을 건졌으니 당연히 기뻐해야 하지만 샤크스의 가슴을 오간 것은 어떻게 할 길 없는 무력감이었다. 자신이 얼마나 한심한 마술사인지 절절이 자각했다.

샤크스는 검은 고양이의 머리를 가만히 쓰다듬었다.

"미안하다, 쿠로스케. 내 마술로는 네 눈을…….."

고치지 못한다.

목구멍까지 올라온 말을 간신히 삼켰다.

상대는 고양이다. 그건 알고 있지만 의료 마술에 종사하고 있는 자로서 환자 앞에서 해서는 안 되는 말이다. 아무리 한심한 마술 사라도 그것만큼은 밟고 넘어선 안 되는 경계이다.

그런 샤크스의 모습을 보고 뭔가 느낀 걸까, 검은 고양이는 그의 손을 할짝 핥았다.

"하하……. 뭐야, 위로해주는 거냐? 응석을 부릴 때는 부릴 줄 아는구나."

고양이는 대답 대신 힘껏 깨물었다.

털까지 곤두세우고 있는 걸 보니 위협 당하고 있는 것 같은 기분 은 들지만 이렇게 작은 고양이 한 마리를 상대로도 자신의 의지를 관철시키지 못하면 슬슬 마술사도 폐업하는 게 좋을지도 모른다.

샤크스는 마음을 다잡고 일어난다.

"그래, 다른 방법이 있을 거야."

자신이 가진 마술로 치료하지 못한다면 새로운 수단을 생각해 내면 된다. 벽에 부딪쳤다고 멈춰버리면 진보는 거기서 끝난다. 마술사는 그 불합리함을 현실로 허용하지 못하고 부조리로 덮어 버리려는 어리석은 자들이기 때문이다.

──일단 이것부터 볼까…….

검은 고양이가 있는 바구니 옆에 내던져두었던 마도서로 시선 을 준다.

왠지 불길한 예감이 들어서 확인해보지 않았지만 이것이 마술사에게 파격적인 보수라는 건 분명하다. 우선 여기서 찾아보는 게 타당할 것이다.

"……아, 그 전에 쿠로스케에게 밥을 줘야지. 고양이는 뭘 먹더라? 어이, 일단 우유 괜찮지?"

"야옹."

인간의 언어로 말을 걸었으니 대답이 있을 리 없는데도 검은 고양이는 마치 『상관없어요』라고 말하는 것처럼 울었다.

우유는 교회에서도 신성하게 여기다 보니 매일 아침 농가에서 배달해주기 때문에 신선하다. 우유를 접시에 따라서 고양이 앞에 놓아준다. 냄새로 우유를 확인하긴 했지만 아직 경계하고 있는지 입을 대려고 하진 않았다.

샤크스는 그 모습을 흐뭇하게 보더니 마도서를 한 손에 들고 싸구려 소파에 걸터앉았다.

그 순간 아까 그 뒷골목에서 가지고 온 것이 눈에 들어왔다.

"……어라? 이거 어떻게 하지 않으면 곤란할 것 같은데."

검은 고양이의 주위에 흩어져 있던 여성용 옷이다.

주인이 있다면 단서가 될 수도 있겠다 싶어서 가지고 오긴 했는데…….

마술사의 방에 젊은 여자의 옷이 떨어져 있으면 다들 일단 범죄라고 생각할 것이다. 이 상황에서 '떨어져 있어서 주워왔다'고 하는 마술사가 있으면 샤크스라도 일단 때리고 볼 거다. 그렇지만 무단으로 처분하는 것도 마음에 걸렸다.

샤크스는 한동안 고민하다가 고개를 끄덕였다.

"일단 **옷 안**에라도 숨겨둘까."

샤크스가 손가락을 딱 하고 튕기자 여성복은 저절로 잘 접히더니 부자연스러울 정도로 작게 압축되기 시작했다. 발바로스처럼 아공간으로 통하는 문을 여는 고도의 마술은 아니지만 공간과 함께 접는 마술이다.

마침내 카드처럼 작고 얇게 접힌 옷을 로브 안쪽에 있는 주머니 속에 넣었다.

이건 어느 정도의 마술사라면 상식적으로 사용할 수 있는 마술로 마술사가 말하는 '옷 안'이라는 것은 이런 행위를 가리킨다.

그럭저럭 범죄의 증거…… 아니, 골치 아픈 물건을 정리한 샤크스는 그제야 마도서를 펼쳐본다. 그 사이에는 예의 그 편지가 끼워진 채로 있었지만 지금은 못 본 척 무시한다.

페이지를 팔랑팔랑 넘기며 대충 속독을 한 샤크스는 감탄의 소리를 흘린다.

"호오, 기억을 가시화 시키는 이론이라."

역시 전(前) 마왕 후보답게 복잡한 고도의 이론이다.

샤크스는 알 턱이 없지만 그건 자간이 고메리, 발바로스와 함께 완성시킨 〈봉서〉의 기초 이론을 정리한 마도서였다.

이 검은 고양이가 벌써 행운을 가져와준 건지도 모른다. 그 즉시 정신없이 페이지를 넘긴다.

——이거, 잘하면 사용할 수 있을 것 같은데.

마술로 검은 고양이의 눈을 치료하는 건 불가능하지만 그 대용은 가능할지도 모른다.

그 가능성에 나잇값도 못하고 기분이 고양되는 것이 느껴졌다.

머릿속에서 이론을 세웠다가 다시 지우기를 반복하면서 답을 찾는 샤크스의 시선은 어느새 마도서에서 검은 고양이를 향하고 있었다.

"쿠로스케, 혹시 눈이 보이게 되면 제일 먼저 뭘 보고 싶냐?"

혼잣말에 지나지 않는 중얼거림이었지만 검은 고양이는 경악하는 것처럼 눈을 커다랗게 떴다.

당연히 검은 고양이는 아무 대답도 하지 않았지만 겁에 질린 것처럼 고개를 돌렸다. 샤크스는 씁쓸하게 웃으며 그런 고양이를 무릎 위에 앉혀서 끌어안았다.

"하하, 그래, 무섭지? 나도 치료하지 못하면 어떡하나 생각하면 무서운데 그런 나의 치료를 받는 환자는 얼마나 무섭겠냐. 이런 말, 환자에게는 절대 못하지만 말이다."

장난치듯 웃긴 했지만 결코 농담은 아니었다.

——이제 와서 내가 환자 입장을 생각하다니. 뻔뻔한 데도 정도가 있지.

5년 전. 시답잖은 감언이설에 넘어가서 한 마을을 없애버린 과거는 변하지 않는다. 그때 한 소녀를 구해냈다고 해서 달라지는 건 아무것도 없다.

적어도 속죄는 해야겠다는 생각에 사건의 마지막을 끝까지 지켜봤다.

그리고 마술사임에도 의사라는 길을 선택했지만 결국 그것도 도망치는 것에 불과한 게 아닌가 하는 생각이 든다.

거기까지 생각한 샤크스는 머리를 흔든다.

"아──……. 틀렸어. 짜증나는 이름을 들었더니 계속 쓸데없는 생각만 나잖아."

발바로스에게 들은 사건──희귀종 사냥──말도 안 되는 이야기라는 생각은 한다.

시어칸은 샤크스의 눈앞에서 죽지 않았느냔 말이다. 설사 목숨을 부지했다고 해도 그 상처를 치료하는 게 불가능하다는 건 의료 마술에 종사하고 있는 자로서 단언할 수 있다.

설령 그게 〈마왕〉이라고 해도 말이다.

기분 전환을 위해 담배를 찾았을 때였다.

문득 창문으로 시선을 준 샤크스는 그대로 굳어버리고 말았다.

그곳에는 붉은 눈을 가진 이상한 인영이 달라붙어 있었다.

"이 녀석은 뭐야!"

붉은 눈을 가진 무언가는 입에서 진흙 같은 것을 토해낸다. 거기에 닿은 순간, 유리창에 균열이 생기더니 산산조각이 나서 깨졌다.

하지만 갑작스러운 일에 굳어버린 건 한순간이었다.

샤크스는 검은 고양이를 끌어안고 소파에서 뒤로 펄쩍 뛰어 물러났다. 마술사인 자신은 그렇다 쳐도 새끼 고양이가 유리 파편에 맞으면 잠시도 버티지 못할 것이다.

고양이를 안은 채 얄팍한 바닥을 굴러서 창문에서 떨어졌다.

그리고 자리에서 일어나 그제야 상대의 얼굴을 확인한다.

창문을 통해 쓰러지듯 들어온 건 젊은 남자였다. 여러 개의 부적(아뮬렛)이 박힌 로브를 걸치고 있어서 금방 마술사라는 것을 알 수 있었다.

그런데 이마에는 홍옥 같은 결정이 박혀 있었다.

실제로 보는 건 처음이지만 오래된 문헌에서 동일한 특징을 가진 종족을 본 적은 있다.

"보석종……?"

이마에 박힌 보석에 강한 마력이 담겨 있는 종족이다. 마력이 강하다면 마술사에 적합하다고 할 수 있지만 이 종족은 먼 옛날에 멸망했다.

지금은 전설로만 내려오는 종족이 왜 자신의 앞에 나타났는지, 그를 노리는 이유가 뭔지 짐작조차 가지 않아서 샤크스의 표정은 점점 더 당혹스러워진다.

──아니지, 짐작 가는 거라면 있잖아.

'희귀종 사냥'──5년 전의 그 흉흉한 사건. 만약 그때 살아남은 자가 있다면 그 원한의 창끝이 자신을 향한다고 해도 이상할 건 전혀 없다.

게다가 조금 전에 발바로스에게 다시 그 이름을 들은 직후다.

샤크스는 품안에 있는 검은 고양이를 의식한다.

앞이 보이지 않더라도 이변이 일어났다는 건 알고 있을 것이다. 전신의 털을 곤두세우고 완전히 겁에 질려 있다. 샤크스를 위협하고 있는 건지도 모르지만.

"미안하다, 쿠로스케. 골치 아픈 일에 끌어들이고 말았구나."

이 방에는 창문 하나와 교회의 예배당으로 통하는 출구가 하나 있을 뿐이다. 적은 창문으로 들어왔으니 도망칠 길은 문 밖에 없다.

——그건 상대방도 알고 있겠지.

샤크스가 문을 향해 슬금슬금 다가가자 그 앞으로 돌아가는 것처럼 보석종도 조금씩 다가온다.

막다른 곳에 몰리고 있다는 것을 알면서도 손 안에 간단한 마술을 만들어낸다. 그 준비가 완료되자 큰 소리를 지르며 달리기 시작했다.

"으와아아아아아아!"

문을 향해 도망치는 샤크스를 보고 보석종도 돌진한다.

도망치기 위해서는 문 앞에 도착해서 문손잡이를 돌리기 위해 일단 멈춰서야 한다. 반면 보석종은 몸으로 들이받기만 해도 된다.

당연히 그것은 명확한 속도의 차이를 낳았고 먼저 문에 도착한 건 보석종 쪽이었다.

"히이익, 비켜——어서."

큰 소리로 고함을 지르는 사람이 있으면 반사적으로 그쪽을 보게 된다. 그게 표적이라면 필연적이다.

보석종이 고개를 빙글 돌렸을 때, 샤크스는 손바닥을 쑥 내밀고 있었다.

"빛이여!"

『——윽.』

빛을 내쏘기만 하는, 공격력이라고는 전혀 없는 마술이었다. 원래는 야간에 독서를 하고 앞이 잘 보이지 않는 어둠에서 광원을 만들어내기 위한 것이다. 정밀함이 요구되는 의료 마술에서는 손을 비추기 위해 이용되고 있다.

이번에는 그 마술을 살짝 손봐서 순간적으로 태양 같은 광량을 만들어내도록 했다.

하찮은 마술이지만 뒤를 돌아보자마자 엄청난 양의 빛을 쐬게 된 보석종은 작은 비명을 지르며 완전히 시력을 빼앗겼다.

샤크스는 몸부림치는 보석종에게는 눈길도 주지 않고 창문을 향해 도망쳤다.

상대도 마술사다. 시력 정도는 몇 초만 있으면 금방 회복된다. 샤크스가 사용한 것은 암흑 속에서 갑자기 화염의 빛을 만들어낸 것 정도의 효과 밖에 없기 때문이다.

검은 고양이를 유리 파편으로부터 보호하듯 끌어안고 창밖으로 뛰쳐나간다. 그리고 창가를 벗어난 곳에서 살짝 바닥에 내려놓아 주었다.

'잘 가라, 쿠로스케. 다음에는 좀 더 괜찮은 주인을 만나는 거다.'

이곳은 교회다. 성기사나 사제들이 발견하면 분명 보호해줄 것이다.

검은 고양이가 깜짝 놀란 것처럼 쳐다본 것 같았지만 샤크스는 이미 달리고 있었다.

"어이, 이쪽이다, 멍청아. 어린애 속임수에 넘어가냐, 이 바보야!"

고작 길고양이 한 마리를 위해 이렇게까지 몸을 던지는 자신이 참 우습다는 생각을 하면서도 적을 향해 도발한다.

——남은 건 내가 보스가 있는 곳까지 도망칠 수 있는가 하는 건데.

자신은 비록 힘은 약하지만 나름대로 지금까지 살아남아온 마술사다. 반드시 도망쳐 보일 것이다. 씩씩거리는 샤크스의 얼굴은 다음 순간 딱딱하게 굳어졌다.

보석종은 무슨 이유에서인지 샤크스가 아니라 검은 고양이가 있는 쪽을 향해 달리기 시작한 것이다.

——왜, 저 자식, 쿠로스케를 노리는 거지……?

보석종은 벽을 뚫고 검은 고양이를 향해 달려든다.

고양이가 도망칠 수 있도록 거리를 둔 샤크스가 다시 돌아가기에는 너무 멀다.

"쿠로스케!"

힘껏 뻗은 손이 닿을 길 없이 외쳤을 때였다.

샤크스는 보았다.

보석종의 발밑에 시커먼 무언가가 꿈틀거리는 것을.

『아…….』

고양이에게 달려든 보석종이 허공에서 뚝 멈췄다.

가만히 보니 그 팔에 두꺼운 사슬이 감겨 있었다. 그리고 그 사슬은 발밑에 있는 그림자와 비슷하게 생긴 '무언가'에서 튀어나와 있었다.

절그럭, 금속이 스치는 소리를 내면서 그림자에서 사슬이 더 기어 나온다.

두세 개 정도가 아니라 수십 개나 되는 숫자가 기어 나온 그 사슬은 보석종의 팔뿐만 아니라 얼굴, 발, 몸통에 감겨서 그림자 속으로 질질 끌고 들어가는 것처럼 구속한다.

——뭐야, 저건? 발바로스인가?

아무 징조도 없이 그림자에서 나타나는 공격은 그의 마술과 비슷하지만 애당초 마술과는 다른 무엇——훨씬 더 무시무시한 힘처럼 느껴졌다.

당황해서 걸음을 멈춘 것은 고작 몇 초였다.

"야옹——."

검은 고양이의 울음소리를 듣자 퍼뜩 정신이 들었다.

"도망치자, 쿠로스케!"

저 사슬이 누구의 것인지는 모르지만 지금이라면 고양이를 구할 수 있다.

샤크스는 고양이를 안아들더니 번개처럼 그곳을 뒤로 했다.

——저 보석종, 설마 쿠로스케를 잡으러 온 건가?

있을 수 없는 일이라는 생각은 들었지만 지금은 도망치는 것 말고는 할 수 있는 게 없다.

뒤도 돌아보지 않고 달리는 샤크스는 알아차리지 못했다.

그런 그의 등 뒤에서는 사슬과 함께 기어 나온 무언가가 마치 동족상잔이라도 벌이는 것처럼 보석종의 목에 날카로운 이를 박아 넣었다는 것을.

◇

"이제야 손님들이 좀 빠진 것 같군."

〈아시엘 이메라〉인 오늘은 손님이 많다.

술집을 찾는 손님들의 발길이 뜸해졌을 때는 이미 한낮이 꽤 지난 시각이었다. 주방에서 일하는 네피도 일손을 멈추고 홀에 얼굴을 내밀 여유가 생겼다. ……원래 술집이 정신없이 바빠지는 건 밤부터이기 때문에 그녀들은 아직 괜찮은 부류에 속하지만.

이제 좀 마음이 놓이는 것처럼 중얼거리는 샤스틸을 네프테로스가 찌릿 쏘아본다.

"넌 아직 괜찮잖아? 그 두 사람이 왔을 때 안쪽에 숨어 있으니까."

한창 바쁜 점심시간에 안면이 있는 마술사——네피는 이름을 모르지만 자간의 부하 중 한 명——와 발바로스가 가게에 왔었다.

유감스럽게도 지금 샤스틸은 개인적인 일로 이곳에 있다. 도저히 숨길 수 있는 상태가 아니라서 네프테로스가 접객을 담당했다.

샤스틸 역시 아무 말도 못한다.

"으……. 미, 미안. 그렇지만 덕분에 살았어, 네프테로스."

"수고 많았어요, 네프테로스."

"……나 원. 나도 연기 같은 건 잘 못한단 말이야."

예전에 몰래 네피인 척했을 때, 자간은 네프테로스가 네피를 흉내 냈다는 사실조차 알아차리지 못했다. 실제로는 그렇게 서툴지 않았지만 그렇다고 자신감을 가질 정도로 네프테로스의 얼굴은 두껍지 못했다.

그렇지만 솔직한 감사의 말을 듣는 건 그리 싫지만은 않은지 고개를 휙 돌리는 여동생은 왠지 기뻐하는 것처럼 보이기도 했다.

샤스틸이 주위 상황을 살피는 것처럼 두리번거린다.

"그나저나 발바로스도 돌아간 거겠지?"

"응, 아마도."

"아무래도 나를 본 것 같은데 괜찮을까?"

개인적인 일상에서도 일단 경계심이라고 할까, 위험에 대한 반사 신경은 남아 있는지 발바로스의 시선을 느꼈다고 한다.

네프테로스가 팔짱을 끼고 머리를 흔든다.

"아무리 그 녀석이라도 우리가 술집에서 용돈벌이를 하는 것 정도 가지고 형부에게 밀고하진 않을 거야. 애당초 그 자식이 있었는지조차 확인할 방법이 없고."

"맞아, 요. 발바로스 님은 자신의 손익은 정확하게 따지는 분이거든요."

"……? 우리를 보고 아무 말도 않는다고 해서 딱히 그 자식에게 득이 될 일은 없지 않아?"

고개를 갸웃거리는 네프테로스도 납득한다.

"확실히 그렇긴 해. 오히려 고메리에게 정보를 제공할 가능성이 더 높지. 그 여자라면 이런 건 돈을 내고서라도 보고 싶어 할 테니까……."

그 말을 들으니 네피도 조금 불안해지기 시작했다.

──발바로스 님은 이득이 되는 것보다는 손해를 보지 않는 쪽을 선택할 것 같지만요…….

그 '손해'라는 것을 자각하지 못하고 있을 가능성도 없진 않다.

"맞아요. ……만약을 위해 부탁드려 두는 게 좋을지도 모르겠어요."

"부탁이라니, 우리를 못 봤을 수도 있는데 그 녀석을 부르면 오히려 본말전도 아니야?"

"아뇨, 그 점은 괜찮을 거예요."

──들키면 안 되는 일을 발바로스 님에게 들켰을 때 어떻게 하면 되는지는 고메리 님에게 배워서 알고 있어요.

고개를 갸웃거리는 네프테로스를 보고 네피는 고개를 끄덕인다.

"2개월 정도 전에 있었던 일인데요, 실은 발바로스 님이 몸이 안 좋다고 하셔서 용태를 봐드린 적이 있어요."

"헤에, 그 녀석도 몸이 안 좋을 때가 있구나."

"네. 저도 그때 처음 깨달았는데요, 누구든 걸리는 병이었어요. 치료법은 없지만 생명이 위험한 병은 아니라고 말씀드렸는데……."

당시 발바로스는 자각이 없었지만 지금은 자각하고 있을 것이다.

그것이 **어떤 감정에서 오는 가슴의 고동**이었는지.

샤스틸의 발밑으로 힐끔 시선을 준다. 소녀의 그림자는 마치 살아 있는 생물처럼, 그리고 당황하는 것처럼 술렁거리고 있었다.

그것을 아는지 모르는지, 네프테로스는 계속 질문을 던진다.

"어떤 병이었지?"

"그건 대답해드리기 곤란해요. 발바로스 님 입장에서도 다른 사람이 알게 되길 원치 않는 일인지도 모르니까요."

"그 녀석에게 그렇게 섬세한 신경이 있다고?"

네프테로스는 어이없다는 표정을 짓더니 곧이어 고개를 갸웃거렸다.

"어라? 그 자식에게 부탁한다고 하지 않았어?"

"네. 지금 **부탁**을 드렸으니 괜찮을 거예요."

이런 식으로 **부탁**을 하면 발바로스가 없더라도 네피는 그냥 혼잣말을 중얼거린 셈이 되고 그에게는 그녀의 의도가 제대로 전해진다.

──협박하는 것 같아서 조금 미안하긴 하지만요…….

그렇지만 그 할멈이 한 말은 효과가 있어서 다소 곤혹스럽다.

──그런데 효과가 좀 과한 것 같아요, 고메리 님…….

샤스틸의 발밑에서는 **그림자**가 숨 쉬는 것조차 잊은 것처럼 조용히 있었다. 나중에 어떻게 무마할지 고민을 좀 해봐야 될 것 같다.

네프테로스는 점점 더 당혹스러워하더니 '아' 하고 목소리를 높였다.

"그러고 보니 그 자식이 좀 신경 쓰이는 말을 했었어. 뭐라고 했더라……그래, '희귀종 사냥' 어쩌고 하는 사건이 일어나고 있다고."

그 단어에 반응한 사람은 샤스틸이었다.

"예사로 생각할 일이 아니군. 이 마을에는 네프테로스와 쿠로카 같은 희귀종이 몇 명이나 있단 말이지."

"넌 아무것도 못 들었어?"

"처음 듣는 이야기다. ……그렇다면 골치 아픈 일이 벌어지고 있는지도 모르겠군."

"골치 아픈 일이라면 어떤?"

샤스틸은 떨떠름한 표정을 짓는다.

"네피는 알고 있지? 교회 안에서도 우리 '공생파'를 탐탁치 않게 생각하는 자들이 적지 않아. 그 때문에 정보가 차단된 것이라면 앞으로 불이익을 당하게 될지도 몰라."

샤스틸은 과거에 직속 상사인 추기경에게 암살당할 뻔한 적이 있다. 그 마음의 상처 또한 아직 아물지 않았을 것이다. 비통한 현실에 네피도 가슴이 아파왔다.

사정을 잘 몰라도 네프테로스 역시 뭔가 눈치를 챘는지 화제를 돌리듯 중얼거린다.

"그리고 그 두 사람, 5년 전에도 비슷한 사건이 있었다고 했어. 정보가 들어오지 않더라도 그걸 조사해보면 뭔가 알 수 있지 않을까?"

"그렇군. 돌아가면 조사해보지."

그러더니 왠지 울적한 표정을 지어 보인다.

"그나저나 5년 전이라……."

"왜 그러세요?"

네피가 되묻자 샤스틸은 말하기 곤란한 듯 입을 연다.

"그러고 보니 두 사람에게는 이야기한 적이 없지. 실은 내겐 오빠가 한 명 있어. 훌륭한 성기사인데 우리 집은 아버지도 빨리 돌아가시는 바람에 난 그런 오빠의 등을 보면서 자랐어."

"어머, 오라버님도 성기사님이시군요."

샤스틸은 고개를 옆으로 흔들었다.

"성기사였지만 이미 타계했어."

"──죄송합니다. 제가 무례한 말을……."

"아냐, 신경 쓰지 마. 벌써 **5년이나 전**의 일이야."

그 대답에 네피와 네프테로스는 서로 얼굴을 마주 본다.

"5년 전?"

"그래. 우연이라고는 생각하지만 그때 일이 좀 생각났어."

무슨 말을 하면 좋을지 망설이고 있자 다른 점원의 목소리가 울려 퍼진다.

"어서 오세요──. 여기 손님 두 분, 안내 부탁드립니다──!"

다시 손님이 밀려들기 시작한 모양이다.

샤스틸도 얼굴을 팡 때리며 말한다.

"파이팅! 근무 시간도 이제 얼마 안 남았으니까 열심히 일하자."

"네."

샤스틸과 네프테로스는 손님을 맞으러 달려가고 네피도 주방으로 돌아가려고 한다.

그때였다.

"맥주 한 잔. 이 아이에게는 우유와 빵을 부탁해."

마지막으로 들어온 손님을 아무 생각 없이 본——네피는 그대로 굳어버리고 말았다. 가만히 보니 손님을 맞으러 간 샤스틸과 네프테로스도 똑같이 아무 말도 못하고 있었다.

무리도 아니다.

가게에 들어온 사람은 옆에 부랑아로 보이는 여자아이를 데리고 있는 젊은 마술사였다. 문제는 부랑아가 아니라 마술사 쪽이다.

세 사람 모두 아는 얼굴이었다. 지난번에 류카온에서 알게 된, 자간이 형제라고 불렀던 사람이다.

네피는 할 말을 잃은 채 마술사를 향해 다가갔다.

점원이 셋이나 주문도 받지 않고 있자 마술사는 의아한 표정을 지었다.

"……? 내 얼굴에 뭐가 묻기라도 했나?"

"뭐가 묻다니, 당신은……."

간신히 쥐어짜내서 나온 것은 그 말이었다.

네피도 이 사람을 보고 어떤 얼굴을 하면 좋을지 알 수 없었다.

그런 분위기가 불안하게 느껴진 걸까, 마술사가 데리고 온 여자아이가 불안한 듯 마술사의 옷자락을 잡아당긴다.

"**언니**, 역시 난 돌아갈래. 우리는 가게에 들어가면 안 된단 말이야."

아무래도 여자아이는 부랑아인 자신을 싫어해서 그러는 줄 아는 것 같다.

네피는 머리를 흔들며 웃어 보였다.

"어서 오세요. **스텔라** 님……이시던가요?"

비록 복제이긴 해도 〈마왕〉의 필두인 안드레알푸스를 항복시키고 자간과 똑같은 마술을 사용해서 자간에게 일격을 가해보인 광인 데카라비아——그 정체이자 자간이 누나라고 불렀던 여자.

그녀들이 일하는 술집에 온 사람은 어떻게 된 일인지 그런 마술사였다.

◇

"으아, 이거 미안해서 어떡하지. 너희들, 자간의 동료들이었구나. 그나저나 벌써 연인도 있다고? 그 녀석도 제법인걸."

맥주를 마신 스텔라는 기분 좋게 웃었다.

마지막으로 봤을 때와 똑같은 진홍빛 머리와 눈동자. 긴 앞머리에 가려져 있긴 하지만 그 오른쪽 눈은 은빛으로 보인다.

——그때 그 〈의안〉……일까요?

〈마왕〉 안드레알푸스조차 제어하지 못한 저주 받은 의안. 그것을 다시 사용하고 있는 것이라면 경계해야 할 사태이지만 이렇게 웃는 얼굴은 소녀처럼 천진난만해서 예전의 사악함은 전혀 느껴지지 않았다.

샤스틸과 네프테로스도 어떻게 대하면 좋을지 몰라서 그냥 지켜만 보고 있다. 스텔라가 데리고 온 여자아이도 불안한 모습으로 빵을 먹고 있었다.

네피는 작게 호흡을 가다듬어서 마음을 진정시킨 다음 물었다.

"저기, 이제 몸은 괜찮으신 건가요?"

"몸……? 아아, 맞다. 너희들도 '그때' 있었지. 뭐, 선생님 덕분에 다친 건 이제 아무렇지도 않지만……."

애매모호한 대답에 고개를 갸웃거리고 있자 스텔라는 말하기 곤란한 것처럼 입을 연다.

"실은 그때 일은 잘 기억나질 않아. 정확하게는 선생님이 나를 데리고 간 후의 일은 거의 기억하지 못해."

"그렇, 군요……."

그녀에게 걸렸던 저주는 정신은 말할 것도 없고 인격과 함께 몸을 통째로 다시 만드는 것과 다를 게 없는 심각한 저주였다. '데카라비아'로서 가졌던 광기어린 기억은 차라리 기억하지 못하는 게 나을지도 모른다.

그 순간, 스텔라는 문득 뭔가 생각난 것처럼 목소리를 높였다.

"앗, 생각났다!"

"뭐, 뭐가요?"

"그래, 분명 널 만난 기억이 있어."

그리고 쑥스러운 것처럼 시선을 피하며 이렇게 말했다.

"자간이 굉장히 자랑스럽게 말하더라고. 마치 널 보게 된 걸 감사히 생각하라는 것처럼 말이야."

144

여자아이는 빵을 툭 떨어뜨리고 네피는 얼굴을 가렸다.

"자간 님, 쑥스럽게……."

"……말은 그렇게 하지만 네 얼굴은 헤벌쭉 한 거 알아?"

"아으으으……."

여동생의 뒤이은 공격에 네피도 그만 다리에 힘이 풀려서 털썩 주저앉고 말았다.

스텔라가 쓴웃음을 짓는다.

"아아, 사이좋아 보여서 안심했어. 그쪽 두 사람은 어떤 사이?"

네프테로스와 샤스틸은 서로 얼굴을 마주본다. 그러고 보니 너무 동요한 나머지 아직 자기소개를 하지 않았다.

네프테로스가 먼저 말한다.

"나는 네프테로스. 네필리아와는 자매 사이야. 형부……자간도 나를 처제라고 부르고 있어."

"듣고 보니 정말 똑같이 생겼네. ……어라? 연인의 여동생이 처제라니, 너와 자간, 벌써 결혼한 거야?"

"어떻게 생각해, 네필리아?"

다시 주목을 받자 네피는 당황한다.

"저기, 그게……."

"적당히 그 정도로 하지? 이 둘의 사이는 둘만의 방식이 있어서 그런 거니까."

부드럽게 끼어든 건 샤스틸이었다.

그러자 모두의 시선이 그녀에게 모인다.

"난 샤스틸이라고 해. 어떤 사이라고 설명하면 될까. 난 주교라는 직함을 가지고 있고 이 마을에 있는 교회의 책임자이기도 해. 자간과는 맹우……라고 하면 되려나. 일단 우호적인 관계라고 생각해."

"음——? 교회는 마술사를 눈엣가시처럼 여기고 있는 줄 알았는데 요즘은 달라졌어?"

"교회에도 여러 파벌이 있어서 그래. 당신에게도 위해를 가할 생각은 없으니까 안심해도 돼."

샤스틸의 말에 스텔라는 감탄한 것처럼 고개를 끄덕인다.

"그렇군. 자간에게도 친구가 생겼구나. 그 아이는 옛날부터 사람들과 사귀는 데 서툴러서 고맙다는 말을 할 때도 무서운 눈으로 노려보는 바람에 다들 도망치기 바빴지. 그래서 이 누나가 얼마나 걱정을 했는지 몰라……."

진심으로 눈물을 글썽이는 모습을 보니 자간의 그 이해하기 힘든 면은 옛날부터 그랬던 모양이다.

그런 스텔라를 보고 여자아이가 손을 꽉 잡는다.

"괜찮아. 마왕은 무섭지 않았어. 정말 다정했는걸."

"……고마워. 리제트는 참 좋은 아이구나."

여자아이의 이름은 리제트라고 하는 것 같다.

"그쪽은 어떤 사이이신가요?"

"음——, 누이동생 뻘이라고 할까? 이상한 녀석이 노리고 있어서 데리고 왔지."

스텔라는 앞머리를 쓸어 올리더니 오른쪽 눈으로 주위를 둘러본다.

"아까까지만 해도 여기저기 이상한 게 있었는데 지금은 없는 것 같군. 도망친 걸까, 다른 목표물을 발견한 걸까, 그것도 아니면 **다른 사람에게 사냥 당한** 걸까. 어쨌든 대충 일이 해결된 것 같아서 밥이라도 먹여주자 싶어서 여기에 온 거야."

예전의 데카라비아와 달리 〈의안〉은 스텔라에게 힘을 빌려주고 있는 것 같다. 적어도 지금은 예전처럼 폭주할 것 같은 불안은 느껴지지 않았다.

뒤이어 스텔라는 반대로 물었다.

"너희들의 사정에 대해서도 물어봐도 될까? 자간이 〈마왕〉으로 있으니 사는 게 궁핍하진 않을 텐데 왜 이런 곳에서 일하고 있지? 그쪽은 주교라고 했고."

샤스틸과 네프테로스의 시선이 네피를 향한다. 발단은 네피에게 있는 것이다.

──이 사람이라면 말해도 괜찮을 것 같아요.

네피는 힘껏 머리를 끄덕인 다음 자리에서 일어난다.

"실은──."

"자간에게 선물?"

스텔라가 눈을 동그랗게 뜨자 네피는 고개를 끄덕인다.

"네. 오늘은 〈아시엘 이메라〉라는 축제날인데 가까운 사람에게 선물을 주는 풍습이 있다고 들었어요. 그래서 선물을 사기 위해 직접 돈을 벌어보고 싶어서."

손수 만들까도 생각했지만 이미 예전에 직접 뜬 머플러를 선물했었다. 게다가 이 세상에는 직접 만들어서는 손에 넣지 못하는 것이 더 많다.

　──그리고 내가 '그것'을 직접 만드는 건 너무 어려워요.

　선물하고 싶은 것은 대충 찍어두었다.

　그렇게 대답하자 스텔라는 손을 짝 마주쳤다.

　"좋아! 그런 거라면 나도 도와줄게."

　"정말 괜찮으시겠어요?"

　"응. 잘 기억나진 않지만 마지막으로 봤을 때 자간에게 굉장히 나쁜 짓을 한 것 같은 느낌이 들어. 그러니까 그 일에 대한 사과 같은 느낌으로."

　그런 다음 씩 웃더니 네피를 가리킨다.

　"그리고 자간이 어떤 사람을 좋아하게 되었는지 나도 흥미가 있거든."

　"으으……."

　놀림 당하는 미래밖에 보이지 않아서 네피는 어쩔 줄 몰라 했다.

　그때 지금까지 잠자코 있던 네프테로스가 끼어들었다.

　"도와주는 건 좋지만 당신은 뭘 하러 이곳에 온 거지? 〈마왕〉에게 직접 가르침을 받은 제자가 관광을 하러 온 건 아닐 것 아니야?"

　"음──, 그 예상은 살짝 빗나간 것 같은데. 솔직히 따분해서 곤란하던 참이었어."

　"무슨 말이지?"

스텔라는 곤란한 것처럼 웃었다.

"마르크 오빠를 찾고 있어. 자간이 찾고 있는 것 같기도 했고."

자간이 그 남자를 찾고 있다는 건 네피와 다른 사람들도 알고 있다.

"찾고 있다니, 단서라도 있나요?"

"그래봤자 마지막으로 봤을 때 어디로 가려고 했는지 정도밖에 모르지만."

"어, 어디로 간다고 하셨어요?"

네피뿐만 아니라 네프테로스와 샤스틸까지 몸을 앞으로 내밀고 묻는다. 하지만 말하기 곤란한지 스텔라의 표정은 흐려졌다.

"13인의 〈마왕〉 중 한 명인 '시어칸'——마르크 오빠는 그 마술사의 뒤를 쫓고 있었어."

예상치 못한 이름에 네피는 할 말을 잃고 말았다.

"키힛, 이 가게라면 숙녀용 의상부터 자잘한 장신구까지 다 갖춰져 있지. 네피 아가씨에게 줄 선물이라면 아주 딱이야."

어린 소녀 모습을 한 고메리는 가슴을 펴고 말했다.

그곳은 큐아노에이데스에서도 번화가로부터 조금 떨어진 곳에 자리 잡고 있는 잡화점이다. 다른 가게에서는 조금 더 걸어가야 하는 데다가 큰길에서 벗어나 있기 때문에 가게의 존재를 알고 있지 않는 한 쉬이 오기 힘든 곳이다. 아는 사람만 아는 히든 플레이스라 할 수 있었다.

가게 안은 제법 넓지만 선반이 빽빽하게 늘어서 있는 데다가 손님들도 꽤 많아서 답답한 인상을 주고 있었다.

비록 그런 가게였지만 진열되어 있는 물건을 본 자간은 납득할 수밖에 없었다.

"음, 이 정도면 내가 원하는 것도 있을 것 같군. 고맙다."

"그렇게 선뜻 칭찬을 해주니 몸 둘 바를 모를 정도로 행복하군."

"무슨 말인지는 모르겠지만 어쨌든 고마워. 솔직히 나 혼자면 마뉴엘라의 가게 말고는 갈 곳이 없거든."

고메리는 안도의 한숨을 쉬며 가슴을 쓸어내린다.

──그래서! 이곳으로 유도했다 이 말씀!

포레가 〈아시엘 이메라〉 파티를 열려고 하고 있는 것처럼 네피가 자간에게 줄 선물을 사기 위해 술집에서 일하고 있다는 것도 고메리는 알고 있다.

그런 고메리의 사명은 그들이 서로의 의도를 눈치채지 못한 상태로 서프라이즈를 성공시키는 데 있다. 마뉴엘라의 가게에는 네피가 갈 가능성이 높기 때문에 혼자만 알고 있던 이 가게로 안내한 것이다.

──짠 하고 성공했을 때의 반응을 상상하면 벌써부터……. 헉, 큰일이다. 코피가.

자간은 혼자 흥분하는 고메리는 신경 쓰지도 않고 상품을 물색

하기 시작했다.

……주위에는 여자 손님들밖에 없었지만 〈마왕〉은 전혀 주눅들지 않았다. 심지어 팔에 쇼핑 바구니까지 걸고 적극적으로 나서고 있다. 어쩌면 네피 이외의 여자는 이성으로 인식하고 있지 않는 건지도 모른다.

하긴 이 정도로 대담하지 않으면 고메리가 주인으로 모실 만한 인물이 못 되지만.

정신을 차리고 자간을 보니 가늘고 긴 통 같은 것을 보면서 중얼거리고 있었다.

"나쁘진 않지만……, 역시 필요 없나."

네피에게 선물할 물건으로 보이진 않았지만 자간은 잠깐 고민하는 것 같더니 이내 원래 자리로 돌려놓았다.

고메리는 자간의 쇼핑 바구니 안을 들여다본다. 바구니 속에는 펜던트 같은 장신구부터 머플러, 모자 등이 잡다하게 들어 있었다.

"응? 왕이여, 네피 아가씨에게 줄 선물치고는 너무 많지 않나?"

"생각나는 것부터 닥치는 대로 담고 있는 중이다. 네피에게 줄 선물은 아직 정하지 않았어."

무슨 뜻인가 하고 바구니 안을 들여다본 고메리는 이내 깨달았다.

"왕이여, 혹시 부하들 모두에게 줄 선물도 살 생각인가?"

"마술사가 평범한 장식품을 받아봤자 좋아할 리 없잖아? 이건 포레와 릴리스 일행, 네프테로스, 그리고 라파엘과 다른 사람들에게 줄 거다. ……그리고 너와 키메리에스에게 줄 것도 사야 하고."

"후에?"

설마 그런 답이 돌아올 줄 몰랐던 고메리는 괴상한 목소리를 내고 말았다.

──나는 연인에게 선물을 하는 풍습이 있다는 말밖에 하지 않았는데, 설마 〈아시엘 이메라〉 파티가 들통 난 건가?

그렇게 생각했다가 금방 아니라는 것을 깨달았다.

이 남자는 단순히 네피에게 선물을 주는데 포레의 몫이 없으면 섭섭해 할지도 모른다고 생각한 것뿐이다. 그리고 포레에게 줄 선물도 산다면 라파엘에게 줄 선물도, 릴리스와 셀피에게도, 그 김에 고메리와 키메리에스까지, 라면서 점점 늘어난 것이다.

참 마술사답지 않은 〈마왕〉이라는 생각이 든다.

──아니지, 오히려 그래서 더 나의 왕인가.

이 남자라면 '만물을 사랑한다'는 고메리의 욕구를 채워주고 어쩌면 **그것**도 구해줄 수 있을지 모른다.

고메리는 그런 생각을 하다가 문득 주위를 둘러봤다.

"왜 그러지?"

"아니, 키메리에스 녀석, 오늘은 이상하게 쉽게 따돌려진 것 같아서 말이야."

자간이 고개를 갸웃거리자 고메리도 의아한 표정을 지어 보인다. 평소라면 진흙 속에 뛰어들어서 냄새를 지우더라도 쫓아오는데 말이다.

그렇게 대답하자 다시 자간이 가만히 노려본다.

"키메리에스를 곤란하게 만드는 것도 적당히 좀 하지 그래? 그 녀석도 화를 낼 때는 화를 낸단 말이다."

"……그건 **잘 알고 있어.**"

무심코 시선을 피하자 송곳니 모양을 한 펜던트가 눈에 들어왔다.

부드러운 곡선을 그리는 짧은 송곳니. 늑대의 송곳니와 비슷하지만 고메리는 그게 사자의 송곳니라는 것을 알았다.

키메리에스와 처음 만났을 때가 떠오른다.

그 무렵의 키메리에스는 지금의 모습을 보면 도저히 상상할 수 없는 흉포한, 그렇지만 평범한 마수에 불과했다. 그럼에도 불구하고 이미 마술사로서 성숙해가고 있던 당시의 고메리에게 중상을 입히고 죽기 일보직전까지 끈질기게 물고 늘어졌다.

자신의 목에 박힌 송곳니의 형태를 잊을 정도로 고메리도 늙진 않았다.

"뭐야, 그걸 키메리에스에게 사줄 생각이냐?"

단숨에 현실로 끌려 돌아온다.

"히엑? 무, 무슨 소리야! 왜 내가 그딴 자식을 위해……."

"아니야? 너도 가끔은 키메리에스의 노고를 치하해줄 필요가 있다고 생각하는데."

"……흐음."

고메리는 신음을 흘렸다.

이 〈마왕〉, 자신은 둔한 주제에 다른 사람의 감정 변화에는 민감하다. 뭐, 알고 있으면서도 뜻대로 잘 되지 않는 모습이야말로 사랑의 보람이 있는 것이기도 하지만.

펜던트를 들어본다.

──그 녀석 마음에 들려나……

어울릴 것 같긴 하지만 과연 어떻게 받아들일지 모르겠다. 고메리와 키메리에스의 인연은 벌써 반세기 이상이나 되지만 그렇기에 서로 친해지기 어려운 면이 있다. 굳이 표현하자면 악연 같은 것이다.

──그렇지만 오늘은 어째 느낌이 이상한 것 같기도 하고……

고메리는 몇 초 정도 고민한 후, 쓴웃음과 함께 고개를 끄덕였다.

"나의 왕의 명령이라면 따르지 않을 수 없지."

"너도 참 어지간히 귀찮은 놈이군."

어이없어 하는 자간의 모습이 왠지 평소와 조금 다른 느낌이었지만 오늘은 〈아시엘 이메라〉다. 변덕 좀 부린다고 해서 벌을 받진 않을 것이다.

먼저 계산을 하려고 자간의 옆을 떠났을 때였다.

"이런 곳에 가게가 있었군요. 전 몰랐어요."

새하얀 머리를 한 엘프가 같은 가게로 발을 들여놓고 있었다.

──하우아앗! 네, 네네네네네네피 아가씨가 왜 이곳에?

"히익? 저기, 손님?"

재빨리 계산대 안으로 들어가서 몸을 숨겼지만 고메리는 심하게 동요하고 있었다. 여자 점원이 더 놀란 소리를 질렀지만 신경 쓸 여유조차 없다.

하지만 이건 앞으로 찾아올 수난을 생각하면 아주 작은 파도에 불과했다.

"형부가 이걸 보고 깜짝 놀랄까?"

"자간이라면 칭찬해줄 거고 분명 좋아해줄 거야. ……그렇지만 나까지 이런 차림을 할 필요는 없다고 생각하는데."

가게에 온 건 네피만이 아니라 네프테로스와 샤스틸도 함께였다. 세 사람 모두 술집의 유니폼 차림 그대로였다. 하얀색과 빨간 색으로 이루어진 귀여운 의상이다.

네프테로스는 재미있다는 듯 웃는다.

"아까까지만 해도 부끄럽지 않다고 했잖아."

"아는 사람이 이 모습을 봤는데도 부끄럽지 않은가 하는 건 다른 이야기다."

"뭐 어때서 그래. 게다가 이런 걸 서프라이즈라고 하잖아? 모두 함께 하는 게 더 임팩트가 있을 거야."

"……어쩔 수 없지. 발바로스만 안 보면 괜찮긴 한데."

샤스틸은 기분 좋은 네프테로스의 고집에 못 이겨서 결국 포기했다.

──큰일이다……. 큰일이야. 왕이 이 모습을 보게 놔둘 순 없어!

소녀들은 고메리가 모르는 서프라이즈를 더 준비하고 있었다. 그게 이런 곳에서 드러나다니, 사랑의 힘의 전도사인 고메리의 이름이 용서하지 못한다.

공포와 사명감에 떨고 있는 고메리에게 마지막 일격을 가하는 것처럼 다음 인물이 얼굴을 내민다.

"어때, 근사한 가게지? 옛날에 배고픔을 잊기 위해 하루 종일 이곳을 들여다보곤 했었지. 귀여운 물건들이 잔뜩 진열되어 있거든."

긴 앞머리로 오른쪽 눈을 가리고 있지만 잘못 볼 리가 없다.

바로 자간의 옛 친구이자 한 달 전에 류카온의 무인도에서 이별은 고한 소녀, 스텔라였다.

——데카라비아……! 아니, 스텔라였나. 어쨌든 왜 이 녀석까지 이 마을에?

가슴 아픈 과거 이야기가 나오자 네프테로스와 샤스틸은 아무 말도 못했다.

"하긴 형부의 누나라면 그렇겠지……."

"난 가끔 교회라는 게 정말 사람들을 구원해주고 있는지, 도움이 되고 있는지 미칠 듯이 불안할 때가 있어……."

스텔라는 당혹스러워하며 웃는다.

"그치만 즐거운 일도 있었어. 그보다 자간에게 줄 간단한 선물이 있을까. 원래는 마르크 오빠를 찾아서 데리고 갈 생각이었지만."

"괜찮아요, 스텔라 님. 자간 님은 줄곧 스텔라 님을 걱정하셨어요. 만날 수 있는 것만으로도 기뻐하실 거예요."

"그럴, 까? 그렇다면 다행이지만."

스텔라는 쑥스러운 듯 뺨을 긁적이며 말한다.

"좋아, 나만 믿고 맡겨! 멋진 서프라이즈가 될 수 있도록 실력 발휘 좀 해볼까!"

"네!"

카운터 밑에 숨은 고메리는 마음속으로 절규했다.

──서프라이즈가 떼를 지어 몰려들고 있잖아아아아아아아!

그녀들은 불과 몇 발자국 앞에 그 서프라이즈를 해주려는 대상이 있다는 것을 모른다.

불행 중 다행이라고 할까, 자간은 지금 입구에서 볼 때는 사각지대가 되는 선반 너머에 있어서 아직은 서로 알아보지 못하고 있었다.

하지만 출입구가 봉쇄된 이 상황에서 위기를 어떻게 돌파할 것인가.

한 달 전, 류카온의 소녀들을 사랑으로 함락시키기 위해 스승인 오리아스 밑에서 도망쳤을 때조차 이 정도로 궁지에 몰린 기분은 들지 않았다.

고메리는 조용히 숨을 내쉰다.

──이 목숨을 버려야 할 때가 온 건지도 모르겠군.

각오를 다진다.

마음을 갈고 닦고 두려움을 버린다.

아무리 불가능하더라도, 힘들더라도 하는 수밖에 없다. 하지 않으면 안 된다. 반드시 해야만 한다.

──사랑의 힘이란 죽는 것으로 찾는 것!

모든 것은 사랑스러운 소녀들의 표정이 환희로 물드는 그 순간을 실현시키기 위해. 설령 그 자리에 자신이 있을 수 없다고 해도 이루어내야만 한다.

"저기, 손님? 몸이 안 좋으시면 의사를 불러드릴까요?"

계산을 하는 도중이었다. 그런데 갑자기 카운터 안으로 뛰어들어와서 괴로워하는 고메리를 보고 점원도 걱정스럽게 물었다.

그러자 고메리는 미녀의 모습으로 돌아가서 카운터에 걸터앉았다. 그리고 점원 소녀의 턱을 손가락으로 천천히 들어 올렸다.

"크흣, 걱정하지 않아도 돼. 네가 너무 사랑스러운 나머지 눈이 부셔서 그런 것뿐이니까."

"에, 엣, 저기, 아으으……?"

점원 소녀에게 **그런 성향**이 있든 없든 마인족이 전력을 다해 유혹하면 동성이라도 넘어간다. 그것이 몽마의 시조라고도 불리는 마인족 〈발로르의 마안〉의 힘이다.

──이거, 승부를 걸어볼 만하겠는 걸!

고메리의 기행은 당연히 자간과 네피, 두 사람에게도 보였을 것이다. 그렇다면 반드시 고메리를 말리려고 행동할 터.

문제는 어느 쪽이 먼저 정신을 차리느냐 하는 것이다.

과연 그 결과는──.

"넌 고작 몇 분도 가만히 있지 못하는 거냐!"

자간이었다.

정수리에 자간의 주먹이 떨어지자 세계에 불꽃이 흩어진다.

──그래도 괜찮아……. 난, 승부에, 이겼으니까.

카운터가 가게 출입구를 향해 설치되어 있는 이상, 쿵 하고 주

먹을 내리치는 자간은 출입구에——그곳에 있는 네피 일행에게
등을 보이게 된다.

'——앗, 자간 님?'

'쉿! 어서 숨어, 네페리아!'

'아와, 아와와왓.'

'너도 얼른 숨어! 그러다 자간이 보면 어떡해!'

고메리는 의식을 놓기 직전, 허둥지둥 몸을 숨기는 네피 일행의
모습을 똑똑히 보았다.

◇

"내 부하 때문에 정말 미안하다."

"아, 아뇨. 손님 탓은……. 신경 쓰지 않으셔도 돼요."

자간은 점원 소녀를 향해 머리를 꾸벅 숙이고 계산을 마친다.

〈마왕〉이 자신에게 머리를 숙이자 점원은 졸도할 정도로 당황
했지만 거기까지 신경 쓸 여유는 없었다.

——오리아스도 이런 기분이었을까…….

만날 때마다 사과를 하느라 정신이 없는 〈마왕〉도 지금 자간처
럼 슬프고 허무하면서도 면목 없는 기분에 휩싸였을까.

게다가 당사자는 뭔가를 이뤄낸 것 같은 얼굴로 뻗어 있어서 더
더욱 화가 났다.

——이래도 미워할 수가 없으니까 더 질이 나쁘다니까.

자간이 자신의 왼팔로 두고 신뢰할 정도로 유능해서 지금까지

나쁜 결과를 이끌어낸 적은 없다. 머리가 지끈거리고 더 깊이 엮이고 싶진 않지만 그냥 내칠 정도로 혐오스러운 상대는 아니다.

하는 수 없이 뻗어 있는 고메리의 몫까지 계산을 마친 자간은 그녀의 목덜미를 움켜쥐고 질질 끌고 간다.

"언제까지 자고 있을 거냐? 다음은 쿠로카의 근황을 보러 가야 한단 말이다. 어서 서둘러. 이러다 밤까지 성에 못 돌아갈지도 모른다."

오른손에 짐, 왼손으로 고메리를 질질 끌면서 가게를 나서자 등 뒤에서 휴우 하고 안도의 한숨을 내쉬는 것 같은 기척이 느껴졌다.

'다행히 들키지 않은 것 같아.'

'고메리 님……. 이 은혜는, 반드시……!'

낯익은 목소리에 자간이 뒤를 돌아보려고 했을 때였다.

"자간 씨?"

낯익은 소녀가 그를 향해 달려왔다.

"쿠우잖아?"

머리에 크고 세모난 귀를 가진 호수인(狐獸人) 쿠우다. 평소의 네피와 똑같이 시녀복 차림을 하고 있는 걸 보니 마뉴엘라의 가게에서 일하고 있는 중인 것 같다.

예전에 잠깐 돌봐준 적이 있는 정도의 사이지만 쿠우는 자간을 잘 따랐다.

"제발 좀 도와줘. 쿠로카 짱이……."

"——무슨 일이 있었지?"

즉시 이변을 알아차린 자간은 웅크리고 앉아서 눈높이를 맞추더니 진지한 얼굴로 물었다. 그리고 자간이 손을 놓는 바람에 바닥에 뒤통수를 세게 부딪친 고메리도 정신을 차린다.

"으으으으, 왕이여, 나를 좀 더 부드럽게 대해줘도 괜찮……? 헉, 이건 무슨 일이지?"

고메리 역시 비틀거리면서도 즉시 진지한 표정을 짓는다.

지금까지의 기행은 제쳐두고, 아마도 이 마을에서 가장 의지할 수 있는 마술사 두 명이 진지하게 귀를 기울인 것이다. 쿠우도 조금이지만 평정을 되찾고 입을 연다.

"쿠로카 짱이, 없어졌어. 오늘 고아원에서 성서 낭독을 할 예정이었는데 고아원엔 안 왔대. 돌아오면 같이 축하하자고 했는데."

예전에 쿠로카가 쿠우를 찾아다녔을 때가 떠오른다.

지금과는 완전히 반대의 상황이었는데 그때는 쿠우가 〈마왕〉 비프론스의 조종을 받아서 하마터면 죽을 뻔했었다.

——설마 비프론스가 또 손을 댔을 것 같진 않지만…….

언젠가는 다시 대적하게 되겠지만 자간이 걸어준 '서약의 마술'은 고작 한두 달 정도로 깨지는 수준이 아니다.

"어떻게 하지……. 쿠로카 짱, 안 그래도 불운한데 나쁜 일에 말려든 건 아니겠지."

힘껏 참으려 하는 것 같았지만 결국 쿠우의 눈에서는 눈물이 흘러내렸다.

고메리가 힐끗 쳐다본다.

"왕이여, 쿠로카 아가씨라면 왕의 결계로 찾을 수 있지 않아?"

이 마을은 자간의 영지다. 무엇이든 다 되는 건 아니지만 사람을 찾기 위한 기능이 갖춰져 있었다.

——예전에 쿠우가 납치를 당했을 때 행방을 찾지 못해서 호되게 고생했었지.

그 일을 반성하며 마을의 결계를 손봤었다.

그렇지만 마을 하나에 존재하는 인간은 수만 명. 다른 생물과 움직이는 것까지 포함하면 수백 만, 수 억이라는 수로 늘어난다. 문제는 그 방대한 정보량을 어떻게 처리할 것인가 하는 점이다.

자간의 경우는 개인적으로 다른 마력의 파장을 표식으로 삼아서 검색, 그것이 마을의 어디에 있는지 특정할 수 있었다. 마력이 통하지 않는 것은 인식하지 못하고 목적 이외의 마력을 판별하는 것도 불가능하지만 과거의 기록까지 거슬러 올라갈 수 있다는 장점이 있다.

그런데도 자간은 난감한 표정을 지었다.

"이미 하고 있어."

하지만 찾을 수 없었다.

——어떻게 된 거지? 마을을 나간 건가? 아니, 어떤 지점에서 갑자기 끊어져버렸어.

마력이 끊어졌다면 죽음을 떠올리게 되지만 그런 것과는 다르다. 갑자기 희미하게 사라진 것 같은, 예를 들면 발바로스의 그림자 속에 끌려들어가기라도 한 것 같은 종류의 상태다.

——이런 건 발바로스가 잘하는데…….

그 남자의 '그림자'를 건너는 마술도 이것과 똑같이 마력의 파장을 표식으로 삼아서 설정되어 있다.

이런 계통의 마술은 그 녀석이 전문이다. 자간은 읽어내지 못하는 정보도 발바로스라면 어려움 없이 이해할 수 있다.

그렇지만 지금 이 자리에 없는 녀석에게 부탁을 할 수도——

"——아얏……왜 내가 고양이 여자를 찾아야 되는 거냐고. 웃기지 마."

어떻게 된 일인지, 가게에서 쫓겨 나오는 것처럼 발바로스가 나타났다.

"발바로스?"

"《연옥》?"

자간과 고메리는 동시에 외쳤다. 안면이 없는 쿠우는 살짝 겁에 질린 얼굴로 자간의 뒤에 숨었지만.

"네가 왜 여기 있지?"

"아앙? 그야 딜렁이가……, 아니, 아무것도 아니야. 우연히 지나가던 참이었을 뿐이다. 다른 이유 따윈 전혀, 조금도 없거든."

이마에서 식은땀을 흘리고 등 뒤를 굉장히 의식하면서 발바로스는 말한다.

——샤스틸도 저 가게에 왔었나?

뭐, 같은 마을에 있으니까 우연히 마주치는 건 있을 수 없는 일은 아니다. 그 경우, 왜 얼굴을 보이지 않는가 하는 점은 마음에 걸리지만…….

게다가 다른 사람의 말을 듣지 않는 걸로는 따를 자가 없는 발바로스가 협박이라도 당하는 것처럼 보이는 것도 이상하다.

——또 〈아시엘 이메라〉와 관계된 건가?

그렇다면 깊이 파고들지 않는 게 좋을지도 모른다.

네피와 다른 사람들에게 줄 선물을 준비하고 있는 시점에서 키메리에스와의 약속을 완전히 지켰다고 말하긴 힘든 상태다. 게다가 발바로스가 협박을 당하고 있다 해도 곤란한 사람은 자간이 아니다.

하는 수 없이 자간은 분위기에 맞춰서 말한다.

"흐음. 네가 여기서 무엇을 하고 있었는지 관심도 없고 관심을 가질 생각도 없다. 그보다 잠깐 좀 도와줘. 내 힘으로는 해석하지 못하는 정보가 있거든."

"뭐어? 설마 공짜로 일하라는 건 아니겠지?"

"……내가 아무것도 따져 묻지 않는 게 너한테 더 좋은 거 아니냐?"

"윽……."

발바로스는 사기에 당해서 있는 돈을 죄다 털린 패배자처럼 비애와 증오가 뒤섞인 표정을 지었다.

그러더니 이 세상 모든 것에 절망한 것처럼 고개를 숙인다.

"……그래서? 뭘 하면 되지?"

"쿠로카의 발자취가 도중에 사라졌다. 결계를 사용해도 상관없으니까 좀 찾아줘."

"네, 네."

마을의 결계 기능을 양도하자 발바로스도 미간을 찌푸린다.

"항? 이거 확실히 묘하긴 하군. 죽었다기보다는 마력의 질 자체가 바뀐 것 같은 느낌인데?"

죽음이라는 한마디에 쿠우가 몸을 움찔 떨었지만 꼭 그런 건 아니라는 걸 깨닫고 이내 가슴을 쓸어내린다.

그 모습을 곁눈질하며 고메리가 묻는다.

"질이 바뀐다는 건 나처럼 나이가 변하는 것 같은 건가?"

"뭐, 비슷하긴 해. 똑같은 거냐고 하면 그건 아니라고 생각하지만."

사람은 성장과 함께 얼굴과 체격까지 변한다. 마력도 그것과 똑같이 나이가 들수록 질과 파장도 조금씩 달라진다. 1, 2년이라면 몰라도 어린 소녀부터 나이든 노파까지 자유자재로 모습을 바꾸는 고메리 정도 되면 마력을 이용한 추적은 거의 불가능하다고 할 수 있다.

그래서 한 달 전에 있었던 사건에서도 〈마왕〉 오리아스의 추적을 피할 수 있었던 것이다.

——설마 이번에는 쿠로카까지 어린아이가 됐다는 건 아니겠지.

지난번에 어린아이로 변했을 때의 기억 때문에 지금도 밤에 가위에 눌릴 때가 있을 정도다.

물론 마력의 질이 변하는 경우는 그 외에도 몇 가지 있다. 예를 들면 마력을 조금도 외부로 내보내지 못하는 상태로 구속——봉인이라는 표현이 더 적당할까——된 경우다.

발바로스는 계속해서 결계를 이리저리 만져보더니 무언가를 발견한 것처럼 미소를 지었다.

"이것 보게? 고양이 소녀가 사라진 곳에 드나드는 녀석이 있네?"

"그러면 그놈이 데리고 간 건가?"

"글쎄. 무슨 일이 있었는지 그냥 보고 있는 걸 수도 있고. 그런데 이 자식, 왜 **그 후에** 이런 곳에 간 거지?"

자간은 발바로스를 노려본다.

"아는 녀석이냐?"

"굳이 따지자면 네 지인인 셈이지. 샤크스라는 놈, 기억나?"

생각지도 못한 이름에 자간도 눈이 동그래진다.

"교회에 배치해둔 부하다."

의료 마술에 뛰어난 마술사다.

진짜 의료 마술은 자간이 임시변통으로 사용하는 **보잘 것 없는** 것이 아니다. 피부에 상처를 내지 않고 환부만 절제하는 칼, 상처와 신경까지 다 봉합하는 마력의 실, 그리고 환자의 대사를 정체시켜서 가사 상태로 만드는 마법진 등, 아주 고도의 기술과 마법진이 필요하다.

교회에는 샤스틸에게 협력한다는 증표로 그런 마술사 몇 명을 배치해두었다.

그중에서도 샤크스는 특히나 유능해서 그들을 통괄하는 역할을 맡았다. 네피와 네프테로스를 제외하면 이 세계에서 다섯 손가락 안에 들어가는 실력의 소유자라는 게 자간의 평가였다.

"무슨 사정인지는 잘 모르지만 녀석이 관계되어 있다면 물어보면 될 일. '그림자'를 열어라."

"하아……. 오늘 다들 날이라도 잡았냐? 나쁜 짓이라곤 하나도 안 했는데 왜 나만 죽어라 일해야 되냐고……."

실제로는 샤크스의 술을 멋대로 마시고 분쟁의 씨를 뿌리는 등, 이런저런 일을 저지르긴 했지만 본인은 절대 인정하지 않았다.

"예이, 예이……어라? 저 녀석, 다시 이동하고 있는 것 같은데? 일단 보내는 주겠지만 그 다음에 행방을 잃어버려도 난 모른다?"

"알겠으니까 어서 해."

투덜거리는 발바로스가 '그림자'를 열자 자간은 그곳으로 전이했다.

그곳에 도착하자마자 시야로 뛰어든 것은 똑바로 내려쳐지는 흉악한 발톱이었다.

기시감이 스친다. 생각해보니 예전에 쿠로카와 쿠우의 사건이 있었을 때도 전이한 곳에서 느닷없이 칼이 날아들었었다.

──쳇, 이내서 그 자식의 '그림자'는 마음에 들지 않는다니까!

한 가지 다른 점은 이번에는 자간이 튕겨나가지 않고 발톱이 먼저 멈췄다는 것이었다.

"자간 씨?"

그것은 사자의 얼굴을 가진 거한의 마술사였다.

"키메리에스? 왜 네가, 이곳에……?"

복잡하게 얽힌 운명의 실의 틈을 메우는 것처럼 검은 고양이와 남자는 주르륵 빠져나간다.

하지만 어긋난 톱니바퀴는 마치 그것이 필연이었던 것처럼 저절로 맞물리기 시작했다.

어둠 속, 바퀴가 삐걱거리는 소리가 작게 울려 퍼진다.

　휠체어다. 마술로 제어된 이 장치는 술자가 손가락 하나 움직이지 않아도 뇌파──즉 생각만으로도 조작할 수 있다.

　거기에 앉아 있는 사람은 수인족 마술사였다.

　사자를 닮았지만 갈기는 가지고 있지 않고, 온몸을 뒤덮은 하얀 체모에는 번개 같은 검은 무늬가 새겨져 있다.

　호랑이라 불리는 환수의 특징이다. 사자가 백수의 왕이라 불리는 데 비해 이쪽은 인간을 습격하는 악귀나 마수라 불리고 있다. 자연계에는 존재하지 않고 마술사가 소환, 혹은 창조하는 환수의 일종으로 인간의 언어를 이해하고 강대한 마력을 자랑하는 악수(惡獸)의 왕이다.

　호랑이의 오른손에는 〈마왕의 각인〉이 떠올라 있었다.

　난폭한 《호랑이의 왕》이 이 마술사의 별명인데 그 몸은 피부와 뼈만 남아서 앙상하고 팔다리는 마비되어서 부하의 도움 없이는 식사와 배변조차 제힘으로 처리하지 못했다. 몸뿐만 아니라 마력의 흐름까지도 분쇄되어서 인간으로서도 마술사로서도 재기불능한 몸이었다.

　〈마왕〉으로서도 이름을 떨친 이 마술사를 이렇게까지 파괴한 것은 한 청년이었다.

　──증오스러운 '천사 사냥꾼'…….

마술사의 강인함은 축적된 지식의 양과 직결되어 있다. 수백 년을 사는 〈마왕〉 정도 되면 이미 인지(人智)가 미치지 않는 힘을 가지고 있다고 할 수 있을 것이다.

그중에서도 이《호랑이의 왕》은 무력에 지식이 경도된 마술사였다. 당시의 서열은 안드레알푸스까지 능가하는 2위로, 힘만 두고 따지면 늙은《최장로》를 능가한다는 말까지 있을 정도였다.

그런 그를 그 청년은 혼자서 정면으로 박살내 보였다.

——나는, 두려워…….

그것은 세상을 멸망시키는 힘이다.

있어선 안 되는 것이다.

덜덜 떨던 마술사의 입이 문득 미소를 띤 모양으로 일그러진다.

"아, 니, 지……. 있어선, 안 되는, 건, 나도, 마찬가지, 인가……."

목구멍에서 목소리를 쥐어짜내기만 하는 데도 온몸에 고통이 달린다.

하지만 전부 다 각오하고 이렇게 된 것이다.

이렇게 한심하고 비참한 모습이 되리란 걸 알고서도 원했었다.

용서 받지 못하는 소원을 이루기 위해, 어떤 벌을 받게 되더라도, 몇 천 몇 만의 원한과 저주를 사게 되더라도 돌진하기로 결심했다.

그런데 고작 재기불능의 몸이 된 게 뭐라고 그러느냐 말이다.

그 무시무시한 청년은 더 이상 없다. 이 몸을 내어주고 새긴 저주가 5년의 세월에 걸쳐 마침내 청년을 타도한 모양이다.

그래서 그는 다시 기동하기 시작했다.

준비에는 장절한 고통과 노력이 동반되었다.

마술의 행사는 말할 것도 없고 호흡을 하기 위해서도 죽을힘을 다해야 하는 몸이다. 그의 생존이 알려지면 즉시 죽게 될 것이기 때문에 외부에 도움을 구하지도 못한다.

그럼에도 보기 흉하게 살아남아서 자신 대신 움직일 사역마를 만들어내고 그것이 초보 중의 초보 마술을 사용할 수 있도록 키워서 몰래 준비를 시켜왔다.

알고는 있다.

이 소원을 이루려고 하면 '천사 사냥꾼' 청년이 아니더라도 다시 누군가가 그의 앞을 가로막고 서리란 것도, 설사 소원을 이루더라도 이 몸이 치유되지 않는다는 것도, 무엇보다 **그들은 절대 이런 일을 원하지 않으리란** 것도.

"조금만, 더 하면 돼……."

조금만 더 하면 필요한 조각이 다 갖춰진다.

은안의 왕과 이어지는 최후의 조각과 또 한 명.

이미 시력을 잃은 눈동자 너머에 한 소녀의 모습이 떠오른다.

밤을 닮은 빛깔의 드레스에 달빛 눈동자, 그리고 불길하게 생긴 인형을 꼭 안은, 어린 모습을 한 옛 왕.

최초의 불사자이자 밤의 **성자** 알시에라——류카온의 신기(神器)의 보호를 받으며 결코 밖으로 나오려 하지 않았던 그 소녀가 마침내 모습을 드러낸 것이다.

그 소녀를 손에 넣음으로써 마침내 그의 소원은 달성된다.

처음에는 실패했다. 하지만 이번에 그녀를 지킬 것은 그 무엇도 없다.

어둡고 흐린 눈동자에는 더 이상 아무것도 비치지 않는다.

살아 있으면서도 마치 죽은 자 같은 얼굴을 한 마술사에게는 이제 '지금' 따윈 보이지 않는다.

모든 것은 망집 그대로.

그 결과 세상이 멸망하든 말든 그에겐 아무 상관없는 일이었다.

◇

시각은 조금 전, 샤크스가 교회에 있는 자신의 방에서 습격을 받았을 때로 거슬러 올라간다.

그는 달리고 있었다.

그 모습은 인간이 아니라 땅을 기는 짐승의 모습이다.

그가 한 발을 내딛을 때마다 강풍이 휘몰아친다. 마력이 실린 바람은 거기에 닿는 모든 것을 톱니바퀴에 낀 짚처럼 으깨어버린다.

그러다가 검은 바람이 잦아들자 여기저기 피가 솟아올랐지만 바람을 거느리고 달리는 그에게는 피 한 방울 튀지 않았다.

폭풍이 몰아치는 피의 황야.

자신이 만들어낸 그 광경을 보자 되살아나는 것은 그가 아직 마술사가 되기 전의 기억이다.

무지하고 어리며 감정에 휘둘리기만 하는 어리석은 짐승. 이성도 없어서 몇 년이나 죽은 짐승의 고기를 먹고 다니고 눈에 띄는 모든 이를 물어 죽였다.

그런 어린 짐승 앞에 나타난 것은 한 마녀였다.

『내 영지에서 잘도 먹어치우고 다녔구나. 자, 받아라. 내 상을 줄 테니 감사히 받도록 해.』

그 후의 일은 잘 기억나지 않는다.

마녀에게 달려든 건 확실하지만 정신을 차렸을 때는 땅바닥에 엎어져 있었다. 그리고 짐승의 피와 그녀 자신의 피로 새빨갛게 물든 마녀가 자신을 내려다보고 있었다.

『마음이 변했다, 어리석은 괴물아. 가여운 너를 내가 거두어 길러주마.』

달려들려고 해도 때려 눕혀진 몸은 꼼짝도 하지 않아서 그는 신음을 흘렸다.

『키히히, 아직 반항할 기력이 남아 있는 거냐. 이거, 가르치는 보람이 있겠군. 허나 그래봤자 소용없다. 지금껏 내 마음대로 되지 않았던 건 스승님뿐. 내가 찍은 이상, 넌 더 이상 도망치지 못해.』

그렇게 말한 마녀는 **훈육**을 시작했다.

이름도 없는 괴물이었던 그에게 이름을 주고 말을 주고 먹을 것을 주고 옷을 주고 인간으로서의 존엄을 주었다.

마녀의 이름은 《요부》 고메리.

마녀에게 받은 이름은 키메리에스.

──고메리 씨가 자간 씨를 돕는 건 역시 자신과 비슷하기 때문일까.

자간은 전력을 다해 부정하겠지만 그 두 사람은 본질적으로 아주 비슷하다는 게 그의 생각이다.

말로는 자신을 위해서라고 하면서 은혜를 베풀고 그 기뻐하는 모습을 자신에게 주는 상으로 삼는다. 다른 점이 있다면 자간은 그것을 순순히 드러내지만 고메리는 **쑥스러워서** 늘 일을 더 망친 다는 점이다.

두 사람의 '냄새'는 아주 기분 좋다.

그래서 지금 키메리에스는 두 사람과 비슷한 '냄새'가 나는 사람 을 위해 달리고 있었다.

그 사람은——.

"알시에라 씨, 무사하십니까!"

자간이 몹시 싫어하는 흡혈귀 알시에라였다.

알시에라가 걸터앉아 있는 곳은 한 시체 위다. 이마에 진홍빛 보 석이 박힌 종족인 보석종이다. 이미 숨이 끊어진 것 같은데 목덜 미에는 두 송곳니의 흔적이 새겨져 있었다.

보아하니 교전이 있었던 것 같았지만 다행히 부상은 입지 않은 것 같았다.

소녀의 모습을 한 흡혈귀는 순백의 손수건으로 입가를 닦더니 탄식한다.

"간신히 따라잡았나 싶었더니 또 놓쳐버리고 말았어요."

그녀가 쫓고 있는 건 자간의 부하 마술사인 샤크스와 그가 주운 검은 고양이다.

그리고 한탄하는 것처럼 자신의 모습을 내려다본다.

"내가 그렇게 무서운 모습을 하고 있진 않을 텐데 말이죠."

……아무래도 조금 상처를 받은 모양이다.

즉시 분위기를 파악한 키메리에스는 더 이상 그 문제는 언급하지 않고 인간의 모습으로 돌아온 후 무릎을 꿇었다.

"죄송합니다. 제가 조금만 더 빨리 따라잡았어야 했습니다."

"어머, 무슨 그런 무서운 말을. 백 명에 가까운 적을 15분도 되지 않는 짧은 시간에 죽여놓고 늦었다니요."

장난스럽게 웃었지만 그녀가 초조해하고 있다는 건 '냄새'로 알수 있었다.

"그들은 마을 전체에 넘쳐나고 있어요. 자간 씨의 결계 안에서 이런 일이 일어나다니, 이건 누가 봐도 이상한 일입니다."

──오늘이 〈아시엘 이메라〉라는 점과 관계가 있는 걸까.

이날은 성스러운 축제일인 것과 동시에 죽음과 강한 관계가 있는 날이기도 하다. 그것을 마술에 짜 넣었을 가능성은 낮지 않다고 생각한다.

"어쩔 수 없어요. 이건 말하자면 지렁이나 도마뱀과 비슷한 것. 갈가리 찢고 박살을 내도 파편들 속에서 금방 다시 솟아나거든요."

그 말을 하는 동안에도 알시에라가 깔고 앉은 시체에서 다시 새로운 그림자가 기어 나오기 시작했다.

그것을 아는지 모르는지, 소녀는 느긋하게 말을 이어간다.

"그래서 솔직히 고맙게 생각해요. 현재의 나는 기껏해야 모습을 바꾸는 것과 **이런 식으로** 인형을 휘두르는 것 말고는 아무것도 못

하는 약하디 약한 소녀거든요."

그렇게 말하면서 오른손에 든 불길하게 생긴 인형으로 바로 뒤를 후려갈긴다.

퍽 하는 둔탁한 소리가 울려 퍼진다. 인형의 직격을 받은 그림자는 어떤 모습을 하고 있는지 확인하기도 전에 교회의 벽으로 날아가 부딪히더니 더 이상 움직이지 않았다.

──이 사람에게 걸리면 고메리 씨도 '약하디 약한 소녀'가 될 것 같군.

본인의 말에 의하면 이래봬도 가진 힘의 대부분을 잃었다고 하지만 그래도 어지간한 마술사에 비하면 상당히 강하다.

알시에라는 쿡 하고 웃는다.

"그런데 그쪽도 참 특이한 분이군요. 당신의 주인이 나를 싫어하는 것 정도는 알고 계시죠? 그런데 저를 도와주다니."

"말했을 텐데요. 그 일과 제가 당신을 도와주는 건 별개라고요."

자간과 헤어진 지 얼마 지나지 않아 키메리에스는 그 뒷골목에서 이 소녀와 마주쳤다.

그녀에 대한 건 자간에게 들어서 알고 있었고 위험한 상대라면 제거하려는 생각까지 하고 있었다.

그런데 실제로 만나본 알시에라는 **자간에게 도움을 요청할 정도로** 다치고 궁지에 몰리고 피폐해 있었다.

인형을 끌어안거나 몸짓과 팔 등으로 감추고 있긴 하지만 소녀의 옆구리는 출혈이 있는 것처럼 젖어 있었다. 밤의 일족도 치유하지 못할 만큼 큰 상처다.

오래된 상처는 아닌 것 같지만 어제오늘 생긴 것도 아닌 것 같다. 이러고 있는 지금도 알시에라라는 존재는 조금씩 깎여나가고 있다.

——이 사람은 얼마 남지 않았어.

그런데도 해야만 할 일이 있어서 이곳까지 온 것이다. 키메리에스의 마음이 움직이기에는 충분한 이유였다.

키메리에스는 보석종의 시체를 향해 시선을 던진다.

"이자들은 결국 정체가 뭡니까? 불사자처럼 보이지만 밤의 일족과는 확연히 다르죠. 자아가 없는 망자 같아요."

몇 마리 더 있다고 해도 알시에라에게 깊은 상처를 입힐 수 있는 정도의 존재는 아니다. 게다가 어둠에 동화되어서 자신의 몸을 안개나 박쥐로 바꿀 수 있는 그녀를 추적할 수 있을 정도의 지능이 있는 것처럼 보이지도 않는다.

——그렇다면 알시에라 씨에게 상처를 입힌 건 다른 '무언가'라는 뜻인가.

알시에라는 나른하게 눈을 내리깐다.

"맞아요. 불사자이긴 하지만 흡혈귀도 좀비도 스켈레톤도 아닌, 덜떨어진 자라 할 수 있겠네요."

"불사자가 되지 못한 자들이라는 뜻입니까?"

"조금 달라요. 저들은 진정한 불사자를 만들려고 하다가 실패한 인형들. 살아 있을 때의 모습을 본 따서 만들어진 텅 빈 그릇. 그것을 만들어서 조종하는 자가 따로 존재하고 있어요."

키메리에스는 생각에 잠긴다.

"즉 술자는 그 결함을 채우기 위해 **당신과 쿠로카 씨**를 노리고 있는 겁니까?"

키메리에스는 쿠로카와는 안면이 없지만 현재 그녀가 검은 고양이의 모습을 하고 있다는 것과 누군가가 그녀를 노리고 있다는 건 들어서 알고 있었다.

아마도 현재 그 점을 인식하고 있는 건 키메리에스와 알시에라, 두 사람 밖에 없을 것이다.

알시에라는 딱히 숨길 생각이 없어서 솔직하게 고개를 끄덕였다.

"**술자는** 그렇게 생각하고 있겠죠."

그리고 한탄하는 것처럼 불길한 인형을 꼭 끌어안는다.

"현재 희귀종으로 여겨지는 자들의 대부분은 '어떤 사람'의 피를 이어받았어요. 그 인자를 모아서 진정한 불사자를 **되살릴 수** 있다고 생각하는 거죠."

"되살린다고요? 과거에 존재했던 자입니까?"

하지만 소녀는 다시 고개를 가로저었다.

"그런 건 존재하지 않아요. 그렇지만 인간의 정념은 가끔 세상의 섭리를 뒤엎기도 하니까요."

"확실히 인간은 가끔 자신의 힘 이상의 일을 이루어내기도 하는데 그런 걸 말하는 겁니까?"

키메리에스가 확인하는 것처럼 말하자 알시에라는 고개를 옆으로 흔들었다.

"그건 세상의 섭리 범주 안에 들어가는 이야기죠. 그게 아니라 세상이라는 존재 자체까지 바꾸는 경우가 있다는 말이에요. 그 힘을 마술사는 마술이라 부르고 하이 엘프는 마법이라 부르고 교회는 기적이라고 부르죠."

그 말에 키메리에스도 자신의 귀를 의심했다.

"그 세 가지가 동일한 것이라는 말입니까?"

마술과 마법, 교회의 기적——이 경우는 성검일까——은 모두 구조도 원동력도 다른, 완전히 계통이 다른 힘이다.

그런데 알시에라는 고개를 흔든다.

"힘 자체는 달라요. 하지만 그것을 만들어낸 근간에 있는 것은 모두 동일하다는 말이에요."

"그것이 인간의 정념?"

"네. 그건 분노일수도 있고 기도일 수도 있어요. 어쩌면 절망일지도 모르죠. 공통된 건 세계를 바꿀 정도로 강한 의지라는 점이에요."

이미 키메리에스의 이해를 넘어선 이야기였지만 알시에라에게서 거짓말을 하고 있는 '냄새'는 나지 않았다.

——그렇지만 교회에 전해지는 성자는 분명 기적을 일으킨 자.

어쩌면 마술사가 섞여 있을지도 모른다. 민화나 전승 속에만 존재하는 일화가 형태를 바꿔서 전해지고 있는 것뿐인지도 모른다. 진짜 기적을 일으킨 사람은 한 줌에 불과하고 10퍼센트에도 미치지 못할 수도 있다.

그래도 이름을 내건 성자 수십 명 중 10퍼센트가 실제로 존재한다면 기적은 역사 속에서 여러 번, 무리 없이 일어났다는 말이 된다.

그런데 이제부터 어떤 기적이 일어난다는 말일까.

의아해하고 있자 소녀는 재미있다는 듯 웃었다.

"그런 얼굴 하지 않아도 전 거짓말을 하는 게 아니에요. 당신은 '냄새'를 통해서 무엇이든 다 알 수 있잖아요."

이건 자간에게도 말하지 않은 것인데, 사실 키메리에스는 '냄새'로 상대가 무슨 생각을 하고 있는지 어느 정도 알 수 있다. 무엇이든 다 알 수 있는 건 아니지만 부정인지 긍정인지, 거짓말인지 사실인지, 호의적인지 혐오적인지, 냄새를 잘못 맡는 경우는 없다.

이건 마술이 아니라 사자 수인이 가진 능력이기 때문에 자간도 막지 못한다.

그리고 이 힘 때문에 키메리에스는 이 소녀를 지켜야만 한다는 생각이 더 강해지고 있었다.

알시에라는 혼잣말처럼 중얼거린다.

"그나저나 이런 운명이 또 있을까요. 그 아이는 자신이 안고 있는 새끼 고양이가 예전에 자신이 구해준 소녀라는 사실을 모르는데 다시 필사적으로 지키려 하고 있어요. 그 아이도 그렇지, 하필이면 〈아자젤〉이라는 조직에 들어가다니……."

쿠로카가 전(前) 〈아자젤〉이라는 건 키메리에스도 들어서 알고 있지만 알시에라의 혼잣말은 왠지 그 일과도 인연이 있는 것처럼 들렸다.

──물어보는 게 좋을 것 같긴 한데…….

하지만 자신이 물어보는 건 강요와 동일하다. 그래서 현재 당면한 문제와 관계가 있는 질문만 한다.

"그 아이라는 건 샤크스 씨를 말하는 겁니까? 그 두 사람은 예전에도 만난 적이 있고요?"

알시에라는 즉시 대답하진 않았지만 머지않아 추억 이야기라도 하는 것처럼 입을 열었다.

"5년 전, 한 마을이 〈마왕〉 시어칸에 의해 멸망당했어요."

그 이름을 들은 키메리에스는 자신의 체모가 곤두서는 것이 느껴졌다.

알시에라는 실언을 했다는 듯 입을 막는다.

"그러고 보니 **당신도** 그랬었죠."

"······벌써 50년도 전의 일입니다. 당신은 무엇이든 다 알고 계시군요."

"네. 알고 있기만 하고 아무것도 하지 않는 나쁜 아이죠. 지금도 옛날도."

소녀는 마치 벌을 받기를 원하는 것처럼 말한다.

"그렇게 생각하신다면 왜 방관으로 일관했던 겁니까? 당신이 가진 힘이라면 분명 대부분의 것들을 원하는 대로 바꿀 수 있을 텐데요."

그 의문에 알시에라는 우문이라는 것처럼 쓸쓸하게 웃는다.

"죽음으로부터도 버림받은 망자 주제에 생명을 가진 자의 명운에 끼어들어서 입을 놀리다니, 그것이야말로 어이없는 일이라고 생각하지 않아요?"

키메리에스의 눈이 가느스름해졌다.

이 흡혈귀 소녀는 죽음을 극복한 것이 아니라, 버린 것이 아니라, **버림받았다**고 표현했다.

──그녀는 원해서 이렇게 된 것이 아니라는 뜻일까.

그렇다면 너무 잔인한 일이 아닌가.

아마 몇 백 년, 어쩌면 천 년 이상일지도 모르는 시간을 이 소녀는 원하지도 않는데 억지로 떠안게 된 셈이 된다.

그런 키메리에스의 시선을 어떻게 받아들인 건지 알시에라는 참회하는 것처럼 이야기를 이어간다.

"생각해보면 그때 사건도 제 탓이에요. ……그 마을은 〈마왕〉 마르코시어스의 비호 아래 있었어요. 하지만 그 당시 마르코시어스의 주의는 마을이 아니라 제게 향하고 있었죠."

"그대도 당신을 노리고 있었던 겁니까?"

"불행한 미소녀와 비극은 떼려야 뗄 수 없으니까요."

장난스럽게 웃다가 갑자기 어두운 표정을 지어 보이는 알시에라.

"……마르코시어스는 나를 지켜내지 못할 거라고 했어요. 그래서 '어떤 것'을 보내왔죠. 그렇지만 나는 그것을 받지 않았어요. 투덜거리지 않고 받았으면 그 아이들은 지킬 수 있었을 텐데."

즉, 샤크스와 쿠로카는 지켜내지 못한 그 마을에서 만난 모양이다.

키메리에스는 신중하게 묻는다.

"하나 물어봐도 되겠습니까? 그 '어떤 것'이라는 건 무엇인지?"

물론 대답하고 싶지 않으면 대답하지 않아도 된다. 키메리에스에게 비밀로 하려면 그냥 침묵하면 된다.

그런 의미를 담은 질문에 알시에라는 힘주어 그 이름을 말했다.

"——'천사 사냥꾼'——."

키메리에스가 마술사가 된 지 60년이 되지만 처음 듣는 말이었다.

——이름을 보면 천사라는 것을 사냥하는 도구 같은데.

그런데 그 '천사'라는 건 도대체 무엇일까. 이종족이나 마물 중에 그런 이름을 사용하는 건 한 번도 들어본 적이 없다.

알시에라는 깊은 한숨을 내쉰다.

"나와 **솔로몬**, 마르코시어스, 이렇게 셋이서 만든 '신을 죽이기 위한 힘'. 지금은 필요 없는 힘이에요."

〈마왕〉과 밤의 일족의 진조(眞祖), 그리고 또 한 명…… 또 다른 누군가. 그 세 사람이 어떤 힘을 만들어냈다는 걸까.

키메리에스는 중요한 정보를 기억하기 위해 이마를 눌렀다.

——알시에라 씨와 마르코시어스……. 나머지 한 명은 누구라고 했더라?

듣지 못한 것이 아니다. 알시에라가 얼버무린 것도 아니다. 키메리에스는 확실하게 들었지만 분명 외워두었던 이름이 어렴풋하기만 했다.

아니, 애당초 뭔가 들렸던 건 **기분 탓**인지도 모른다.

알시에라는 그런 키메리에스를 왠지 씁쓸하게 바라보다가 화제를 돌리듯 자조한다.

"참 한심하죠? 한 번 버렸던 힘에 대시 매달리러 오다니."

키메리에스는 고개를 옆으로 흔들었다.

"전 그렇게 생각하지 않습니다. 미래를 위해 필요하다면 이미 버린 힘이든 부정한 것이든 사용하면 되는 거죠. 적어도 마술사는 그런 인간입니다."

그 말에 알시에라는 아무 대답 없이 그저 조용한 미소만 지어 보일 뿐이었다.

그 대신 이렇게 속삭인다.

"언젠가 그쪽 이야기도 들어보고 싶어요."

"저는 당신 이야기에 더 흥미가 있습니다만."

비밀투성이인 소녀다. 도대체 어떤 인생을 살아 왔으며 최후의 순간 이후엔 어떻게 지내왔는지 흥미를 가지지 않을 수 없었다.

——그렇지만 대답해주진 않겠지.

그렇게 생각했지만 의외로 알시에라는 진지한 표정으로 머리를 옆으로 흔들었다.

"전 이야기꾼이에요. 이야기꾼은 무대 위에는 서지 않죠. 그래서 제게 이야기 따윈 존재하지 않아요."

거의 속죄로 들리는 비통한 목소리였다.

키메리에스는 위로하는 것처럼 눈을 가늘게 뜨고 되묻는다.

"과연 그럴까요? 당신은 지금 자신의 의지로 쿠로카 씨를 구하기 위해 달리고 있잖아요. 그건 무대 위에 선 연기자가 아닌가요?"

그 지적에 알시에라는 이미 다 알고 있는 것처럼 쿡쿡 웃는다.

"이야기꾼이라면 조금 전에 죽었어요. 그런데 퇴장을 허락하지 않는 골치 아픈 아이가 있어서 말이죠. 어떻게 보면 떠나야 할 때 떠나지 못한 이야기꾼은 무대 위에 서 있는 셈이 되는 건지도 모르겠군요."

이것이 알시에라가 스스로 행동을 시작한 이유인지도 모른다.

죽음에게 버림받은 소녀는 죽음이 등을 두드리는 바람에 마침내 살아 있는 자와 접촉하는 것이 허락된 것이다.

곧이어 흡혈귀 소녀는 자리에서 일어난다.

"자, 휴식은 이것으로 충분하니 그 아이들의 뒤를 쫓기로 하죠. 잘하면 5년 전의 후회로부터도 구원받을 수 있을지 몰라요."

"그건 쿠로카 씨를 말하는 겁니까, 아니면 샤크스 씨? 그것도 아니라면……."

"둘 다예요. 진짜 의미에서 그 아이들을 구원할 수 있는 건 서로밖에 없는 걸요. ……평생 후회나 하면서 사는 건 저만으로도 충분해요."

알시에라는 그렇게 말하더니 재미있다는 듯 웃는다.

"불사자인 내가 살아가니 어쩌니 하는 말을 하다니, 이렇게 웃긴 게 또 있을까요."

그런 소녀의 모습을 본 키메리에스는 다시 짐승의 모습으로 변한다.

"아까도 한 말이지만 저는 그렇게 생각하지 않습니다. 당신은 더 이상 살아 있는 존재는 아닐지도 모르지만 인간이기를 포기한 건 아니지 않습니까?"

그녀의 '냄새'는 그렇게 말해주고 있었다.

——무엇보다 당신 역시 구원 받아야 해.

분명 그녀는 그 말을 받아들이지 않을 테니 가슴 속에만 담아 둔다.

보기 드물게 알시에라의 표정이 무너지더니 얼굴을 찌푸린다.

"……역시 당신은 상대하기가 어려워요."

"그건 유감이군요."

씁쓸하게 웃으면서도 키메리에스는 짐승의 모습으로 변해서 소녀 앞에 앉았다.

"어서 타세요. 서둘러야 하지 않습니까?"

알시에라는 복잡한 표정을 지으며 키메리에스의 등에 올라탄다. 그녀의 팔이 자신의 목을 꽉 끌어안는 것을 확인한 검은 사자는 다시 달리기 시작했다.

"이 방향……. 아마 샤크스 씨는 마왕전으로 향하고 있을 겁니다. 그곳이라면 그의 연구실도 있고 다른 마술사의 도움도 받을 수 있으니까요."

"그렇지만 지금 그곳엔 아무도 없지 않나요?"

포레가 기획한 〈아시엘 이메라〉 준비 때문에 마왕전의 마술사들까지 동원된 상황이다. 게다가 그 장소는 지하에 위치하고 있기 때문에 도망칠 길도 없다.

즉 막다른 골목에 몰리게 된다.

——포레 아가씨의 계획이 이런 곳에서 틀어지게 되다니!

포레가 잘못한 건 없다. 이 타이밍에 적이 나타날지 누가 예상할 수 있었겠는가.

그러나 알시에라는 감탄한 것처럼 고개를 끄덕인다.

"운이 돌아온 건지도 몰라요. 주위를 신경 쓰지 않고 '그것'을 사용할 수 있겠어요."

"'그것'이라고 하면…… 설마 마왕전에 있는 겁니까?"

"마르코시어스가 '그것'을 남겨둔다면 그곳 밖에 없거든요."

그때 다시 앞쪽에 그림자 같은 불사자가 나타난다.

"──〈흑조(黑爪)〉──."

속삭이듯 부르자 키메리에스의 몸은 마술의 빛과 함께 다시 강풍에 휩싸인다.

전방을 가로막고 선 불사자는 마치 투정을 부리는 어린아이가 돌돌 뭉친 종이처럼 찌그러져서 소멸되었다.

알시에라가 즐겁게 웃는다.

"어머, 무시무시한 힘. 게다가 무서운 카드를 더 가지고 있죠? 그런데 이런 곳에서 나 같은 거나 태우고 있어도 괜찮겠어요?"

자간의 〈천린〉처럼 마력 그 자체를 불태우는 건 아니지만 닿기만 해도 압살하는 흉포한 바람의 소용돌이가 바로 이 마술이다.

고메리의 훈육을 받은 키메리에스가 그래도 잊지 못하는 복수를 위해 10년에 걸쳐 갈고 닦은 마술이 바로 이것이다. 그리고 자간에게 힘을 얻게 되면서 훨씬 더 차원이 다른 완성을 이루게 되었다. 지금이라면 〈마왕〉의 목을 따는 것도 어려운 일은 아니다. 물론 원수의 목도 마찬가지다.

하지만 키메리에스는 그러지 않는다.

──자간 씨는 반년도 되지 않아 나를 완전히 뛰어넘었지.

〈마왕〉이 휘두르는 금주(禁呪) 〈천린〉──키메리에스의 〈흑조〉는 그 힘의 발끝에도 미치지 못한다. 그 점에 대해 패배감 같은 것도 어느 정도 느끼고는 있었다.

그런데도 왜 그가 그만큼 급격하게 힘을 얻을 수 있었는지도 키메리에스는 알 수 있었다.

──사람은 자신보다 다른 사람을 위할 때 더 강해질 수 있지.

그렇기 때문에 같은 〈마왕〉조차 자간을 쓰러뜨리지 못하고 키메리에스도 그에게 힘이 되고 싶다고 생각한 것이다. 무엇보다 자간은 그렇게 충성을 다하는 충신에게 아낌없이 상을 준다.

자신이 싸우는 이유를 확인하는 것처럼 키메리에스는 입을 연다.

"사자의 송곳니는 자신의 힘을 과시하기 위해 있는 게 아닙니다."

왜냐하면 사자는 이미 그곳에 있기만 해도 만물을 두려움에 떨게 만드는 존재이기 때문이다. 강자가 자신만을 위해 힘을 휘두르면 그건 그냥 괴물에 지나지 않는다.

하지만 사자는 괴물이 아니다.

"친구를 위해, 약자를 위해, 혹은 자신이 왕으로 인정한 강자를 위해 사자는 송곳니를 휘두르는 겁니다."

그래서 키메리에스는 복수를 위해서는 힘을 사용하지 않는다.

──고메리 씨가 한 말이지만.

그래도 이것이 바로 키메리에스가 모든 것의 기준으로 삼는 신념이다.

알시에라는 그런 키메리에스를 보고 부러운 듯 중얼거렸다.

"——인간은 **내가** 생각하는 것보다 훨씬 더 강한 존재인지도 몰라——."

"예……?"

말투도 그렇지만 조금 전까지와는 완전히 분위기가 다른 말이었다.

하지만 그 점에 대해 물어볼 여유는 없었다.

"알시에라 씨, 불사자의 '냄새'가 다시 늘어난 것 같습니다."

아까 마을 여기저기를 뛰어다니면서 다 사냥했지만 알시에라의 말처럼 시체에서 얼마든지 증식이 가능하다면 키메리에스가 감당하기 힘든 문제다. 자간의 힘이 아니면 완전히 소멸시키는 건 불가능하다.

그들은 알 길이 없지만 처음 보자마자 먼지 한 톨 남기지 않고 불살라버린 라파엘의 판단은 옳았던 셈이다.

그 모든 것을 다 아는 것처럼 알시에라는 웃는다.

"그럼 한군데에 모으면 되지 않나요?"

"그 말은……?"

"현재 이 마을에서 쫓기고 있는 건 나와 쿠로카, 두 명. 그렇다면 둘이 함께 있으면 그 모자란 놈들은 모두 우리 뒤를 쫓아서 모이게 될 거예요."

"그때를 노려서 처리한다?"

"네, 지금이라면 은안의 왕도 발로르의 아가씨도 있잖아요?"

자간의 허락 없이 〈천린〉을 사용하지 못하는 이상, 이 마을에서 불사자를 없앨 수 있는 건 자간 자신이나 고메리의 〈발로르의 마안〉, 이 두 가지 밖에 없다.

"그렇지만 불사자의 '냄새'는 이미 100놈이 넘습니다. 자간 씨에게 도움을 구하더라도 그때까지 쿠로카 씨 일행을 지키며 도망치는 건 여간 힘든 일이지 않습니까? 무엇보다 자간 씨를 설득할 수 있다는 보장도 없고요."

지금 상태에서도 알시에라가 그 하찮은 놈들에게 지는 일은 없을 것이다. 하지만 샤크스와 고양이로 변한 쿠로카를 지키면서 버틸 수 있는가 하면 이야기는 달라진다.

쿠로카의 이름을 꺼내면 자간은 움직일지도 모르지만 그러기 위해서는 그녀의 신변에 무슨 일이 일어났는지를 설명해야만 한다. 게다가 어느 정도의 시간이 필요할 것인가. 알시에라 일행은 과연 어느 정도의 시간을 버틸 수 있을 것인가.

또한 설령 그 모든 것들을 다 충족시키더라도 불사자는 술자가 살아 있는 한 무한정으로 생겨난다.

알시에라 일행은 그야말로 막다른 곳에 몰린 셈이다.

그렇지만 알시에라는 과연 다르다고 할까, 당황하는 기색 하나 없이 고개를 끄덕였다.

"그렇군요. 그럼 승리의 조건을 명확하게 해두기로 해요."

키메리에스가 달리면서 고개를 끄덕이자 알시에라는 검지를 세우고 말한다.

"첫째. 나와 쿠로카, 그리고 샤크스라고 했던가요? 그들이 무사할 것."

생존이라는 표현을 사용하지 않는 건 알시에라가 이미 살아 있지 않기 때문일 것이다.

"둘째. 저 되다 만 놈들의 제거. 먼지 한 톨 남기지 않고 없앨 수 있는 건 은안의 왕이나 발로르의 아가씨, 아니면 용의 입김 정도밖에 없어요."

〈천린·구풍(颶風)〉의 사용 허가는 아직 받지 못했고 키메리에스의 〈흑조〉로 소멸시키는 건 불가능하다. 그리고 성에 남아 있는 포레의 입김의 도움을 받는 건 힘들다. 역시 자간이나 고메리의 도움이 필요하다.

알시에라는 세 개째 손가락을 세운다.

"셋째. 술자의 제거. 아마 이게 제일 어려울 거예요. 우리는 누가 적인지도 모르고 있으니까요."

짐작이 가지 않는 건 아니다.

〈마왕〉 시어칸——과거에 희귀종 사냥이라는 악행으로 손을 더럽혔다가 마르코시어스에게 숙청당한 망령.

하지만 정말 그 마술사가 살아 있을까. 오리아스처럼 다른 사람 행세를 하고 있을 가능성도 적지 않다. 얼굴도 어디 있는지도 모르는 적을 어떻게 찾아내라는 말인가. 그리고 어떻게 제거하란 말인가.

너무 불리한 도박이나 마찬가지인데도 알시에라는 즐겁게 웃었다.

"기적이라도 일어나지 않는 한 버텨내긴 힘들 것 같지만요."

"그렇다면——."

"오늘은 〈아시엘 이메라〉——기적이 일어나는 성스러운 밤이

잖아요? 그렇다면 기적이 일어나길 기도해보는 것도 나쁘지 않을
거예요."

흡혈귀와 마술사의 기도에 어떤 신이 응답해준단 말인가.

농담으로 밖에 들리지 않는 너무 어처구니없는 말이었지만 신
기하게도 그녀의 목소리에는 그 말을 믿고 싶어지는 힘이 있었다.

"뭔가 확신이 있으신 것 같군요."

"확신이 아니라 희망이죠. 검은 고양이는 행운을 불러온다고 하
잖아요."

그 대답에 키메리에스는 씁쓸하게 웃었다.

──쿠로카 씨는 불운 체질이라고 들었습니다만.

자간이 진지한 얼굴로 이야기할 정도다. 어지간히도 불운하다
는 뜻이리라.

알시에라가 키메리에스의 목을 톡 하고 친다.

"자, 잡담은 여기까지. 전 여기에 걸기로 했어요. 당신도 걸겠어
요? 아니면 포기?"

저 멀리 샤크스로 보이는 마술사의 뒷모습이 보이기 시작했다.

키메리에스는 한숨을 흘린다.

"실패했을 때 같이 혼나줄 사람이 없으면 곤란합니다. 아무쪼록
무사하기를."

그는 이 소녀를 도와준 시점에서 이미 함께하기로 한 것이나 마
찬가지다.

그리고 소녀와 사자는 작별을 고했다.

◇

"——지금 이게 어떻게 된 상황이지?"

발바로스의 그림자를 빠져나와서 쿠로카의 행방을 알고 있을 가능성이 높은 부하——샤크스의 뒤를 쫓은 자간은 의아해하며 물었다.

바로 직전에 막긴 했지만 키메리에스가 느닷없이 발톱을 들이댔기 때문이다.

"그게⋯⋯저, 설명하기 조금 복잡해져서 말입니다."

"그러면 예, 아니오로 대답해. 샤크스가 어디로 갔는지 알고 있나?"

오늘 키메리에스가 무언가를 감추고 있다는 건 이미 다 파악하고 있다.

——하지만 더 이상 추궁하지 않기로 약속했단 말이지.

그래서 간결하게 물었다.

키메리에스는 깜짝 놀랐는지 황금색 눈을 커다랗게 뜨더니 공손하게 머리를 숙였다.

"네. 샤크스 씨 일행은 마왕전으로 향하고 있는 것으로 보입니다."

"그렇군. 누구에게 쫓기고 있는지는 모르지만 도망을 친다면 성보다 마왕전이 더 가깝지."

역시 교회의 부하들을 통솔하는 책임자라서 그런지 상황 판단은 적절하다. 그렇기 때문에 여기서 잃기엔 아까운 인재이다. 반드시 구해야만 한다.

이어서 다음 질문을 던진다.

"일행이라는 건 쿠로카도 녀석과 함께 있나?"

"네. 그런데 쿠로카 씨는 현재 인간이 아니라 고양이의 모습을 하고 있는 것 같습니다. 원인은 잘 모르지만요."

"고양이라고……? 그러고 보니 그 녀석은 카트시였지."

카트시는 옛날에 고양이 요정이라 불렸던 종족이다. 원래는 묘수인보다 고양이에 더 가깝다.

"……어쩌면 원래 카트시가 가지고 있던 능력인지도 모르겠군."

오랜 세월 그 능력을 잃고 살아왔던 것이리라.

그런데 쿠로카는 '네 개의 귀'라는 희귀한 존재다. 네피처럼 일종의 선조귀환이라면 이해가 되지 않는 것도 아니다. 애당초 카트시와 관련된 오랜 문헌은 기술이 애매해서 묘수인과의 정확한 차이를 기록하고 있는 건 거의 없다.

──류카온에서 입수한 정보에 따르면 천 년 전에 많은 종족이 멸망하는 사건이 일어났다고 하지만.

그 몇 안 되는 생존자가 류카온에 몸을 숨겼다면 대륙에 정보가 남아 있지 않는 것도 납득이 간다.

그리고 자간은 마지막 질문을 꺼낸다.

"그나저나 이놈들은 뭐지?"

주위에는 키메리에스가 교전했던 것으로 보이는 생물의 잔해가 무수히 쓰러져 있었다. 대부분은 숨이 끊어졌지만 아직 일어나려는 놈도 남아 있다.

이 마을에는 외부의 마술사가 발을 들여놓으면 감지할 수 있는 결계가 쳐져 있다. 물론 외부인은 하루에 몇 백에서 몇 천 명이 나타나는데 한 번에 복수가 올 경우에는 조직을 이룬 집단일 가능성이 높다.

그런 자들을 경계하기 위한 것이 바로 그 결계인데 그들의 존재를 감지하지 못했다.

──결계에 걸리지 않는 건 발바로스처럼 공간을 도약하는 자들뿐.

공간 도약은 고도의 마술이라서 그것을 사용하는 사람은 한정되어 있다. 그러나 반대로 그것이 대단한 발자취가 되기 때문에 그런 구조로 이루어져 있다.

하지만 지금 이곳에 쓰러져 있는 어중이떠중이들은 아무리 봐도 그렇게 뛰어난 마술사로는 보이지 않았다.

"보아하니 인조인간(호문클루스)인 것 같은데 어떻게 마을에 침입했지?"

그 지적에 키메리에스는 충격을 받은 것처럼 눈이 휘둥그레졌다.

"인조인간……? 저들이 말입니까?"

"내 눈에는 그렇게 보인다만?"

인조인간에 대한 연구는 전문이 아니지만 네프테로스와 비프론스 사건을 통해 자간은 의사를 가지고 있지 않은 인조인간을 수없이 봤다. 여기 쓰러져 있는 어중이떠중이들은 그런 가여운 창조물들과 흡사했다.

키메리에스는 자신에게 실망한 것처럼 머리를 흔들었다.

"선입견이라는 건 무섭군요. 저는 **불사자**라고만 생각했습니다."

보기 드물게도 동요한 것 같다. 키메리에스답지 않은 실언에 자간의 눈이 가느스름해졌다.

"……역시 알시에라냐."

"——!"

키메리에스의 몸이 눈에 띄게 굳었다.

"오해입니다, 자간 씨! 오히려 그녀는 적의 위협을 받고 있는 입장이지 결코 이들을 보낸 범인이 아닙니다."

"뭐, 네가 그렇게 말한다면 그런 거겠지. 그래도 그 녀석이 귀찮은 일을 끌고 왔다는 사실에는 변함이 없다."

"그건……."

말을 잇지 못하는 키메리에스를 본 자간은 한숨을 흘린다.

"어리석은 놈. 난 추궁은 하지 않겠다고 했다. 넌 그냥 예, 아니오, 로만 대답하면 돼."

"아……."

아직 무슨 말인지 이해하지 못하고 있는 키메리에스에게 자간은 같은 질문을 던진다.

"이놈들은 적이고 알시에라는 적이 아니다. 그렇게 이해하면 되지?"

"……, 네! 정체는 알 수 없지만 적입니다. 그리고 시체에서 다음 개체가 발생하는 성질을 가지고 있습니다."

"즉 완전히 소멸시키지 않으면 계속해서 나온다는 건가."

대화를 나누고 있는 동안에도 시체에서 몇몇 그림자가 기어 나오고 있었다.

그렇지만 자간도 마냥 서서 대화에만 열중하고 있는 건 아니다. 그림자들 주위에 가루눈 같은 빛이 휘감겨 있었다.

그 광경을 본 키메리에스의 눈이 커다래졌다.

"이건 〈천린·설월화〉?"

자간이 딸에게 주기 위해 만든 힘이다.

그러나 이 마술은 그게 전부가 아니었다.

"그래. 하지만 이제부터 다른 것으로 변할 거다――〈천린·귀화(鬼火)〉――."

자간이 손가락을 딱 튕기자 그림자들 주위에 휘감겨 있는 가루눈이 검게 변한다.

그리고 그것만으로 모든 것이 끝났다.

쓰러져 있던 시체들도, 자리에서 일어난 그림자도, 몸에서 기어 나오려고 하던 무언가도 모두 검게 물들더니 먼지가 되어 사라진다.

그 성과를 관찰한 자간은 만족스럽게 고개를 끄덕인다.

"흐음. 정밀 조작은 나무랄 것이 없군."

포레에게도 나중에 크면 〈천린〉을 가르쳐주겠다고 약속했다. 딸이 다루기에 적합한 힘이라고 생각한다.

키메리에스가 침을 꿀꺽 삼킨다.

"이런 힘까지, 만드셨던 겁니까?"

"그래. 하지만 원하는 대로 명중시킬 수 있는 건 좋지만 사람 한 명을 재로 만들려면 몇 개나 명중시킬 필요가 있어. 〈설월화〉의 변형으로 사용하는 데는 의미가 있지만 개별적으로는 뛰어나다고 할 수 없지."

같은 〈천린〉이라도 〈오련대화(五連大華)〉만큼의 관통력은 없고 〈어뢰(御雷)〉 정도 되는 효과 범위도 가지고 있지 않다. 언뜻 보면 결함품인 것 같지만 이 〈귀화〉의 진가는 집단 안에서도 대상을 골라서 발동시킬 수 있는 데 있다.

포레에게는 한참 후에나 주게 될 테니 아직 개량의 여지가 있다.

——그래도 이걸로 〈천린〉의 성능 시험은 완료되었다고 봐도 되겠지.

〈천린〉은 거기에 닿는 모든 것의 생명력 자체를 불태우는 전대 미문의 공격력을 자랑하는 금주(禁呪)이다.

그런데도 자간은 이것을 완성이라고 보지 않았다.

'진흙의 마신'처럼 강대한 회복력을 가진 상대는 완전히 불태우지 못하고 적이 복수일 경우에는 방법이 너무 부족하다. 무엇보다 거기에 닿는 모든 것을 불태워버리기 때문에 인질을 잡히면 간단히 막혀버리게 된다.

그래서 그런 결함을 메우기 위해 복수의 변형을 만들어내 온 것이다.

마지막 성능 시험이 성공하면서 마침내 이 마술은 완성을 앞두게 되었다.

〈마왕〉, 마신, 마족, 교회, 모든 것은 이 무시무시한 적들을 쓰러뜨리기 위해서다.

——뭐, 최근 들어서는 모두 다 죽이진 않아도 될 것 같은 생각이 들지만.

그래도 힘은 필요하다.

평화는 그저 타인과 싸우지 않으면 찾아오는 간단한 것이 아니다. 그런 것은 나무 위의 요람이다. 바람이 불면 쉽게 떨어진다.

평화라는 것은 비할 데 없는 힘과 권력을 근거로 치세를 펼치고 그래도 서로 용납할 수 없는 적대자가 있으면 그를 멸해, 피 튀기는 투쟁과 희생 위에서 마침내 손에 넣을 수 있는 최상의 재산인 것이다.

그렇기 때문에 자간은 그 누구보다 강해져야만 한다.

자신의 야망을 곱씹는 것처럼 〈귀화〉의 성과를 확인한 자간은 멍하게 있는 키메리에스를 향해 돌아선다.

"자, 나는 이만 쿠로카와 샤크스를 구하러 가야겠다. 알시에라 녀석이 있다면 이 애송이들도 그곳으로 모이겠지. 함께 처리하기에 딱 좋아."

웬만해선 알시에라와 엮이고 싶지 않지만 비록 네피의 부탁이긴 해도 한 번은 도와줬으니 이왕 다른 사람들을 구하는 김에 같이 구해주도록 하자. 게다가 키메리에스도 그 흡혈귀를 지켜주려는 것 같고.

그러면, 하고 자간이 묻는다.

"자네는 어떻게 할 거지? 나를 따라올 텐가?"

키메리에스는 공손하게 머리를 숙였다.

"함께 하겠습니다. 나의 왕."

그런 다음 키메리에스는 고개를 들고 말한다.

"그런데 한 가지 문제가 있습니다. 분명 그들을 조종하는 술자가 있을 겁니다. 그들을 물리쳐도 술자가 남아 있으면 동일한 일만 계속 반복될 뿐입니다."

인조인간이 있다면 당연히 그것을 만들어낸 사람이 있다. 게다가 인조인간들의 특징을 보면 무한정으로 생겨날 가능성도 있다.

하지만 자간은 아무래도 상관없다는 듯 어깨를 으쓱였다.

"그건 괜찮을 거다."

"무슨 말씀이신지……?"

"고메리 녀석이 이상하게 의욕이 넘치더란 말이야. 그 자식, 사랑의 힘이니 어쩌니 하는 말을 꺼내면 아무렇지도 않게 주위를 끌어 들여서 목적을 이루잖아. 그 활력은 감탄할 만하지. 그냥 놔두면 축제를 엉망으로 만드는 놈들을 알아서 처리해줄 거다."

별로 신뢰하고 싶지 않은 이야기지만 인정하지 않을 수 없는 사실이다. 게다가 무슨 이유에서인지 발바로스도 있었다. 술자가 어디에 있든 별로 문제가 되지 않을 것이다.

조금 피곤해 보이는 자간의 목소리에 키메리에스는 미안한 표정을 지었다.

"……어떻게 말씀 드려야 할지, 고메리 씨 때문에 늘 죄송합니다."

고메리와 엮이면 자신이 잘못하지 않아도 모두 사과를 하게 되는 것 같다.

◇

쿠로카는 술 냄새가 풍기는 마술사의 팔에 안겨서 당혹스러워하고 있었다.

고양이의 몸으로는 검도 제대로 쥐지 못하다 보니 애도(愛刀)인 〈천무월〉도 어딘가로 사라지고 없었다. 팔다리의 길이 정도는 어느 정도 인식할 수 있게 되었지만 이렇게 끌려 다니다 보니 자신의 다리로 설 기회조차 없다. 아직 혼자서는 마음대로 걷지도 못한다.

즉 걸리적거리기만 하는 존재로 전락하고 말았다.

——왜 이 사람은 나를 두고 도망가려 하지 않는 걸까요…….

쿠로카와 그는 쫓기고 있다. 아니, 쫓기고 있는 건 쿠로카 쪽이다. 그런데도…….

"쳇, 이 자식들, 도대체 몇 놈이나 있는 거지? 그래도 걱정하지 마라, 쿠로스케. 난 도망치는 데는 자신이 있거든."

마술사는 그렇게 말하며 무언가를 투척했다.

바람을 가르는 이 소리는 마술을 건 나이프 같은 종류일 것이다. 평소의 쿠로카라면 간단히 피할 수 있을 정도의 정확도지만 그것들은 정확히 적에게 명중한다.

소리를 들어보니 뼈까지 관통하기보다는 무릎의 틈새나 발목 등에 꽂힌 것 같다. 치명상이라고 하긴 힘들지만 나이프가 박힌 채 뛰어다니는 건 마술사라도 불가능하다.

앞을 가로막는 적은 거침없이 쓰러뜨리며 그 사이를 달려 나간다.

마술사는 자신을 약하다고 했지만 쿠로카는 그렇게 생각하지 않았다.

——이 사람은 강해요. 그저 이 사람의 마술이 공격에 맞지 않는 것뿐이에요.

그리고 머리 회전이 빠르다. 궁지에 몰리더라도 냉정하게 상대의 약점을 찾아내서 재치 있게 탈출하고 있다. 지금까지 위험한 순간이 몇 번이나 있었지만 그때마다 그는 당황하는 것 같아도 냉정하게 도망쳐왔다.

그러니 이미 잘 알고 있을 것이다.

쿠로카를 포기하면 자신은 안전하게 도망칠 수 있다는 것을.

——내 정체를 알면 도와주려는 생각은 하지 않을 텐데…….

이 냄새는 맡아본 적이 있다.

교회에 있는 자간의 부하 중 한 명이다. 이름은 모른다. 그쪽도 과연 쿠로카의 얼굴을 알고 있는지 애매할 정도다.

쿠로카는 같은 교회에서 생활하고 있어도 마술사들과는 적극적으로 어울리려 하지 않았다. 쿠로카는 전(前) 〈아자젤〉——마술사 전문 암살 조직에 소속되어 있었기 때문에 그쪽도 그런 인간과 친하게 지내봤자 곤란하기만 할 뿐이라고 생각했기 때문이다.

거듭 말하지만 이 남자는 자기 평가와는 대조적으로 뛰어난 실력의 소유자다.

같은 교회에서 생활하는, 쿠로카 정도 되는 위험인물에 대한 정보를 손에 넣지 않는 멍청한 짓 따위 하지 않았을 것이다. 정체를 알고 있으면 어떻게 해서든 거리를 두려고 할 터.

——그런데도 그의 보호를 받는 건 부당한 일이 아닐까요…….

자신이 죽여온 마술사 중에 어쩌면 자간이나 이 남자처럼 손을 내밀어준 사람도 있었을지 모른다.

그 점을 후회하는 쿠로카에게 자간은 그래도 살아가라고 말해주었다. 그것은 살아가기 위해 필요한 죄였다면서. 쿠로카는 그 말을 받아들이고 싶었다. 죄를 짊어지고, 그래도 앞을 향해 살아가자고, 변한 모습을 보여주자고 결심했다.

하지만 그건 어디까지나 쿠로카 자신의 결의일 뿐이지 마술사 입장에서 보면 비록 예전이긴 해도 〈아자젤〉이었던 쿠로카를 도와줄 이유는 없다.

이 남자를 속이고 있는 건 아닐까 하는 생각에 계속 마음이 불편했다.

차라리 자기가 알아서 먼저 도망쳐야 하는 게 아닐까 하는 생각까지 들었다.

하지만 그렇게 하면 이 마술사는 쿠로카를 도와주려고 한다. 그러다가 반대로 궁지에 몰린 적도 있었기 때문에 쿠로카는 얌전히 있을 수밖에 없었다.

그리고 당혹스러운 이유는 한 가지 더 있다.

——왠지 모르게 익숙한 느낌이 들어.

분명 기억에 있는 냄새는 아닌데 이렇게 다른 사람의 품에 안겨 있는 게 처음은 아닌 것 같은 기분이 들었다.

기억 속에서 그 낯익은 느낌의 이유를 찾고 있는데 마술사가 갑자기 걸음을 멈췄다.

"잠깐 기다리고 있어, 쿠로스케."

그리고는 쿠로카를 바닥에 내려놓았다.

네 개의 발바닥 젤리를 통해 차가운 돌바닥의 감촉이 전해져온다. 평평하고 반듯하게 잘 자른 것이 아니라 하천에 있는 자갈 같은 것을 깐 바닥이었다. 마차가 다니기엔 적합하지 않아서 뒷골목이나 비탈길을 보강하는 용도로 사용되는 것이니 이곳은 교회가 있는 언덕으로 이어지는 비탈길……이라기보다는 계단일 것으로 추정된다.

마술사는 문 같은 것을 열려고 하는 것 같다. 벽이 있는 쪽을 보고 있는데 비밀 통로라도 있는 걸까. 두 손을 다 필요로 하고 있는 걸 보면 상당히 무겁거나 마술 장치를 조작하고 있는 것으로 보인다.

이쪽을 신경 쓰는 것 같은 시선에 쿠로카는 '야옹' 하고 대답한다.

금방 열리는 건 아닌 모양인지 남자가 끙끙거리며 애쓰고 있는 동안 쿠로카는 주위의 기척을 살핀다.

고양이로 변하자 당황하지 않을 수 없었지만 코 옆에 난 세 개의 수염은 의외로 뛰어났다.

직접 닿지 않아도 미세한 공기의 흐름과 소리 같은 진동까지 인식할 수 있다. 모근 부분이 상당히 민감하게 이루어져 있는 것 같다. 지면에 코를 대면 소리 죽인 발소리까지 감지할 수 있다.

귀가 네 개에서 두 개로 줄어든 건 뒤쪽에 벽이라도 생긴 것 같

은 느낌이었지만 수염 덕분에 인식의 시야는 오히려 넓어졌다고
할 수 있었다.

그런 수염이 이쪽을 향해 다가오는 복수의 발소리를 감지한다.

쿠로카는 털을 곤두세우고 '쉬——' 하고 위협하는 소리를 냈다.

"제길, 벌써 따라온 건가? 이쪽이다, 쿠로스케."

아무래도 길이 뚫린 모양이다. 마술사는 다시 쿠로카를 안아들
었다.

지면에서 수염이 떨어지면서 소리가 멀어졌지만 이번에는 기묘
한 공기의 진동이 감지되었다.

——이 느낌, 날갯소리……?

날갯소리라고 해도 곤충은 아닌 것 같지만 새라고 보기에는 날
갯짓을 하는 횟수가 너무 많다. 게다가 무리지어 있는 것처럼 느
껴지기도 했다. 아직 익숙하지 않은 수염의 감각으로는 정체까지
알아낼 순 없지만 이쪽을 향해 곧장 오고 있다는 건 알 수 있었다.

쿠로카는 날개 소리가 나는 방향을 향해 위협하는 소리를 냈다.
말을 하진 못해도 위험이 다가오고 있다는 사실 정도는 전해질 것
이다.

마술사도 뒤쪽을 불안하게 돌아본다.

"이번에는 뭐지?"

그대로 달리려나 생각한 순간 갑자기 몸이 허공에 떠오르는 것
같은 감각에 휩싸인다. 마술사에게 안겼기 때문이 아니다.

아무래도 그는 어딘가에서 뛰어내린 것 같았다.

——떨어지고 있어……? 심지어 꽤 길어?

우물 같은 곳일까. 가득 차 있던 바람 소리를 통해 좁은 장소를 낙하하고 있다는 걸 알 수 있었다. 몇 초가 지났는데도 아직 바닥에 도착하지 않은 걸 보면 상당히 깊은 장소로 이어져 있는 것 같다.

그리고 날갯소리는 낙하하는 그들을 끈질기게 따라온다.

──뭐가 오는 거지?

쿠로카는 아직 자신이 무엇에게 쫓기고 있는지도 모른다. 마술사의 반응을 통해 인간이 아닌 존재일 거라고 짐작은 하고 있지만.

날갯소리에 정신이 팔려 있던 쿠로카는 깨닫지 못했다.

자신들을 향해 다가오고 있던 발소리가 어느새 사라졌다는 것을.

"어머, 딱 좋은 곳에 의자가 있었네요."

갑자기 들려온 건 어린 소녀의 목소리였다.

이어서 마술사의 짓눌린 듯한 목소리가 울려 퍼진다. 아무래도 목소리의 주인이 마술사의 위로 떨어진 모양이다. 충돌하는 순간의 충격을 보면 상대는 체구가 상당히 작은 사람인 것 같지만.

"커헉, 뭐, 뭐야?"

"세상에, 의자인 줄 알았더니 살아 있었네요? 머리 위, 잠깐 실례 하겠어요."

소녀는 달콤한 목소리로 쿡쿡 웃는다.

──그런데 뭐죠, 이 냄새는……?

향수일까? 살짝 달달한 냄새였는데 머리카락이나 피부에서는

땀이나 타액 같은 냄새가 전혀 나지 않았다. 인형이나 마술로 만든 인조인간 같은, 생물인 것 같지만 생물이 아닌 냄새였다.

경계하는 쿠로카를 본 소녀는 머리를 살짝 쓰다듬어준다.

차가운 손. 작고 가늘지만 왠지 부드럽게 느껴지는 손이었다.

"무서워하지 마세요. 나는 당신의 적이 아니랍니다."

"뭐, 뭐야. 이 꼬마는? 어디서 나타──."

"그런 것보다 괜찮으시겠어요? 이제 곧 바닥이 가까운 것 같은데요."

"──!"

마술사가 허둥지둥 낙하 속도를 낮춘다. 부유 마술이리라. 하지만 낙하가 멈춘다는 건 발이 멈춘다는 것을 의미한다.

바로 위에서 뭔가 커다란 것이 떨어지는 느낌이 났다.

"어머, 벌써 신참이 나타난 것 같군요."

"신참……앗, 큰일이다!"

위에서 또 뭔가가 떨어져 내리는 기척이 난다. 게다가 이번 것은 크기도 크고 수도 하나가 아닌 것 같다.

──아까 그 발소리……치고는 느린데?

처음에 들렸던 발소리는 마술사가 뛰어든 직후에는 바로 뒤를 따라잡을 수 있을 것 같은 거리였다. 그러면 이 소녀의 발소리였는가 하면 그렇게 가볍진 않았다.

소녀가 쿠로카의 의문에 대답하는 것처럼 손을 뻗어왔다.

그와 동시에 절그럭 하는 사슬 소리가 울려 퍼졌다.

『컥』『기익』

무언가의 비명과 함께 위에서 낙하하던 것의 기척이 사라진다. 아니, 기척이 사라진 게 아니다. 무언가에 가로막혀서 낙하가 중단된 것이었다.

"역시 마왕전으로 이어지는 비밀 통로는 다르군요. 침입자에 대비한 함정도 완벽해요."

"함정이라니⋯⋯아니, 역시 그렇게 생각할 수밖에 없나?"

마술사도 머리 위를 올려다보더니 의아한 목소리를 흘린다. 아무래도 위에서는 상당히 기묘한 현상이 벌어지고 있는 모양이다.

──그나저나 마왕전이라면 선대 〈마왕〉의 성을 말하는 거겠죠⋯⋯?

마술사는 그곳으로 향하고 있는가 보다.

쿠로카도 큐아노에이데스의 지하에 마왕전이 있다는 소문은 들어서 알고 있지만 설마 성기사장이 배치되는 마을 바로 밑에 그런 것이 존재하다니, 믿을 수 없었다.

마침내 그들의 낙하도 멈추고 마술사가 바닥에 착지한다.

싸늘하게 고여 있는 공기. 마치 동굴 같은 장소였다.

그런 다음 마술사는 소녀──어깨나 등에 올라타고 있는 걸까──에게 말을 건다.

"그나저나 넌 뭐지? 왜 이런 곳에⋯⋯, 아니, 그보다 도대체 어디서 나온 거냐? 그리고 마왕전에 대해서는 어떻게 알고 있는 거지?"

소녀는 쿠로카의 머리를 쓰다듬으면서 어디까지가 진심인지 알 수 없는 목소리로 대꾸한다.

"당신들과 똑같아요. 나도 그 기묘한 자들에게 쫓기고 있고 마찬가지로 도망치고 있는 당신들을 발견하고 함께하기로 한 거예요."

"함께하다니……. 그보다 언제까지 거기 있을 생각이지? 어서 내려와."

싫으면 그냥 떨어뜨리면 될 일인데 마술사는 투덜거리기만 할 뿐이었다.

소녀는 의외라는 듯 웃는다.

"어머, 이 아이는 안아주면서 나는 안 된다는 거예요? 나도 새끼 고양이에 뒤지지 않을 만큼 가볍다구요."

"무슨 말을 하는 거야……, 응? 너 혹시 다친 거냐?"

소녀에게 안겨 있던 쿠로카는 그녀의 몸이 살짝 굳는 것을 알 수 있었다.

——정말이에요. 피 냄새가 나고 있어요.

쿠로카는 냄새가 나는 곳을 찾아서 소녀의 옆구리를 날름 핥았다. 피 냄새는 나지만 맛은 나지 않았다.

"……오늘은 정말 어떻게 됐나 봐요. 이렇게 감추지를 못하다니."

의외로 가냘픈 그 목소리에 이 소녀는 그 태도와 달리 상당히 피폐해 있다는 걸 느낄 수 있었다.

마술사가 어쩔 수 없다는 듯 머리를 마구 쥐어뜯었다.

"……오늘은 재수 없는 날이라도 되나. 어디 봐. 간단한 치료 정도는 할 수 있으니까."

"당신은 무리예요. 나는 살아 있는 사람이 아니거든요."

그러면서 소녀는 자신의 얼굴을 만지는 듯한 시늉을 했다. 아마도 입 같은 것을 벌려 보인 것이리라.

마술사가 깜짝 놀라서 숨을 삼켰다.

"흡혈귀냐?"

"네. 그렇기 때문에 살아 있는 당신이 할 수 있는 건 없어요."

"……흡혈귀가 왜 그런 놈들에게 쫓기고 있었던 거지?"

소녀는 어깨를 으쓱인다.

"그런 건 나도 몰라요. 당신도 그렇지 않나요?"

"사람을 의자 대용으로 사용했으니 좀 더 우호적으로 행동하는 게 좋다는 생각은 들지 않냐?"

역시 목소리에서 상상할 수 있는 것처럼 상대는 소녀의 모습을 하고 있는 것 같지만 마술사 역시 그 정도로 현혹당할 만큼 우둔하진 않았다. 이 소녀가 지금 일어나고 있는 사건에 대해 무언가를 알고 있는 건 명백하다.

경계와 함께 던진 제안에 소녀도 흐음 하고 한숨을 흘린다.

"우호적……? 그렇군요."

잠깐 생각에 잠긴 것처럼 고개를 갸웃거리더니 이내 소녀가 미소를 짓는 것처럼 보였다.

바스락거리며 짐꾸러미——꾹꾹 눌러 담은 이것의 정체는 가방일까, 묘하게 동그스름하고 돌기 같은 게 있는데——를 뒤적이더니 기다란 물건을 꺼낸다.

"이걸 드리겠어요."

"이건 또 뭐야. 교회의 지팡이……인가?"

쿠로카는 자신의 꼬리가 곤두서는 걸 느꼈다.

──지팡이라면 설마 내 지팡이?

소녀는 시치미를 뗀 얼굴로 말을 이어간다.

"도망 다니다가 주웠어요. 그렇지만 이건 평범한 지팡이가 아니에요. 무려 5년 전에 멸망한 '한 마을'의 유산이거든요."

역시, 하고 쿠로카의 몸이 경직되었다.

하지만 쿠로카보다 더 동요한 사람은 마술사였다.

"……어이. 왜 네가 그런 걸 알고 있지?"

소녀는 마술사의 질문을 묵살하고 노래하는 것처럼 이야기한다.

"그 마을 말인데요, 딱 한 명, 생존자가 있어요. 이건 원래 그 소녀가 가져야 하는 물건인데 곤란하게도 모습을 감추는 바람에 찾을 수가 없지 뭐예요."

"모습을 감추다니, 놈들이 **그 녀석**을 노리고 있는 거냐? 아니면 그 지팡이를 노리고 있는 건가?"

"글쎄요, 어느 쪽일까요? 내가 말할 수 있는 건 이 지팡이는 당신이 그 아이에게 돌려줘야 한다는 것뿐이에요."

그렇게 말하는 소녀의 시선이 쿠로카를 향하는 것이 느껴졌다.

확신했다. 이 소녀는 쿠로카의 정체를 알고 접근해온 것이다.

──그런데 왜 이 마술사가 이렇게 동요하는 걸까요?

아무래도 이 마술사도 5년 전의 사건과 관계가 있는 것 같긴 한데…….

마술사가 성난 고함을 지른다.

"왜냐고! **그때 그 꼬마**는 평범한 묘수인이었잖아? 그런데 왜 그렇게 끈질기게 노리는 거냔 말이다."

——에……?

그 말을 들은 순간, 마침내 쿠로카 안에서 점과 점이 이어졌다.

그렇다. 쿠로카는 분명 혼자 살아남았지만 정신이 들었을 때는 이미 교회에 몰래 숨겨진 채 살고 있었다. 그녀는 어머니가 교회까지 도망치게 해준 거라고만 생각했지만 그곳에 어머니의 시신이 없었던 건 왜일까.

쿠로카를 도망치게 도와준 다른 누군가가 있다는 뜻은 아닐까?

심장이 미친 듯이 뛴다.

너무 동요한 나머지 머리가 어지럽고 구역질까지 올라왔다.

——아니, 습격해온 마술사일 가능성도……있어요.

사고의 포기는 도피와 동일하다. 그래서 그 가능성을 떠올려보긴 했지만 그 점을 의심하기에 이 마술사는 너무 우직하다.

——고양이 한 마리를 필사적으로 지키려는 사람이 그런 학살을 할 수 있을 리 없어요.

설령 이 남자가 5년 전 사건의 범인이라고 하더라도 그 죄의 무게 때문에 자아가 버텨내지 못할 것이다.

소녀는 더 결정적인 사실을 들이미는 것처럼 말한다.

"그 아이는 묘수인이 아니라 카트시예요. 은안의 왕에 이은, 오랜 혈통을 가진 선조귀환이죠. 당신도 알아차리지 않았나요? 줄곧 옆에 있었잖아요."

동요와 당혹스러움으로 심장이 미친 듯이 뛰고 있었다.

——그런 거 나는 몰라. 무서워. 이 사람, 왜 내가 모르는 나에 대한 것을 이렇게 잘 알고 있는 거죠?

무엇보다 마술사가 어떤 얼굴을 하고 있는지 아는 것이 두렵다.

소녀의 말이 사실이라면 쿠로카는 마술사의 도움으로 목숨을 건졌는데도 마술사를 증오해서 〈아자젤〉에 들어간 셈이 된다. 그리고 그것을 이 마술사가 알게 되고 말았다.

그런데…….

"묘수인과 카트시를 어떻게 분간해! 게다가 난 교회에 던져둔 후, 그 꼬마가 어떻게 되었는지 모른단 말이다."

자신이 지금 검은 고양이로 변해 있다는 사실까지 알고 있을 줄 알았던 쿠로카는 어처구니가 없어 입을 벌렸다.

소녀도 침통한 표정을 짓고 있는 게 느껴진다.

"그래도 당신은 머리 회전이 좀 되나 싶었는데 아무래도 착각이었던 걸까요…….."

"앙?"

소녀는 전혀 눈치 챈 기색이 보이지 않는 마술사를 보고 한숨을 짓더니 머리 위를 가리켰다.

"잡담은 여기까지 하죠. 저 위쪽이 더 버티기 힘들 것 같네요."

"쳇, 나중에 제대로 설명해줘야 돼!"

"……가능한 한 알기 쉽게 설명한 것 같은데요?"

정체를 알 수 없는 소녀이긴 하지만 이때만큼은 쿠로카도 그녀를 동정했다.

마술사는 소녀를 자신의 어깨 위에 태우더니 다시 쿠로카를 안겨주었다.

"어이, 쿠로스케는 절대 떨어뜨리지 않도록 조심해!"

"네, 네. 떨어뜨리지 않을게요. ……그래도 네겐 제대로 전해 졌지?"

왠지 가여울 정도로 불안함이 묻어나는 목소리에 쿠로카도 어쩔 수 없이 '야옹' 하고 대답했다.

상대는 작은 소녀에 불과하지만 그 무릎의 감촉과 자애로운 목소리를 들으면 기억나는 건 엄마의 모습이었다.

──그건, 엄마였어요…….

이런 모습으로 변하기 직전에 만난 수수께끼의 인물. 고향을 불태운 적의 냄새가 나던, 하지만 엄마와 똑같은 목소리를 가진 사람.

엄마는 불사자가 되고 만 걸까. 그리고 왜 이제야 나타난 걸까…….

계속 솟아나는 의문에 대답은 없고 물어볼 방법도 없다. 한숨을 쉬자 마술사가 어이없다는 듯 말했다.

"고양이한테는 왜 말을 걸고 그래? 그보다 너, 이름 정도는 말해야 되는 거 아니냐?"

소녀가 『당신에게는 그런 말을 듣고 싶지 않다』는 표정을 짓는 게 느껴졌다.

그리고는 거드름을 피우는 것처럼 이렇게 말한다.

"──알시에라──정말 우연이지만 오늘은 제 생일이기도 해요."

마술사는 코웃음을 친다.

"알시에라……? 흡혈귀가 〈아시엘 이메라〉를 들먹이다니, 취미 한 번 고상하네. 그러면 나는 요정 톤투라고 불러."

톤투는 〈아시엘 이메라〉의 밤, 착한 아이들에게 선물을 가져다 준다는 요정의 이름이다. 동화 속 이야기라서 실제로 존재하는 건 아니지만 〈아시엘 이메라〉에는 늘 따라다니는 마스코트다.

"어머, 난 거짓말은 한 마디도 하지 않았어요……."

의외라는 듯 소녀는 다시 어깨를 으쓱였다.

──그래도 방금 한 말이 거짓이 아니라면 어떻게 된 일일까요?

쿠로카도 직업상 암기해서 낭독할 수 있을 정도로 교회의 성서 를 많이 읽었다. 성서에서 이야기하는 아시엘은 교회에서도 특히 중요한 성자의 이름이었다. 교회의 신에게 이름이 없는 이상, 교 회를 대표하는 이름이라고까지 말할 수 있을지도 모른다.

성자의 대극점에 위치하는 흡혈귀가 그런 이름을 들먹이다니. 마술사가 한 것처럼 비꼬아서 한 말이 아니라면 어떤 의미를 가진 걸까.

수수께끼는 더 깊어졌지만 마술사가 달리기 시작하면서 쿠로카 는 더 이상 생각을 할 수가 없었다.

"──음, 지금 쿠로카 아가씨의 밑에서 일찍이 없었던 사랑의 힘이 높아진 것 같은 느낌이 드는군."

다시 돌아와서, 장소는 자간이 쇼핑을 하던 마을 외곽에 위치한 잡화점.

"고메리 씨, 쿠로카 짱이 어디 있는지 아시나요?"

"도통 짐작이 가지 않지만 느껴진다. 쿠로카 아가씨를 중심으로 지금 엄청난 사랑의 힘의 소용돌이가 만들어지고 있어!"

돌연 진지한 얼굴로 자리에서 일어나는 고메리를 향해 네피는 싸늘한 시선을 보낸다.

"……고메리 님. 지금은 쿠로카 씨를 걱정해야 하니 조용히 해 주실 수 없을까요?"

"요즘 들어 네피 아가씨가 내게 너무 차가운 것 같군."

금방 마음이 상했는지 무릎을 끌어안은 채 웅크리고 앉은 고메리를 네피가 곁눈질하며 말한다.

"발바로스 님께도 감사드려요. 덕분에 우리도 자간 님에게 들키지 않을 수 있었어요."

"너희들 나를 심부름꾼으로 생각하는 것 아니냐?"

발바로스가 찌릿 노려보자 샤스틸이 스커트 자락을 잡고 머리를 숙인다.

"미안하다. 그래도 덕분에 살았어. 감사히 생각하는 건 진심이야, 발바로스."

"윽……, 뭐, 나야 괜찮지만."

샤스틸이 진지한 눈빛으로 올려다보자 그때까지 짓고 있던 험악한 표정은 어딘가로 사라지고 빨개진 얼굴로 고개를 돌리는 발바로스. 신음을 흘리지만 그 시선이 평소와는 다른 샤스틸의 의상을 신경 쓰고 있는 건 명백했다.

——〈아시엘 이메라〉의 의상이 귀엽긴 하죠.

그런데 당사자인 샤스틸은 그 반응의 의미를 모르는 듯 멍하게 있었다.

"내가 또 거슬리는 말이라도 했나?"

"뭐어? 왜 갑자기 그런 말이 나오는 거지?"

"그치만 네가 지금 화를 내고 있잖아?"

"화를 내긴 누가 화를 낸다고 그래!"

"……역시 화난 게 맞잖아."

"아니, 그러니까……."

아무래도 발바로스의 빨개진 얼굴을 화가 나서 그런 거라고 받아들인 모양이다.

그 모습을 보고 네피도 탄식했다.

——샤스틸 씨, 발바로스 님이 너무 가여울 정도예요…….

하긴 지금은 '직무 중'이 아니니까 어쩔 수 없다.

흐뭇하기도 하면서 안타까운 심정으로 쓴웃음을 짓고 있자 네프테로스가 큰소리로 충고를 한다.

"쿠로카가 위험한 상황이잖아. 다들 진지하게 걱정하는 게 어때?"

이제야 제대로 된 말이 나오자 호수인(狐獸人) 소녀의 눈에도 눈물이 맺힌다.

"흐윽, 네프테로스 씨, 고마워."

"괜찮아. 형부……, 자간이 구하러 갔으니까 그냥 믿고 있으면 돼."

"응."

네프테로스의 위로에 호수인 소녀——이름은 쿠우라고 한다——도 다시 마음을 다잡은 것 같다.

그때를 기다렸다가 이번에는 스텔라가 말한다.

"상황은 잘 모르겠지만 내가 들어도 되는 이야기야?"

"네. 스텔라 씨는 자간 님의 누님이시잖아요."

네피가 대답하자 스텔라도 고개를 끄덕였다.

"쿠로카라는 아이는 어떤 아이지?"

"글쎄요……. 간단히 말하면 자간 님의 집사의 따님이에요. 조금 복잡한 사정이 있어서 자간 님도 평소에 걱정을 하고 계셨어요."

"집사! 자간 이 자식, 한동안 못 보던 사이에 제대로 된 생활을 하게 되었군. 이 누나는 정말 기쁘구나……가 아니라 그러면 그 아이를 구해줘야지."

그러더니 자신의 뒤에 웅크리고 있는 소녀 리제트를 향해 시선을 준다.

"응? 그런데 지금 타이밍에 습격을 당했다는 건 혹시 리제트를 노린 놈들과 동일범인가?"

"뭐? 그건 아니지 않냐? 그 자식은 평범한 사람이잖아. 놈들이 노리는 건 아마도 희귀종…… 아."

아무렇지도 않게 대답한 발바로스에게 모두의 시선이 모인다.

"발바로스 님, 이번 사건에 대해 뭔가 알고 계신 거라도 있나요?"

"아——, 아니, 알고 있다고 할까, 자간 녀석에게 강매하고 싶다고 할까…….”

“자간 님께 보수를 드리도록 부탁드릴 테니 부디 말씀해주세요,
발바로스 님.”

“……제길, 오늘은 진짜 재수 없는 날이군.”

네피가 머리를 숙이고 부탁하자 발바로스가 벌레를 씹은 것 같
은 표정을 지었다.

그리고 5년 전과 현재 다시 일어난 사건에 대해 들려준다.

“희귀종 사냥……?”

발바로스의 설명을 들은 네피 일행은 자기도 모르게 목소리를
높인다.

“그래. 지금 고양이 소녀를 데리고 있는 샤크스라는 놈은 그 범
인──〈마왕〉 시어칸의 제자였다. 왜 이제 와서 쫓기고 있는지는
모르겠지만 놈이 말하는 걸 보니 시어칸을 배신했거나 밀고한 것
같더군. 원한을 살 만하지.”

“그런데 왜 그것이 자간 님의 영지에 나타난 거죠?”

이미 같은 〈마왕〉이라도 자간과 분쟁을 일으키려고 하지 않는
다. 반년에 걸친 그의 노력의 성과이다. 그래서 네피를 필두로 **특
별한 사정을 가진** 자들도 평온하게 살고 있는 것이다.

발바로스는 어이없다는 표정을 짓는다.

“왜냐니, 이곳에 얼마나 많은 희귀종들이 모여 있는지 몰라?”

“아…….”

네피의 얼굴이 빨개진다. 굳이 말할 필요도 없는 일이었다.

카트시인 쿠로카뿐만 아니라 하이 엘프인 네피와 네프테로스, 용인 포레, 셀피와 릴리스 같은 류카온 출신의 사람도 있고 고메리와 키메리에스처럼 지금은 멸망하고 없다는 마술사까지 있다.

적이 노릴 이유는 얼마든지 있었다.

발바로스는 벽에 기대서 이야기를 이어간다.

"시기적으로 보면 고양이 소녀의 고향을 멸망시킨 것도 시어칸이겠지. 게다가……."

그렇게 말하며 그의 시선이 향한 곳은 고메리였다.

그러고 보니 어쩐 일로 이 마녀가 창백한 얼굴을 하고 있었다.

──설마 그자가 고메리 님도 노린 적이 있는 걸까요?

마인족도 지금은 끊어지고 없는 혈통이지만 고메리의 반응은 그것과는 다른 것 같았다.

"키메리에스……. 어째 나를 쫓아오지 않는다 싶었더니 그렇게 된 건가."

고메리는 고개를 숙이며 중얼거리더니 갑자기 품에서 거대한 낫을 꺼냈다.

"네피 아가씨, 잠깐 볼일이 생겼다."

"고메리 님?"

평소의 장난스러운 표정이 아니라 귀기서린 표정이었다.

"진정하세요, 고메리 님! 무엇보다 어디로 가시겠다는 거예요?"

"맞아. 범인이 어디 있는지도 모르잖아?"

"윽……."

네피와 네프테로스가 같이 말리자 고메리도 분노를 풀 곳을 잃은 것처럼 걸음을 멈춘다.

네피는 고메리의 손을 잡고 그 눈동자를 똑바로 바라보며 말했다.

"괜찮아요. 자간 님이 있잖아요. 키메리에스 님에게 위험이 닥치고 있다면 자간 님은 절대 저버리지 않을 거예요. 그럴 때의 자간 님은 키메리에스 님의 발보다 빨라요. 그러니까 고메리 님도 믿고 기다려주세요."

지금 고메리를 보내면 분명 좋지 않은 일이 일어날 것이다.

강박관념 같은 직감에 휩싸여서 필사적으로 말리자 고메리도 그 기세에 밀렸는지 고개를 끄덕였다.

"아, 알았다고! 알겠으니까, 너, 너무 가깝잖아, 네피 아가씨!"

"아······, 죄, 죄송해요."

네피가 손을 떼자 고메리는 무릎을 꿇고 가슴을 눌렀다.

"크으, 설마 네피 아가씨에게 이렇게 강제적인 면이 있을 줄이야, 내가 멍청했어. ······아, 이런, 코피가."

다행히 평소의 고메리로 돌아온 것 같다.

하지만 아직은 발바로스의 이야기 말고 다른 단서는 없다. 그 범인이 어디에 있는지, 애당초 정말로 시어칸이라는 〈마왕〉이 맞는지조차 확실하지 않다.

그러나······.

"저기, 범인이 있는 곳이라면 대충 알 것 같은데."

그렇게 대답한 사람은 스텔라였다.

"에?"

"리제트를 노린 놈의 본체를 찾으면 되는 거잖아?"

스텔라는 앞머리를 쓸어올려서 오른쪽 의안을 보여준다.

"이 '눈'에는 마력의 흔적이 실 같은 형태로 보여. 안 그래도 리제트를 습격한 놈에게서 나오는 게 마음에 걸렸는데 이걸 따라가면 범인이 있는 곳에 갈 수 있지 않을까 싶어."

발바로스의 눈이 커다래졌다.

"세상에, 자간 녀석과 똑같은 눈이군!"

"무슨 말이죠?"

"자간에게는 마력의 형태 같은 것이 보이거든. 그래서 놈은 말도 안 되게 복잡하고 섬세한 마술도 아무렇지도 않게 만들 수 있는 거야."

즉 스텔라의 의안에도 동일한 힘이 있다는 말이다.

"그렇다면 확실히 뒤를 쫓을 수 있겠군. 하지만 도착한 곳에 있는 사람이 만약 시어칸이라면 그대로 갈 수는 없어. 같은 방법으로 비프론스가 당했으니까. 대책 정도는 세워뒀을 테고, 무엇보다 〈마왕〉에게 싸움을 걸기엔 준비가 너무 부족하지 않냐?"

비프론스의 이름이 나오자 네프테로스의 얼굴이 살짝 어두워진다. 역시 옛날 주인을 잊는다는 건 그리 간단한 일은 아닐 것이다.

발바로스의 일리 있는 지적에 다른 사람들은 아무 말도 하지 못했다.

그런데 제일 먼저 고개를 옆으로 흔든 사람은 네프테로스였다.

"꼭 정면 대결을 벌일 필요는 없지 않아? 그쪽도 부하를 보내고 본인은 안전한 곳에서 보고 있으니까 우리도 똑같이 안전한 곳에서 공격하면 되잖아."

"그치만 어떻게……."

네피가 우려를 표명하자 네프테로스는 어이없다는 표정을 지었다.

"네페리아의 신령 마법이 있잖아. 이럴 때 사용하지 않고 언제 사용할 생각이야?"

벼락이라도 맞은 것 같은 기분이었다.

마법과 신령 마법 모두 하늘에서 내려온 것 같은 힘이다. 스스로 손에 넣은 것이 아니라 빌린 것이나 마찬가지인 힘이기 때문에 네피는 그 힘을 적극적으로 사용할 생각을 하지 않았다.

──그렇지만 자간 님과 쿠로카 씨의 힘이 될 수 있다면…….

한번 해볼 가치는 있을지도 모른다.

하지만 이 힘을 경원시해왔다 보니 한 가지 문제가 있었다.

"제가 과연 그런 일을 할 수 있을까요. 제가 신령 마법을 사용할 수 있었던 건 눈동냥으로 터득해서 딱 한 번 한 것뿐이에요."

"그건 걱정하지 않아도 돼. 세세한 제어는 내가 해줄 테니까. 화력은 네가 더 위니까 마음껏 휘두르기만 하면 돼."

그건 이 자매가 진정한 의미로 서로 손을 잡은 순간인지도 모른다.

──여기서 꽁무니를 빼면 언니 체면이 말이 아니겠죠.

네피는 힘껏 고개를 끄덕였다.

"알겠어요. 제게 맡겨주세요, 네프테로스."

자매가 서로 마주 보며 고개를 끄덕이자 스텔라가 말한다.

"잠깐 할 말이 있는데. 마력의 실이 보인다고 했는데 이상하게 너무 많이 보인단 말이야. 어쩌면 백 개 이상이나 될지도 몰라. 이 것도 어떻게 해둬야 하는 것 아닐까?"

"어떻게 하다니, 네가 못하는 거냐?"

발바로스의 말에 스텔라는 머리를 옆으로 흔든다.

"〈의안〉의 힘이기 때문에 어쩔 수 없어. 난 볼 수는 있어도 만질 수는 없거든."

"본다……? 흐음. 그럼 네 시야를 다른 사람과 공유할 수는 없나?"

뭔가 생각난 것처럼 고메리가 말했다.

"공유라……음, 불가능하진 않을지도 모르지만 난 마술사로서 는 아직 신출내기야. 때리는 것 말고는 별다른 재주도 없고 내 시 야를 다른 사람에게 맡기는 마술 같은 건 알지도 못해. 어려울 것 같은데."

"불가능하지 않다면 할 수 있다. 지금 이 자리에는 전(前) 마왕 후보와 〈마왕〉의 제자가 네 명이나 있어. 시야를 조정하는 마술 정도는 당장이라도 만들 수 있지."

전(前) 마왕 후보 고메리와 발바로스, 그리고 〈마왕〉의 직계 제 자라면 스텔라와…….

"어, 나도?"

네프테로스가 깜짝 놀라서 눈을 동그랗게 뜬다.

"신령 마법은 너만 가진 장점이지 않아?"

"……알았어. 어디까지 할 수 있을지는 모르겠지만."

듬직한 여동생의 모습에 네피는 가슴을 눌렀다.

──나도 자간 님에게 초보적인 마술은 배웠는데…….

하지만 절망적이게도 익히는 속도는 느리다.

자간은 충분히 **빠르다**고 말해줬지만 고메리와 발바로스, 포레에 비하면 발끝에도 미치지 못한다. 반년 안에 따라잡을 수 있을 거라는 게 오만한 생각이겠지만 이런 상황에서 도움이 되지 못하는 자신이 미치도록 부끄러웠다.

바로 그때 옆에서 네피와 똑같이 풀이 죽어서 손가락만 꼼지락거리고 있는 친구의 모습이 눈에 들어왔다.

"샤스틸 씨, 왜 그러고 있으세요?"

"아니, 그게, 마술 이야기가 나오니까 하나도 따라갈 수가 없잖아. 그런 내가 좀 한심한 것 같아서……."

마술사들의 대화에서 성기사가 소외감을 느끼는 것도 무리는 아니다.

똑같은 고민에 네피 역시 쓴웃음을 짓는 것 말고는 아무것도 할 수 없었다.

──그렇지만 반드시 도움이 되어 보이겠어요!

스텔라가 말한 것처럼 이건 불가능한 일이 아니다. 이루어낼 기술은 분명 존재하고 그것을 행사할 수 있는 사람도 있다.

다만 그 모든 조각들이 하나도 빠지지 않고 이 자리에 모인 건 기적 같은 행운이었다.

◇

"——어이, 거짓말이지⋯⋯. 왜 아무도 없는 거냐?"

마왕전으로 도망친 샤크스는 아연실색해 있었다.

큐아노에이데스의 지하 동굴. 벽면이 그대로 성벽을 이루고 있는 오래된 유적이다.

정면 앞은 중정 같은 공간으로 이루어져 있고 그곳에는 문을 지키는 것처럼 고메리의 인조생물(골렘)이 자리를 잡고 있었다. 평소라면 마술사와 연락용 사역마들이 이곳을 바쁘게 돌아다니고 있을 터였다.

이곳이라면 고메리를 필두로 하는 간부와 다른 마술사들도 있고 주인인 자간의 거성에서도 가깝기 때문에 도망쳐온 것인데 지금은 텅텅 비어 있다.

도와줄 사람들이 없다면 이곳은 막다른 골목과 다를 바가 없다. 샤크스의 연구소를 뒤지면 무기가 될 만한 것들은 제법 있겠지만 대량의 불사자를 상대로 도움이 될진 의문이다.

——제길, 난 왜 이렇게 운이 나쁜 거지!

사실 샤크스의 판단을 잘못되지 않았다. 평소라면 고메리에게 도움을 요청할 수 있었고 거기서 나아가 자간에게 구조를 요청하는 것도 간단하다.

그러니까 이 남자는 정말 어떻게 할 방법이 없을 정도로 운이라고 할까 재수가 없는 것이다.

이 상황을 알리는 편지는 포레에게 받았지만 샤크스는 그 편지를 주머니에 넣어둔 채 아직 읽지 않았다. 막 읽으려고 할 때 불사자의 습격을 받았기 때문이다.

"야옹······."

그리고 더 불운하게도 자기보다 더 운이 나쁜 고양이를 안고 있다.

상황을 모르는 건지, 충격을 받은 샤크스를 보고 알시에라가 미소를 짓는다.

"**톤투** 씨, 목적지에 도착한 것 아닌가요? 어서 문을 열어주세요."

아무리 그래도 〈마왕〉의 거점이다. 문을 열려면 자간의 부하인 마술사의 인증이 필요했다. 이 문을 외부인이 열려고 하면 그 즉시 함정이 발동된다.

이 흡혈귀 소녀도 그 정도는 알고 있을 것이다.

──차라리 안에 틀어박혀 있는 게 더 나으려나.

어쩔 수 없이 소녀를 바닥에 내려놓은 다음 문에 손을 올린다.

문에는 자물쇠나 빗장은 말할 것도 없고 열쇠 구멍조차 보이지 않았지만 손을 대자 놀랍도록 치밀하고 복잡한 '회로'로 이루어진 마법진이 떠올랐다. 이 '회로'는 퍼즐과 비슷해서 정해진 순서대로 해체하지 않으면 문은 열리지 않는다.

마법진의 표면을 손가락으로 몇 번 덧그리자 철컹 하는 딱딱한 소리가 울리더니 문이 해제되었다.

──문 하나 잠그는 데 이렇게 복잡한 '회로'를 사용하다니.

역시 〈마왕〉은 다르다고 할까, 자간은 부하 한 명, 한 명의 마력까지 구분해서 마법진을 짠다. 이 정도면 이미 인류와는 다른 감각기관을 가지고 있는 게 아닐까 하는 의심이 들 정도다.

감탄과 황당함이 뒤섞인 감정을 느끼며 문을 열자 알시에라가 문 안으로 훌쩍 미끄러져 들어갔다.

"서두르는 게 좋을 거예요. 벌써 다 따라잡혔거든요."

"뭐……?"

뒤를 돌아보니 그림자 같은 불사자들이 중정으로 밀려들어 오려 하고 있었다.

——무슨 수가 이렇게 많아!

열이나 스물 정도가 아니다. 어둠까지 더해져서 이미 수를 헤아리기도 힘들 정도다.

검은 고양이는 알시에라가 안고 있다. 샤크스도 머리를 감싼 채 마왕전 안으로 몸을 날렸다.

서둘러 문을 닫자마자 소름 끼치는 비명이 들려온다.

"쿡쿡, 역시 은안의 왕의 함정은 다르네요. 침입자에게는 아주 가차 없군요."

아무래도 문 너머에는 〈마왕〉이 설치한 요격 함정이 맹위를 떨치고 있는 것 같다.

하지만 알시에라의 얼굴은 말처럼 여유가 있는 것처럼 보이진 않았다. 그리고 샤크스가 물어볼 틈도 없이 총총걸음으로 걷기 시작한다.

"이쪽이에요."

"이쪽이라니. 너 이곳에 와본 적이 있어?"

"마르코시어스가 성주였을 때 딱 한 번 초대 받아서 와본 적이 있어요. 아주 옛날 일이지만요."

이 마왕전은 선대 〈마왕〉 마르코시어스의 거성인데 그가 붕어한 지 아직 1년도 지나지 않았다. 이 흡혈귀가 언제 이곳에 왔었는지는 알 길이 없었다.

망설임 없는 발걸음으로 앞을 향해 걸어가는 알시에라를 샤크스가 불러세운다.

"어이. 어디로 가는 거지? 그쪽에는 서가 말고는 없는데. 그 외에는……."

"그렇지 않으면 묘지겠죠. 그것으로 충분해요."

이 마왕전은 광대하다. 자간조차 아직 전모를 파악하지 못했다고 한다.

그래도 알시에라가 향하는 곳에 있는 것은 표면적으로는 서가와 묘지 같은 기묘한 장소뿐이었다.

"묘지 따위에 뭐가 있다고 그러는 거지?"

"……글쎄요. 일단은 제 관이 있겠죠."

──연구실로 가는 것보다는 희망이 있는 건가?

아마 외부의 함정도 오래 버티지는 못할 것이다.

이곳의 함정은 숙련된 마술사를 염두에 두고 만들어졌지 끝없이 튀어나오는 어중이떠중이 군대는 염두에 두지 않았다. 용도가 다른 함정이 효과를 충분히 발휘하는 건 쉽지 않은 일이다. 그 함정이 벌어주는 귀중한 시간 동안 갈 수 있는 곳은 얼마 되지 않았다.

하지만 갑자기 나타난 이 흡혈귀를 어디까지 신용할 수 있는가.

샤크스는 경계하면서 묻는다.

"혹시 마르코시어스와 친분이 있는 사이인가?"

"친분이라고 할 것까지는 없어요. 나는……아니, 우리 남매라고 해야 할까요. 대대로 내려오는 성주와 조금 안면이 있는 것뿐이에요."

꽤 의미심장한 대답에 샤크스는 생각에 잠긴다.

──굳이 말을 고쳤다는 건 오빠인지 남동생인지 하는 사람과도 관계가 있다는 뜻일까?

그러나 선대 성주인 마르코시어스는 말년에는 제자도 여자도 곁에 두지 않은 것으로 유명하다.

게다가 대대로라니, 마왕전은 무려 천 년 동안 마르코시어스의 거성이었다. 현재 소유자인 자간 외에 다른 성주가 있긴 한 걸까?

오히려 의문만 더 늘어난 것 같았지만 그 사실을 가르쳐준 걸 보면 일단 이 소녀도 우호적으로 행동해주고 있는 것 같다.

현관홀에서 나선형 계단을 올라가자 무수한 서가가 늘어서 있는 커다란 방이 나왔다.

알시에라는 그곳에 가득한 지식의 보고에는 눈길 한 번 주지 않고 더 안쪽으로 들어간다.

그 순간 현관홀에서 무언가 부서지는 소리가 났다.

"어머, 벌써 돌파된 모양이네요. 이거 우리, 궁지에 몰린 것 아닌가요?"

"지금 그런 말을 할 때냐! 큰일이라고. 어떻게 할 생각이지?"

역시 심적인 위안에 지나지 않는다 해도 연구실로 갔어야 했나.

알시에라는 갈팡질팡하는 샤크스를 보고 어이없다는 표정을 지었다.

"무기라면 빌려드렸을 텐데요."

그렇게 말하며 가리킨 것은 아까 준 교회의 지팡이였다.

"이딴 막대기가 무슨 도움이 된다고 그래?"

"……하아. 그건 비밀 장치가 되어 있는 칼이에요. 불사자에게는 성검이 아주 효과적이죠."

그 말을 듣고서야 깨달았다.

지팡이에는 작은 틈이 있고 뽑아보니 단검이 들어 있었다.

——당연히 성검이라면 마음 든든하겠지만 이건 나이프잖아.

절반 정도 꺼내보자 마치 거부하는 것처럼 전기 같은 것이 흘렀다.

"아앗?"

"……그렇게 화내지 말고 지금은 조금 협력해주세요——."

알시에라가 그렇게 말을 건네자 신기하게도 단검에서 흐르던 전기가 사라졌다.

"뭘 어떻게 한 거지?"

"어머, 흡혈귀가 교회의 신성한 무기에 뭔가 할 수 있을 거라고 생각하는 거예요?"

도대체 이 소녀는 정체가 뭘까.

하지만 그것을 보고 가장 경악한 건 검은 고양이였다. 진홍빛 눈동자가 흘러내릴 정도로 눈을 커다랗게 뜨고 있다.

그렇게 걸어가는 동안 넓은 방을 지나 황폐한 공간으로 들어섰다.

건물 안인데도 바위로 만들어진 방. 그곳에는 튼튼한 사슬로 묶인 관 하나가 놓여 있었다.

샤크스는 이 방에 들어와본 적이 없지만 언뜻 보인 관의 뚜껑에는 투박하게 생긴 십자가와 비문 한 줄이 새겨져 있는 것 같았다.

뭐라고 적혀 있는지 읽어보려고 했지만 아쉽게도 그럴 시간은 없었다.

"제길, 결국 온 거냐."

수많은 불사자들이 서가를 쓰러뜨리면서 기어온다.

지팡이에서 단검 한 자루를 뽑아들고 검은 고양이에게 말했다.

"쿠로스케는 착한 아이이니까 그 녀석과 같이 있을 수 있지? 난 잠깐 일 좀 하고 오마."

알시에라의 말에 따르면 불사자에게 조금은 효과가 있다는 것 같지만 혼자 어떻게 할 수 있는 상황이 아니다. 그래도 이 검은 고양이 앞에서는 강한 척하고 싶었다.

◇

"자, 요정님도 일을 하러 갔으니 당신과도 여기서 작별 인사를 해야 할 것 같네요."

소녀──알시에라는 걸음을 멈추더니 쿠로카를 들어 올려서 얼굴을 보면서 말했다.

작은 방에 들어온 것 같았는데 이곳에서 느껴지는 건 동굴처럼 차갑고 습한 공기였다. 조금 전까지만 해도 건물 안을 걷고 있는 것 같았는데.

주위 상황을 제대로 파악하지 못하는 쿠로카에게 알시에라는 말을 건넨다.

"마지막으로 조언 하나 할게요. 당신의 몸에 일어난 그 일은 재앙이 아니에요."

소녀는 고양이를 상대로 그렇게 말하더니 자신의 이마를 쿠로카에게 대고 문질렀다. 그러자 심장 소리조차 느껴지지 않는 소녀에게서 감정이 전해져오는 것 같은 기분이 들었다.

마치 어머니 같은 자애로움.

——이 사람은 도대체 누구일까요……?

왜 얼굴도 모르는 쿠로카를 이렇게 생각해주는 걸까?

"카트시는 이 세상에서 가장 축복 받은 요정의 이름이에요. 불운을 행운으로 바꿔주고 그 모습을 본 사람에게 행복을 주죠. 당신은 바로 그런 사랑 받은 존재랍니다."

——행운을 가져다준다구요? 내가?

자기 입으로 말하는 것도 좀 그렇지만, 쿠로카는 행운과는 대척점에 있는 사람이다. 가능한 한 신경 쓰지 않으려고 하지만 아무것도 없는데 발이 걸려서 넘어지거나 맑은 날에도 비가 내리는 등, 평범한 사람은 맞닥뜨리기 힘든 재난을 매일 몇 번이나 당하고 있다.

그리고 이건 시력을 잃기 전의 이야기이다.

당연히 카트시라는 종족에게 그런 힘이 있다는 이야기도 들어본 적 없다.

그런데도 소녀는 확신이 있는 것처럼 말을 이어간다.

"그러니 기도하도록 하세요. 자신의 행운을. 도와주고 싶은 사람에게 행복이 있으라고. 그러면 분명 당신이 원하는 기적을 불러일으킬 수 있을 거예요."

그렇게 속삭이더니 쿠로카를 가만히 바닥에 내려놓는다. 발바닥으로 전해져오는 건 바닥의 감촉이 아니라 투박한 바위였다.

쿠로카는 '야옹'이라고 대답하지도 못한 채 멍하게 눈을 깜빡거린다.

그리고 알시에라는 쿠로카를 놔두고 더 안쪽으로 가버렸다. 조금 후에 사슬 같은 것을 뜯어내는 것 같은 금속음이 울려 퍼졌다.

――제가 뭘 할 수 있다는 거죠……?

알시에라는 쿠로카를 행운의 전달자처럼 불러줬지만 당치도 않다고 생각한다. 쿠로카는 태어날 때부터 지금까지 계속 불운의 연속인 인생을 살아왔기 때문에 지금 방 밖에서 마술사가 겪고 있는 재난도 자신이 끌어당긴 건 아닐까 하고 생각할 정도였다.

――그야 오빠와 네피 님에 비하면 괜찮은 편인지도 모르지만요…….

모든 것을 다 잃은 줄 알았는데도 의외로 쿠로카를 도와주는 사람은 많이 있었다. 그저 자기 혼자만 잃어버렸다고 생각하고 있던 것뿐이었다.

그렇지만 지금 그 행운에 매달려봤자 아무 소용도 없을 것이다.

릴리스와 셀피는 각자의 역할이 있고 아무리 오늘이 〈아시엘 이메라〉라고 해도 자간이나 네피가 운 좋게 이 거리에 와 있을 가능성도 낮다. 애당초 〈아시엘 이메라〉라는 축제를 모를 가능성이 더 높다.

샤스틸과 교회의 성기사들도 축제 진행으로 정신없이 바쁠 터. 설사 불사자의 존재를 알아차렸다 해도 마왕전 안까지 달려오는 건 불가능하다.

앞으로도 뒤로도 가지 못하는 쿠로카의 앞발에 딱딱한 물체가 툭 하고 닿았다.

쿠로카의 특수 장치가 된 지팡이 〈천무월〉이다.

샤크스는 두 자루가 들어 있는 줄 몰랐는지 아직 한 자루가 더 남아 있었다.

지팡이를 살짝 핥아본다.

——기도해봤자 뭐가 달라진다는 거죠…….

그래도 쿠로카가 할 수 있는 건 기도하는 것밖에 없다.

인간의 모습으로 돌아가고 싶어. 샤크스에게 5년 전 일에 대해 물어보고 싶어. 내가 돌아오기를 기다리고 있는 쿠우와 릴리스를 비롯한 다른 친구들을 만나고 싶어.

하지만 지금 가장 원하는 건…….

——나는…….

바로 그때였다.

『——그대는 저승길을 관장하는 자——.』

어디선가 그런 노래가 들려왔다.

──노래……?

예전에 쿠로카가 샤스틸과 대치하고 있었을 때, 네프테로스가 불렀던 노래와 아주 비슷하다.

아니, 다르다. 네프테로스의 목소리다. 그리고 하나 더, 네피의 목소리도 섞여 있는 것 같긴 하지만.

──왜 이런 곳에……?

이곳은 지하 깊은 곳이다. 지상의 빛이 닿지 않는 것처럼 소리도 닿을 리 없다.

그런데 신기하게도 이것이 그녀들이 부르는 노래라는 것을 알 수 있었다.

──그때와 똑같아요.

의붓아버지인 라파엘의 원수를 갚으려고 했다가 실패해서 공격이 막히는 바람에 아무 생각도 할 수 없게 되었을 때, 그 노래가 들렸었다.

울면서, 괴로워하면서, 그래도 친구를 도와주고 싶어 하는 네프테로스의 마음이 전해져서 쿠로카는 다시 한 번 검을 쥘 수 있었다.

그리고 깨닫는다.

노래는 쿠로카의 단검에서 울려 퍼지고 있었다.

──그래요. 당신은 늘 나와 함께 있어줬군요.

절망해도, 길을 잘못 들어도, 눈의 빛을 잃어도, 라파엘을 잃어도, 그 어느 때에도 쿠로카에게 걸을 수 있는 힘을 준 건 이 단검이었다.

다시 한 번 단검을 핥는다.

"다시 힘을 빌려줄 수 있나요, 〈천무월〉. 당신의 나머지 반쪽을 가지고 있는 사람을 도와주어야만 해요."

5년 전의 진실――반드시 그것을 물어보고 싶다.

그렇지만 지금 쿠로카가 해야 하는 일은 검은 고양이의 모습으로 변해서 다시 자신의 발로 걷지도 못하게 된 쿠로카를 계속 안고 다니며 버리지 않고 지켜준 그 서툰 마술사의 은혜를 갚는 것이다.

――아뇨, 내가 그렇게 하고 싶어요!

앞으로 내민 손은 신기하게도 단검을 잡을 수가 있었다.

그리고 다음 순간에는 달리고 있었다.

"어머, 성격이 그렇게 급해서야. 숙녀가 그런 **칠칠맞지 못한** 모습으로 달리면 안 돼요……?"

소녀가 뒤에서 못 말리겠다는 듯 무슨 말인가 중얼거린 것은 알아차리지 못한 채.

◇

"아――……. 이건 죽겠는데."

샤크스는 자신의 역량을 넘어서 최선을 다했다.

밀려드는 불사자 무리를 서툰 마술과 작은 단검, 그리고 한심한 잔재주로 간신히 막아냈다.

하지만 쓰러지자마자 그 시체에서 다음 불사자가 솟아나온다.

처음에 밀려든 무리는 그럭저럭 막아서 버텨냈지만 그 후에는 힘이 다하는 바람에 지금은 벽에 기대서 고개만 간신히 들고 있는 한심한 상황이었다. 이젠 일어날 기력도 남아 있지 않았다.

그렇게 늘어나는 불사자 중에 낯익은 얼굴 하나가 보였다.

고양이와 똑같이 세모난 귀를 가진 묘령의 여인이다.

"넌 5년 전의 마을에 있었던……?"

샤크스에게 유일한 생존자인 소녀를 맡긴 여인이다.

──즉, 이 불사자들은 모두 시어칸이 죽인 사람들이라는 건가……?

그렇다면 너무 소름끼치는 일이다. 역시 《호랑이의 왕》──악수(惡獸)의 왕이라는 이름은 그냥 붙여진 게 아니다.

『쿠로, 카……내, 사랑하는, 아기, 쿠로카…….』

잠꼬대처럼 반복하고 있는 건 그때 그 소녀의 이름인가.

──어라? 쿠로카라, 어디선가 들어본 적 있는 이름인데…….

그 답을 찾아내기 전에 불사자는 샤크스를 향해 기어온다.

도망치려고 해도 발이 움직이지 않는다.

"하아……. 역시 성격에 맞지 않는 일은 하는 게 아니었어."

한심한 마술사 샤크스는 분수에 맞지 않는 보호 본능을 품은 바람에 죽는 것이다. 더러운 자신이 이제 와서 고양이 한 마리를 지켜봤자 아무 속죄도 되지 않는데.

바로 그때였다.

『──위초(葦草)를 불어서 영지(英知)와 지략을 전하는 자──.』

어디선가 노래가 들린다.

그리고 손바닥이 뜨거워졌다.

열의 정체는 오른손에 쥔 단검이었다.

──그 소녀가 이 검을 주인에게 돌려주라고 했던가?

이제 와서 얼굴도 제대로 기억나지 않는 사람에게 어떻게 돌려주란 말인가. 부탁할 사람을 잘못 골랐다고 그냥 포기하라고 하는 수밖에 없다.

그렇게 생각하며 샤크스는 혀를 찬다.

"아──……. 젠장, 그러면 곤란하지."

이 불사자들이 시어칸이 죽인 사람들이라면 그때 살아남은 소녀도 노리고 있다는 뜻이 된다. 알시에라도 그 비슷한 말을 넌지시 비추었다.

"……어쩔 수 없지. 조금 더 발버둥 쳐보는 수밖에."

이런 일이 속죄가 될 거란 생각은 하지 않는다.

그래도 이미 생각나고 말았다. 자신의 생명은 별 가치가 없지만 이런 곳에서 그냥 버려도 되는 것도 아니다.

──어차피 죽는다면 그때 그 꼬맹이 손에 죽어야지.

온갖 욕설을 다 듣게 될 것이다. 소녀가 쏟아내는 증오를 다 뒤집어쓰고 죽임을 당하게 될 것이다.

──그래도 그것으로 충분해.

이 단검은 그 일을 위해 꼭 필요하다.

그래서 그때 그 꼬마가 한을 풀고 미래를 향해 살아갈 수 있게 된다면 샤크스는 고작 한 번이긴 하지만 처음으로 속죄를 하게 되는 것이다.

그러니 일어나야만 한다.

여기서 죽으면 이번에는 뒤에 있는 흡혈귀……는 그렇다 쳐도 검은 고양이에 대한 죄까지 늘어나게 된다.

남은 힘을 다 쥐어짜내서 일어났을 때였다.

"으앗?"

그런 샤크스의 뒤에서, 지금껏 지켜온 문이 날아간 것이다.

손에서 단검이 빠져나간다.

──난 왜 이렇게 운이 나쁜 거지……?

마지막의 마지막 순간에 이렇게 한심한 최후를 맞이하게 될 줄은 몰랐다.

허공으로 날아간 단검을 눈으로 쫓는데 그 검자루를 새하얀 손이 잡았다.

"에……?"

그것은 검은 드레스로 몸을 감싼 소녀였다.

알시에라는 아니다. 그 흡혈귀는 아니지만 똑같은 드레스였다.

머리 위에는 세모난 고양이 귀. 그런데 머리 옆에도 인간과 똑같은 귀. '네 개의 귀'를 가진 묘수인 소녀다. 소녀의 손에는 단검

한 자루가 더 들려 있었는데 그 단검은 성검처럼 눈부신 빛을 발하고 있었다.

바로 위에서 덮쳐오는 불사자를 왼손의 단검으로 베어버리고 오른손으로 받아낸 단검을 역수로 쥐고 다음 불사자의 목을 찌른다.

──멍청한 놈! 그런 식으로 찌르면 무기가 쓸모없어지잖아!

샤크스의 우려가 민망하게, 소녀는 그 자리에서 몸을 비틀더니 한 바퀴 회전을 했다. 칼날의 방향을 거스르지 않은 상태에서 힘이 더해진 단검은 시체에서 슥 빠져나오더니 다음 표적을 향해 뱀처럼 달려갔다.

마치 단검이 몸의 일부라도 되는 것처럼, 소녀는 사정거리 안에 들어온 불사자들을 유린해나간다.

불사자를 쓰러뜨릴 때마다 검은 스커트가 나부껴서 마치 춤을 추는 것 같았다.

──강하다.

자간의 집사인 라파엘과 성기사장인 샤스틸에 비견될 정도……, 아니, 어쩌면 그 이상일지도 모른다.

심지어 단검에 베인 불사자는 흐물흐물 녹기 시작하더니 머지않아 치명상으로 목숨을 잃었다.

그뿐만 아니라 단검으로 죽인 시체에서는 다음 불사자가 기어나오지 않았다.

샤크스가 휘둘렀을 때는 저 정도의 힘은 발휘되지 않았다. 한 쌍으로 휘둘러야만 하는 걸까, 아니면 소녀가 원래 주인이기 때문일까.

마침내 샤크스 안에서 점과 점이 이어졌다.

──그래. 교회에 묘수인 사제가 왔다는 이야기가 있었지.

성기사는 아니지만 어떤 이유에서인지 자간에게 경호 대상이라는 명령을 받은 소녀다. 류카온 출신의 카트시인데 눈이 보이지 않는다고 했다. 그리고 그 사제의 이름은 쿠로카 아델하이드라고 했다.

문제를 일으키지 말라는 의미로 받아들여서 멀리서밖에 본 적이 없는데…….

──바로 옆에 있었어──.

이제야 알시에라가 한 말의 의미를 이해할 수 있었다.

별일 아니다. 5년 전에 주웠던 여자아이는 교회에서 싸움에 투신했고 같은 마을의 같은 교회에 있었던 것이다.

검은 폭풍처럼 불사자들을 사냥하는 소녀의 앞을 고양이 귀를 가진 여인이 막아선다. 5년 전, 샤크스에게 자신의 딸을 맡긴 여자다.

그녀가 누구인지 알고 있는지, 소녀는 이를 악물었다.

"엄마──!"

여자를 향해 단검을 치켜드는 것을 보고 정신이 들었을 때, 샤크스는 이미 뛰쳐나가고 있었다.

"어──?"

필살의 단검은 허무하게도 허공을 베어버렸다.

뒤에서 샤크스가 끌어안았기 때문이다.

그때까지 늠름하게 춤추던 모습은 어디로 가고 소녀는 당황한 목소리로 외쳤다.

"히익, 아앗, 무, 무무무슨 짓이에요?"

"미안하지만 이건 내가 할 일이다."

──자식이 부모를 죽이는 천인공노할 짓은 나 같은 놈이나 하는 짓이다.

설령 그 상대가 이미 살아 있지 않다고 해도 말이다.

어차피 진흙 같은 죄를 뒤집어쓴 몸이다. 짊어질 죄가 하나 더 늘어난다고 해서 곤란할 사람은 없다.

──보스라면 죽이지 않고 어떻게든 할 수 있을 텐데…….

몇 개월 전, 선상에서 열렸던 파티. 그 장소에서 가엾게도 산 제물로 바쳐진 다크 엘프 소녀를 그 〈마왕〉은 죽이지 않고 구해 보였다.

하지만 범인(凡人)인 자신은 죽이는 것 말고는 다른 방법이 없다.

하는 수 없이 마력을 실은 수도(手刀)를 찔러 넣으려고 했을 때였다.

"그동안 잘 지키고 있었어요."

쿵 하는 둔탁한 소리와 함께 묘수인 여인이 멀리 날아갔다. 자세히 보니 쇠로 만들어진 관이 여인에게 날아가 부딪친 것이었다.

그리고 뚜껑에 새겨져 있는 비문이 시야에 들어온다.

──사랑하는 내 여동생의 탄생을 축하하며(아시엘 이메라)──.

관에 새기기엔 적합하지 않은 비문. 하지만 왠지 필연이라고 납득하게 되는 한 문장.

그 충격으로 뚜껑이 열리고 안에서 상자 모양의 쇳덩어리 두 개가 튀어나왔다.

가늘고 긴 그 쇳덩어리는 성인 남성의 아래팔 정도 되는 크기였는데 한쪽에는 석궁 같은 손잡이가 다른 한쪽 끝에는 손가락 정도 되는 구멍이 뚫려 있었다. 손잡이 옆에는 방아쇠처럼 생긴 돌기도 있어서 얼핏 보면 역시 석궁과 비슷하지만 활의 기구는 탑재되어 있지 않았다.

한 번도 본 적 없는 무기. 하지만 샤크스에게는 낯익은 무기.

——틀림없어. 저건……!

그것을 작은 손이 잡는다.

알시에라다. 그녀의 겉모습 그대로의 근력이라면 두 손으로 들어 올릴 수 있는 정도의 무게를 가진 그 무기를 한 손에 하나씩 잡았다.

"그동안 잘 지냈나요, 〈슈테른〉, 〈몬트〉, 나의 '천사 사냥꾼'들. 잠에서 깨어난 기분은 어때요?"

소녀는 느긋하게 말을 걸더니 '그것'을 들어서 입을 맞춘다.

그러고 있는 동안 묘지로 이어지는 통로에는 불사자들이 넘쳐나고 있었다.

소녀의——쿠로카의 검과 기술은 굉장하지만 백이 넘는 불사자가 증식하는 게 더 빠르다. 게다가 샤크스가 방해를 하는 바람에 쿠로카가 쓰러뜨린 수도 이미 보충이 되었다.

알시에라는 그런 불사자 무리를 향해 쇳덩이 두 개를 들이밀었다.

그것을 본 샤크스는 공포에 질렸다.

"엎드려!"

"어?"

생각하기도 전에 소녀를 바닥에 쓰러뜨린다.

그리고 알시에라는 방아쇠를 당겼다.

샤크스는 알고 있다.

저 쇳덩어리——'천사 사냥꾼'에서는 작은 쇠구슬이 발사된다. 화살보다 훨씬 빠르고 마술사의 눈으로도 제대로 보지 못할 정도의 속도로.

당연히 불사자들이 그것을 제대로 볼 수 있을 리 만무하니 선두에 있던 자의 가슴에 두 개의 구멍이 뚫렸다.

그 가여운 불사자를 중심으로 **어둠**이 터졌다.

무언가를 꾹 눌러서 찌부러뜨리는 듯한 소리와 함께 검은색 구체가 발생한다. 그 크기는 묘지와 서가를 잇는 통로를 완전히 막을 정도다.

검은 구체는 눈 깜짝할 사이에 퍼졌다.

구체가 사라진 후에는 아무것도 남지 않았다. 구체에 닿은 바닥과 천장은 절구 모양으로 파이고 그곳에 있던 불사자들은 어디에도 보이지 않는다.

무엇보다 무서운 건 완전히 집어삼켜지지 않은 불사자의 모습이었다.

구체에 닿은 부분만 파인 건 벽이나 바닥과 마찬가지지만 그 상처에서 출혈은 없고 썩은 나무처럼 후드득 무너져 내렸다.

"5년 전과 똑같아……."

이름도 모르는 그 청년이 사용한 힘. 인간의 인지를 뛰어넘는 이 속도와 파괴력 앞에 〈마왕〉 시어칸 정도 되는 마술사조차 속수무책으로 당했다.

이제는 알 수 있다.

――이건 자간의 〈천린〉과 똑같다.

〈마왕〉의 야회(夜會)에서 본 '진흙의 마신'마저 불태워 없애는 금주. 게다가 알시에라의 무기는 〈천린〉의 사정거리와 효과 범위, 관통력 같은 결함을 완전히 극복했다.

지금 이곳에서 무슨 일이 일어났는지 제대로 이해하고 있는 건 샤크스를 제외하면 그것을 쏜 알시에라 정도밖에 없을 것이다.

불사자만이 아니라 쿠로카까지 어안이 벙벙한 채 굳어 있다.

알시에라는 '천사 사냥꾼'의 방아쇠를 다시 당긴다.

쇳덩어리 속에서 소규모 폭발이 일어나고 탄환이라고 불러야 할 검은 구슬이 사출된다. 그와 동시에 상자 모양의 덮개가 뒤로 슬라이드, 연기를 내뿜는 선단이 튀어 올랐다.

두 번째를 보고서야 깨달았다. 쇳덩어리에서 배출된 것은 탄환만이 아니라 금속으로 된 작은 통이었다. 그리고 통의 표면은 현기증이 날 정도로 세밀한 주문과 마법진으로 가득 채워져 있다.

탄환은 다시 일어나는 불사자를 관통하고 어둠의 구체를 발생시킨다.

두 번째 소실.

불사자들에게 공포라는 감정이 있는지는 확실하지 않지만 그래도 그 쇳덩어리가 자신을 향하면 이렇게 된다는 사실은 알 수 있을 것이다.

『히기…….』

누군가 비명 같은 소리를 지르자 마중물이 된 것처럼 불사자들은 등을 돌리고 도망치기 시작했다.

하지만 두 발째 탄환을 쏘는 동안 알시에라 역시 아무것도 하지 않고 있는 건 아니었다.

그 구체는 도중부터 풀어진 실처럼 그 형태를 바꾸더니 벽과 바닥을 따라 불사자들의 발밑을 향해 뻗어간다. 실처럼 그림자가 퍼지는 모습은 왠지 거미줄과도 비슷해 보였다.

"가엾긴 하지만 도망치게 놔둘 순 없죠."

그 말과 함께 거미줄 같은 그림자에서 검은 말뚝과 사슬이 튀어나온다.

『갸악.』

말뚝과 사슬에 꿰뚫린 불사자들은 그 자리에 못 박혀서 다른 불사자들의 앞을 가로막는 장해물이 되어버린다. 그래도 도망치려고 밀려드는 불사자들은 멈추지 않아서 밀치락달치락하다가 다같이 쓰러지는 꼴이 되고 말았다.

그것은 무방비한 표적과 다를 바 없었다.

흡혈귀는 무자비하게도 세 번째 탄환을 발사한다.

정신없이 도망치던 불사자들은 이 세상에서 영원히 소멸되었다.

——싸우는 데 아주 익숙하군.

어쩌면 그림자에서 나온 사슬 자체도 '천사 사냥꾼'을 효과적으로 운용하기 위한 도구인지도 모른다.

그래도 고작 세 발이다. 고작 세 발로 불사자들의 절반 이상을 소멸시켰다.

——이건 그럴 마음만 있으면 얼마든지 쏠 수 있는 건가?

그렇다면 자간의 〈천린〉까지 능가하는 파멸의 힘이다. 선상 파티에서 본 괴물도 간단히 처리할 수 있을 것이다.

동시에 의문이 생긴다.

——이런 힘이 없으면 맞서 싸우지 못하는 기물이 이 세상에 존재했다는 건가?

그런데 갑자기 알시에라의 얼굴이 새파랗게 질렸다.

"어라……? 곤란하게 됐네요. 오라버니가 꽤나 거칠게 다룬 모양이군요."

가만히 보니 두 개의 쇳덩어리는 상자 모양의 덮개가 뒤로 밀려난 채 꼼짝도 않고 있었다.

"탄환이 고작 세 발밖에 남아 있지 않다니."

그 말을 통해 이 무기가 어떤 이유로 인해 더 이상 사용하지 못하게 됐다는 것을 알 수 있었다.

"어, 어떻게 할 거야?"

"어머, 진짜 사내라면 이럴 때는 진중하게 대비해야 하는 거라구요."

다음 공격이 오지 않는다는 것을 알아차린 불사자들은 다시 알시에라를 향해 밀려든다.

알시에라는 손에 든 '천사 사냥꾼'으로 그 측면을 힘껏 때렸다.

비록 힘을 잃었지만 그것 자체가 쇳덩어리로 이루어져 있다. 거기에 맞은 불사자는 턱뼈와 함께 얼굴이 무참하게 박살나서 허공을 날아간다. 그대로 다른 불사자들의 위에 떨어지기 전에 숨이 끊어졌을 것이다. 바로 위에서 떨어진 시체에 다른 불사자들도 휘말려서 쓰러진다.

알시에라는 '천사 사냥꾼'을 손에 쥔 채 아무것도 없는 허공에서 팔을 휘두른다. 다시 알시에라의 등에서 그림자 날개가 펼쳐지더니 불사자들을 꿰뚫어서 막아냈다.

그렇지만 시체를 완전히 소멸시키지 않는 한 얼마든지 더 생겨나는 것이 이 불사자다.

사슬로 구속하자마자 옆에서 다음 불사자가 기어 나오고 두 명, 세 명 처리했을 즈음 알시에라가 쓰러졌다. 바닥을 기어온 불사자 중 한 명이 그녀의 발을 잡은 것이다.

팔 안에서 쿠로카가 버둥거린다.

"놔주세요! 저런 건, 혼자는——."

"——자자, 괜찮아."

샤크스는 어느새 쿠로카를 안심시키는 것처럼 머리를 쓰다듬고 있었다.

그래, 이젠 괜찮다.

알시에라를 향해 쇄도하는 불사자들을 가루눈 같은 빛이 감싸고 있었다.

"——⟨천린·귀화⟩——."

힘차게 달려들어야 할 불사자들이 갑자기 재가 되어 무너졌다.

그리고 분해하며 외치는 목소리.

"도대체 이런 귀찮은 일은 어디서 끌고 오는 거냐. 키메리에스가 살려달라고 빌지 않았으면 넌 벌써 죽었다."

오만하게 팔짱을 끼고 사자의 얼굴을 한 거한을 거느린 ⟨마왕⟩이 그곳에 서 있었다.

"오빠……?"

그제야 쿠로카도 자간이 온 걸 알아채고 안도의 한숨을 내쉰다.

그런 소녀를 보자 자간도 안심이 되는지 표정이 부드러워졌다.

——의외군. 보스가 신부 말고 다른 사람에게도 이런 얼굴을 보여주다니.

그리고 겸연쩍은 듯 머리를 긁적이더니 엉덩방아를 찧은 알시에라를 향해 떨떠름해 하며 손을 내민다.

"……그래도 쿠로카와 내 부하를 지켜준 건 고맙다."

"세상에, 은안의 왕에게 고맙다는 말을 듣다니, 몸 둘 바를 모르겠네요."

흡혈귀는 아주 싫지만은 않은 듯 ⟨마왕⟩의 손을 잡았다.

쿠로카를 이끌어주고 샤크스의 등을 떠밀어준 노래는 어느새 멈춰 있었다.

◇

시간을 조금 거슬러 올라가서.

"좋아, 그럼 확인할게!"

두 손으로 허리를 짚고 의기양양하게 외친 건 스텔라였다.

——무례한 말일 수도 있지만 스텔라 님, 왠지 기뻐 보여요.

네피는 그런 모습을 흐뭇하게 느끼며 고개를 끄덕인다.

"네, 잘 부탁드려요, 스텔라 님."

"음, 말투가 너무 딱딱한 것 같은데. 자간의 신부니까 그냥 '언니'라고 불러."

"어…… 네, 스텔라 씨."

"언니라고 부르라니까."

"스텔라 씨……."

"언니."

"……네, 스텔라 언니."

결국 처절한 미소에 굴복한 네피는 그렇게 대답했다.

"좋아! 원래 하던 이야기로 돌아가서 우선 내가 범인을 찾을게. 저기 있는 인상 더러운 녀석이 길을 열어줄 거야."

"앙? 자간보다는 괜찮은 얼굴이라고 생각하는데?"

"……앙?"

데카라비아도 울고 갈 듯한 눈으로 노려보자 발바로스도 후퇴했다.

"아, 아무것도 아니야! 그림자를 열어주면 되는 거지?"

"응. 그 다음에는 네피와 동생이 강렬한 것을 날려주면 돼."

"열심히 할게요!"

"뭐, 어떻게든 해볼게."

네피와 네프테로스가 고개를 끄덕이자 다음엔 고메리를 가리켰다.

"그것과 병행해서 당신은 내 의안을 통해 마력의 실을 재로 만드는 거야!"

고메리와 발바로스는 짧은 시간 안에 스텔라와 시야를 공유하는 마술을 완성시켰다. 그리고 이 마술을 통해 〈왕의 의안〉이 비추는 마력에 〈발로르의 마안〉을 싣는 데 성공했다.

"크힛, 축제가 엉망이 되면 모처럼 생긴 사랑의 힘이 사라질지도 모르지. 이건 두고볼 수 없다."

"맞아. 변태……가 아니라 사랑 이야기는 소녀들이 갖춰야 할 소양이니까."

어떤 이유에서인지 스텔라가 깊은 이해를 표하자 고메리도 깜짝 놀란 표정을 지었다.

"의외로 말이 통하는 여자군."

"당신도 왠지 마음이 잘 맞을 것 같은 느낌이 들어!"

"크흐, 좋아, 네게 소개해주고 싶은 동지가 있다. 나중에 잠깐 같이 좀 가지."

두 마술사는 서로 우정을 확인하는 것처럼 굳건한 악수를 나눈다. 자간이 보면 속이 쓰릴 광경이 그곳에 있었다.

마지막으로 스텔라는 샤스틸을 가리켰다.

"그리고 거기 성기사 소녀!"

"히익, 네!"

"이런 건 마을 안에서 하기엔 적합하지 않은 일이야. 우리는 전원 무방비하게 될 테니까 당신이 지키도록 해."

들고보니 이건 복수의 마술사에 의한 대규모 의식이었다. 이런 마을에서 할 만한 일도 아니거니와 좀 더 면밀한 준비가 필요한 일이다.

따라서 몸을 지킬 방법이 필요해지는 건 필연적일 수밖에 없다.

샤스틸이 몹시 감동한 것처럼 눈물을 글썽인다.

"──나도 도움이 될 수 있을까?"

"응. 믿고 있어. 왠지 당신이 엄청난 힘으로 내 팔을 베었던 것 같은 기억도 있으니까 당신이라면 괜찮을 거야!"

"……이거, 내가 사과해야 되는 건가?"

격려를 받은 건지 비난을 받은 건지 모르겠다는 얼굴로 샤스틸은 씁쓸하게 웃었다.

신기하게도 이 자리에 있는 모두에게 중요한 역할이 주어졌다. 아니, 다른 사람은 안 된다. 이 여섯 명이 아니면 이 의식은 성공하지 못하기 때문이다.

──그래도 참 운 좋게도 모두 한 자리에 다 모였네요…….

인위적인 건 아닌지 의심이 들었지만 모두 어쩌다 보니, 혹은 우연히 이곳에 모이게 되었다.

그건 네피가 자간에게 선물을 주고 싶다는 생각을 했기 때문이고, 그것을 도와주겠다고 말한 네프테로스와 샤스틸의 우정이 있었기 때문이고, 그런 샤스틸을 보고 따라온 발바로스가 있었기 때문이고, 네피가 자간과 우연히 마주치게 될 뻔하자 자신의 몸을 던져서 지켜준 고메리가 있었기 때문이고, 어쩌다 보니 오늘 자간을 만나러 온 스텔라가 있었기 때문이다.

이런 마술사들의 행동을 조종할 수 있는 건 아무리 신이라도 불가능할 것이다.

즉 이건 기적이나 엄청난 행운이 더해진 결과였다.

스텔라는 모두의 역할——물론 일반인인 쿠우와 리제트는 지켜보고만 있지만——을 확인한 다음 주먹을 높이 치켜들었다.

"좋았어, 그럼 다들 최선을 다해 '처벌'을 하는 거야!"

""예이——!""

대답한 사람은 쿠우와 리제트밖에 없었지만 스텔라는 만족한 것 같았다.

스텔라가 왼쪽 눈을 감고 앞머리를 쓸어 올린다.

거기에 맞춰서 발바로스의 그림자가 물을 내린 것처럼 넓어지기 시작한다.

——다음은 우리 차례예요.

몸을 긴장시킨 채 신호를 기다리고 있자 고메리가 작은 목소리로 말을 걸어왔다.

"아까 일은 고마웠다."

"……? 무슨 말씀이신지?"

생각나는 게 없어서 머리를 갸웃거리자 고메리는 어쩐 일로 멋쩍어 하면서 말했다.

"내가 튀어나가려고 했을 때 말려줬잖아? 하마터면 축제를 즐기지 못할 뻔했다.”

“아, 그 일 말씀이세요?”

네피는 미소를 지어 보인다.

“키메리에스 님이라면 분명 괜찮으실 거예요. 그분은 몸도 마음도 강한 분이시잖아요. 반드시 고메리 님에게 돌아오실 거예요.”

“으, 으음…….”

고메리는 뺨을 붉히더니 아무 말도 못하고 시선을 돌린다.

──네, 두 분의 미래는 멀리서 지켜보고 싶어요.

이것이 바로 스텔라가 말하는 ‘소녀의 소양’이라는 것이리라. 자기도 모르게 생글거리고 있자 고메리가 겁에 질린 표정을 지었다.

“네피 아가씨가 무서워…….”

그 순간 발바로스가 목소리를 높인다.

“──좋아, 잡았다! 힘껏 날려주마!”

네피는 네프테로스와 서로 마주보며 고개를 끄덕였다.

『──그대는 저승길을 관장하는 자──.』

『──위초(葦草)를 불어서 영지(英知)와 지략을 전하는 자──.』

자매의 목소리가 합창을 하고 마력의 빛이 반딧불처럼 춤춘다.

“너무 예뻐…….”

리제트가 넋을 잃고 바라보며 중얼거린다.

네프테로스가 선창을 해준 덕분에 네피도 자신이 불러야 할 노래를 자연스럽게 이해할 수 있었다.

『──금색 발은 순식간에 천리를 달리고 뱀의 지팡이는 번영과 멸망을 알리리라──.』

『──갈대 피리는 영원한 잠으로 이끌고 신철(神鐵)의 커다란 낫은 주신조차 없애리라──.』

첫 이중주는 태어났을 때부터 노래를 불렀던 것처럼 흐트러짐 없이 완벽한 하모니를 이뤘다.

그런데 그 빛의 밑에서 불길한 '그림자'가 기어 나온다.

"빛나라──〈아즈라엘〉!"

그림자에서 기어 나온 무언가는 그 모습이 드러나기도 전에 샤스틸의 성검이 베어버렸다.

나타난 그림자는 하나가 아니었지만 성기사장 중에서도 최속(最速)이라는 이름으로 불리는 소녀의 앞에서는 멈춰 있는 표적에 불과했다. 몇 초 지나지 않아 모두 베어 쓰러뜨린다.

『『──몇 백이나 되는 눈으로 간파하려 해도, 몇 천이나 되는 잠에 저항하려 해도, 몇 만이나 되는 저 너머로 도망치려 해도, 몇 억이나 되는 영지의 보호를 받더라도 모든 만물에 찾아오는 것이니──』』

두 개의 노랫소리는 한데 녹아서 발바로스가 연 그림자와 스텔라가 보는 마력의 길을 따라서 저 멀리까지 울려 퍼지고 있었다.

그것은 가열찬 파괴를 만들어내는 것이 아니라 조용히 퍼지는 수면의 파문 같은 것이었다.

하이 엘프 자매는 서로 이마를 맞대고 마지막 가사를 부른다.

『『──이것은 백안(百眼)을 죽이는 피리 소리──시공의 낫.』』

조용한 파문이 반전을 이룬다.

멈춰 있던 흐름이 눈사태가 일어난 것 같은 급류로 변했다.

그야말로 의지를 가진 마력의 폭풍이었다. 만약 이 자리에서 발동되었다면 큐아노에이데스를 통째로 집어삼켰을지도 모른다.

──하지만 그렇게 되진 않아요!

네프테로스는 이곳이 아니라 발바로스의 그림자 너머로 그것을 보내주었다.

신령 마법의 발동과 동시에 고메리의 눈동자가 금색으로 빛난다.

"모두 불태워라──〈발로르의 마안〉!"

──이것이 우리가 할 수 있는 전부예요!

확실한 느낌이 온다.

네프테로스의 얼굴을 보자 미소와 함께 고개를 끄덕여주었다.

신령 마법은 표적을 놓치지 않았다.

정적.

외부에서 공격을 가한 네피 일행은 성공한 느낌은 받을 수 있어도 그 결말을 확인할 방법은 없다. 파괴되는 소리도, 적의 비명도 들리지 않기 때문이다.

"끝난, 거야……?"

걱정스럽게 중얼거린 사람은 리제트다.

네피도 그 물음에 대답할 방법이 없어서 곤란해 하고 있을 때였다.

구름 한 점 없던 하늘에서 먼지 같은 것이 나풀나풀 떨어진다.

아니, 먼지가 아니었다.

"어머? 눈이야……."

제일 먼저 외친 사람은 쿠우였다.

고메리의 〈마안〉은 눈에 비치는 것을 재로 만들어버린다. 구름도 없는데 어디서 내린 걸까.

신기해 하고 있자 네프테로스가 감탄해서 중얼거렸다.

"하긴 이렇게 추우니까. 고메리의 〈마안〉으로 인해 만들어진 먼지가 대기의 수분을 모아서 눈이 된 거구나."

"무슨 말이에요?"

"눈이라는 건 대기 중에 떠다니는 먼지에 수증기가 들러붙어서 결정화한 것이야. 마술의 부산물이라는 사실에는 변함이 없지만 의도치 않게 이런 일이 일어난 건 참 재미있지 않아?"

조용히 시작된 사건의 마지막에 어울리는 풍경인지도 모른다.

"네. 정말 아름다워요."

자매는 나란히 서서 맑고 투명한 하늘에서 내리는 눈을 언제까지고 올려다보고 있었다.

◇

"엄마……."

다시 마왕전. 자간과 알시에라의 손에 의해 거의 모든 불사자들이 소멸되었지만 단 한 명만 아직 살아남아 있었다.

쿠로카의 어머니**였던** 불사자다.

불행 중 다행이라고 할까, 아니면 불운이라고 해야 할까, 알시에라의 관의 일격을 받으면서 '천사 사냥꾼'과 〈천린〉의 범위 밖에 있었기 때문이다. 지금은 그 옆에 〈천무월〉을 꽂아서 간단한 결계로 삼고 있는 덕분에 불사자들이 새로 만들어지진 않았다.

어쩌면 알시에라의 일격은 이것까지 다 계산에 넣은 공격이었을지도 모른다.

그렇지만 한 번 때리기만 해도 인간의 육체를 산산조각 내버리는 흡혈귀의 일격이다. 아직은 숨이 붙어 있다고 할까, 존재하고는 있지만 그리 오래 버티진 못할 것이다.

그저 멍하게 허공을 올려다보면서 의미를 알 수 없는 신음만 흘릴 뿐이다. 쿠로카는 어머니가 자신의 이름을 말하는 걸 똑똑히 들었지만 역시 다른 불사자들처럼 자아는 남아 있지 않는 건지도 모른다.

머뭇머뭇 엄마의 얼굴을 만져본다.

중지에서 약지, 검지, 새끼손가락, 마지막으로 엄지 순서로 손을 대면서 엄마의 얼굴을 확인한다.

5년 전에 멈춰 있던 기억과 무엇 하나 변하지 않은 얼굴. 그러나 결정적으로 다른 차가운 피부. 엄마가 더 이상 살아 있지 않다는 것을 알 수 있었다.

그런 엄마의 입술이 희미하게 떨렸다.

──무슨 말인가, 하려 하고 있어?

쿠로카는 얼굴을 가까이 댄다.

"엄마! 쿠로카예요. 저 여기 있어요."

열심히 말을 걸어보지만 사라져가는 입술에서는 아무 목소리도 나오지 않았다.

엄마가 호소하려는 것은 원수의 이름일까. 아니면 쿠로카 이외의 생존자를 찾는 말일까. 어쩌면 그녀처럼 불사자가 된 동포가 있는지도 모른다.

최후를 앞둔 마지막 한 마디다. 절대 놓쳐서는 안 되는데…….

──그렇지만, 들어드릴 수가, 없어…….

자간과 릴리스를 비롯한 친구들 덕분에 쿠로카는 마침내 다른 사람의 얼굴을 만질 수 있게 되었다. 상대의 얼굴을 알 수 있게 되었다.

──하지만, 이미 늦었어요…….

쿠로카는 엄마의 마지막 말을 들어주지 못한다.

좀 더 빨리 용기를 냈다면 이 눈을 고칠 수 있었을지도 모르는데.

눈이 보이면 입술을 읽을 수 있었을지도 모르는데.

엄마의 말에 대답해줄 수 있었을지도 모르는데.

"미안해, 엄마. 난……."

마지막을 지켜봐주지 못한다.

그렇게 한탄하려고 했을 때였다.

"──잠깐 눈을 감아봐."

샤크스──조금 전에야 자간에게 이름을 들었다──였다.

이 자리에서 도대체 무엇을 하려는 걸까, 쿠로카는 시키는 대로 눈을 감는다. 눈을 뜨고 있어도 감고 있어도 빛이 없는 세계는 아무 변화도 없지만.

"──!!"

그러자 샤크스는 쿠로카의 인간과 똑같이 생긴 귀를 막는 것처럼 좌우에서 머리를 막더니 무언가를 중얼거리기 시작했다. 마술을 행사하고 있는 건지 좌우로 막힌 귀에서 자신 안으로 물이라도 흘러들어오는 것 같은 느낌이 들었다. 등골이 오싹해지면서 자기도 모르게 목소리가 새어나가려는 것을 필사적으로 참는다.

마침내 짧은 영창이 끝나자 샤크스는 귀를 막은 채 말한다.

"좋아. 눈을 떠봐."

천천히 눈을 떠본다.

색도 빛도 없었던 세계에 균열 같은 빛이 비쳐들었다.

"어——."

점점 넓어지는 균열 속에서 빛이 입혀지기 시작한다. 눈부시게 느껴지던 빛은 어스레하게 변해서 유회색 바위로 만들어진 지면을 더듬어간다.

그리고 그 중앙에는 마술사의 로브를 걸친 엄마가 누워 있었다. 엄마의 눈동자는 공허하긴 했지만 똑바로 자신을 향하고 있었다.

그것이 '외부 세계'라는 것을 이해하는 데는 몇 초의 시간이 필요했다.

혼란에 빠졌지만 엄마의 입술이 움직이는 것을 보자 정신이 번쩍 들었다. 이건 무슨 기적일까. 이 눈에 외부 세계가 비치고 있다. 절대 놓칠 수 없다.

과거 〈아자젤〉에 소속되어 있었을 때 입술을 읽는 방법을 배웠었다.

——쿠 로 카——.

엄마는 자신의 이름을 부르고 있었다.

"네. 저 여기 있어요, 엄마!"

엄마의 손을 잡자 그 표정이 부드러워지는 것처럼 보였다.

──예 쁘 게 잘 자 랐 구 나──.

그 입술이 호소하고 있었던 건 무참히 죽은 데 대한 분함도, 죽어서도 농락당하는 현실에 대한 원통함도 아니라 5년의 세월만큼 성장한 딸에 대한 기쁨이었다.

"아, 아······."

굵은 눈물이 뺨을 따라 뚝뚝 흘러내린다.

──저는 건강히 잘 지내고 있어요──미래를 향해 열심히 살고 있어요──엄마를 정말 사랑해요──이런 모습이라도 다시 한 번 만날 수 있어서 너무 기뻐요──많은 사람들이 저를 도와주었어요──.

하고 싶은 말, 전하고 싶은 일은 산더미처럼 많았지만 목이 떨려서 목소리가 제대로 나오지 않았다.

엄마는 그 모든 것을 다 안다는 듯 아주 행복한 미소를 지었다.

──행 복 하 게 살 거 라──.

그것이 엄마의 입술에서 나온 마지막 한 마디였다.

불사자가 된 엄마의 몸은 재처럼 무너져서 눈 깜짝할 사이에 먼지 한 톨 남기지 않고 사라졌다.

"아, 아······ 으아아아아아아아아아아아아아아아아아아아."

쿠로카는 목을 놓아 울었다.

어째서 행복하게 잘 살고 있다고 말하지 못했을까.

어째서 고맙다는 말 한 마디 하지 못했을까.

한탄하고 후회해도 아무 응답도 없다.

"——울지 마라!"

머리 뒤에서 울려 퍼진 그 목소리에 몸이 움찔 떨린다.

"네 어머니는 행복하게 살라고 했잖아? 우는 얼굴로 어머니를 보내드릴 거냐?"

"——!"

그 질타에 신기하게도 천 갈래 만 갈래로 흐트러져 있던 감정이 차분해진 것 같은 기분이 들었다.

쿠로카는 눈물을 슥슥 닦는다.

엄마의 시체는 파편 하나 없이 사라지고 없다.

이제 와서 큰 소리로 외쳐봤자 들리지 않을 것이다.

——그래도 분명 여기 있었어요.

작게 숨을 들이마셨다가 내쉰다.

마음은 진정시키고 입을 열었다.

"엄마, 감사해요——잘 가세요."

닫힌 공간인 통로로 시원한 바람이 불어왔다.

그 바람이 엄마를 아름다운 곳으로 데리고 가줄 것만 같아서 쿠로카는 그 바람이 향하는 곳을 언제까지고 바라보고 있었다.

얼마나 그러고 있었을까.

갑자기 시야에서 빛이 사라졌다.

"어——."

사태를 이해하기도 전에 뒤에 있던 남자가 쿠로카에게 몸을 기댄다.

"히익, 하와아아……."

그대로 밀려서 넘어질 뻔했는데 누군가 남자의 목덜미를 슥 잡아 올렸다.

"멍청한 놈. 정신을 잃기 전에 손을 놓아야지……."

"……아, 미안. 보스."

자간이 사이에 끼어든 모양이다.

그러더니 어쩔 수 없다는 듯 말한다.

"그렇지만 잘했다. 잘 지내고 있는지 보고 와달라고 했는데 하마터면 라파엘을 볼 면목이 없을 뻔했어."

의붓아버지에게 무슨 말을 들었는지 어쩐 일로 자간도 안심한 목소리로 말했다.

얼굴 앞으로 손을 들어본다. 어두운 것과는 상관없이 아무것도 보이지 않는다. 비치지 않는다. 예전과 똑같이 빛이 없는 세계다.

——방금 그건 뭐였을까요.

혼란보다는 멍하게 있자 샤크스가 미안해 하며 말한다.

"미안해, 아가씨. 방금 그건 아가씨의 눈을 고친 게 아니라 시신경을 통하지 않고 대뇌에 직접 기억을 뒤덮었다고……해도 이해하기 힘들겠지. 그러니까 일시적으로 풍경을 보여준 것뿐이야."

그러나 쿠로카는 알고 있다.

검은 고양이의 모습을 하고 있던 쿠로카의 눈을 보고 그는 마술

로는 고치지 못한다고 했었다. 즉 그 시점에서는 이미 고칠 방법
이 없었다.

하지만 잠시 동안이긴 해도 바깥 세계를 보여주었다. 그렇게 할
수 있는 방법을 찾아준 것이다.

샤크스가 겸연쩍은 듯 뺨을 긁적이는 소리가 들린다.

"아직 시험이라고 할까 이론 단계의 마술이라서 잘 될지 어떨지
는 솔직히 거의 도박 수준이었지만 그 모습을 보니 잘 기능한 것
같군. 안심했어."

그런 미완성 마술을 계속 사용했기 때문에 이 남자는 쓰러진 것
이다.

──이 사람은 몸이 이렇게 될 때까지 꾹 참고 내게 바깥 세계
를 보여준 걸까요.

어머니의 마지막을 끝까지 지켜볼 수 있었다. 그러면 그때 바로
마술을 풀어도 됐을 텐데 그는 그러지 않았다. 쿠로카의 마음이
진정될 때까지 옆에 붙어 있어주었다.

──정말 서툰 사람이에요…….

동시에 모처럼 빛을 볼 수 있게 되었는데 그의 얼굴을 보지 못
한 점이 아쉬웠다.

쿠로카는 무릎과 손을 가지런히 모으고 머리를 숙였다.

"저기, 감사합니다. 뭐라고 할까, 이래저래…….."

비록 고양이의 모습을 하고 있었다 해도 줄곧 이 남자에게 안겨
있었다고 생각하니 너무 쑥스러워서 얼굴이 뜨거워졌다.

그런데 샤크스는 생각지 못한 말을 했다.

"아——, 신경 쓰지 않아도 돼. 원래 쿠로스케에게 사용할 생각으로 만든 건데 오히려 실험 대상으로 삼은 것 같아서 내가 미안하다. 오히려 고맙다는 말을 하고 싶은 건 나야."

"어……?"

어째서일까. 서로 대화가 통하지 않는 것 같은 느낌이 들었다.

고개를 갸웃거리고 있자 샤크스는 알시에라에게 말을 건넨다.

"그나저나 흡혈귀 아가씨, 쿠로스케는 아직 그 방에 있나? 그 녀석도 눈이 보이지 않아서 많이 무서울 텐데."

"……도대체 무슨 말을 하고 있는 건지 잘 모르겠군요."

"아양? 아니, 내가 쿠로스케를 맡겼잖아? 그 녀석은——아얏!"

자간도 너무 동요한 나머지 샤크스를 툭 떨어뜨린 모양이다.

자간이 부하로 보이는 다른 마술사에게 말한다.

"어이, 키메리에스. 이 녀석, 줄곧 쿠로카와 같이 있지 않았나?"

"저기……네. 분명, 그렇습니다만……."

그쪽은 그쪽대로 무척 당황한 목소리였다.

위대한 〈마왕〉이 『음, 이걸 어쩌지』라며 어두운 표정을 짓고 있는 게 느껴진다. 옆에 있는 마술사도 현실을 받아들이지 못하는 것처럼 입을 쩍 벌린다.

아마 쿠로카도 똑같은 반응을 보이고 있을 것이다. 아니, 한 번에 너무 많은 일들이 일어나서 사고가 정지되어 버렸다는 자각이 든다.

유일하게 반응을 보인 사람은 알시에라뿐이었다.

"……믿을 수 없을지 모르지만 전 분명 선처했어요. 가능한 한 알기 쉽게 전했단 말이에요.”

“아――……. 음. 그래, 미안하다. 내 부하가, 정말 미안하게
됐다.”

⟨마왕⟩이 다른 사람에게 머리를 숙이는 건 전대미문의 사건이다.

“어이, 보스까지 무슨 말을 하는 거야? 잘은 모르겠지만 잠깐
실례 좀 하지. 쿠로스케 녀석을 찾아야 하거든.”

가여운 마술사는 도통 말을 알아듣지 못한 채 그대로 가버렸다.

――정말 어쩔 수 없는 사람…….

그런 생각을 하자 신기하게도 미소가 흘러나왔다.

“후, 후후…….”

이런 상황에서도 쿠로카는 소리 내어 웃을 수 있었다.

“……패배, 했나.”

그는 어둠 속에서 목소리를 쥐어짜낸다. 필살의 카드였던 불사
자들은 전멸했고 거점까지 박살나버렸다. 다시 불사자들을 보내
는 건 여의치 않고, 애당초 오늘 이 날을 놓치면 지금의 그는 그
정도의 힘을 휘두르는 것 자체가 불가능하다.

그래, 교회가 찬양하는, 이름도 없는 신의 여동생이자 이 세상
에서 유일하게 인간의 몸으로 죽음에서 다시 살아난 소녀의 부활
을 기리는 날이다. ⟨아시엘 이메라⟩――죽은 자와 산 자의 경계
가 허물어지는 날이기 때문에 그는 이 날에 승부를 걸었다.

그리고 패배했다.

알시에라에게 너무 정신을 쏟았기 때문이라고 해도 설마 거점에 직접 마술……아니, 신령 마법을 쏟아낼 줄은 미처 예상하지 못했다.

피할 방법은 없었다. 직격했다면 지금의 자신은 검은 재조차 남지 않았을 것이다.

그런데도 그는 아직 살아 있었다.

"아하하하, 큰일 날 뻔했어, 시어칸. 방금 그건 신령 마법이다. 내가 없었으면 넌 이미 죽었어!"

소년도 소녀도 아닌 목소리가 울려 퍼진다.

목소리 주인의 오른손에는 〈마왕의 각인〉이 떠올라 있었다.

"후후후, 노인은 공경해야 하는 법. 요즘 젊은 것들은 적당히라는 걸 몰라서 골치 아프다니까. 안 그래, 시어칸?"

뭐가 그렇게 재미있는지 큰 소리로 유쾌하게 웃으며, 목소리의 주인은 그의 휠체어를 덜그럭 덜그럭 밀기 시작했다.

"원하는 게, 뭐, 지……?"

〈마왕〉씩이나 되는 자가 아무 대가도 없이 다른 사람을 도와줄 리 없다.

그가 묻자 목소리의 주인은 휠체어를 미는 손을 멈추고 가슴팍을 벌려 보였다.

"그리 대단한 건 없어. 조금 골치 아픈 마술에 걸렸는데 이걸 푸는 데 힘을 좀 빌려줬으면 하는 것뿐이야. 당신이라면 할 수 있지?"

얄팍한 가슴에는 무시무시한 마술이 걸려 있었다.

그를 **이 모양**으로 만든 '천사 사냥꾼'과 같은 종류의 힘이다. 그럼에도 그 힘에서 살아남은 그는 그 마술을 파괴할 방법을 알고 있다.

거절하면 이 〈마왕〉은 망설임 없이 그를 죽일 것이다.

그렇지만 의문이었다.

"풀지, 못한다⋯⋯. 무엇을, 그리 서두르는, 거지⋯⋯?"

그에게 일방적으로 요구하는 이유가 있을 것이다.

그래도 약한 모습을 드러낸다는 사실에는 변함이 없다. 이 〈마왕〉이라면 시간만 들이면 자력으로 풀 수 있을 테니 말이다.

그럼에도 불구하고 뻔뻔하게 그를 도와주고 협력을 요청하는 건 이 〈마왕〉이 서두르고 있기 때문이다.

젊은 〈마왕〉은 악의로 일그러진 미소를 짓는다.

"내 귀여운 인형에 더러운 벌레가 붙었는데 그놈을 없애려니 이게 영 걸리적거려서 말이지."

놀랍게도 〈마왕〉에게서 느껴지는 건 분노였다.

──〈마왕〉이라는 존재에게 분노라는 감정이 남아 있다니.

그건 이 〈마왕〉이 자간 다음으로 젊기 때문일까, 아니면 다른 이유가 있어서일까.

하지만 그는 진심으로 공감할 수 있는 이유였다.

"좋, 다⋯⋯. 힘을, 빌려주지."

자간이 다른 〈마왕〉과 손을 잡기 시작한 것처럼 이곳에서도 무시무시한 동맹이 맺어지고 있었다.

"어서 오세요, 파파."

성으로 돌아오자 그곳에서는 화려한 파티가 열리고 있었다.

예전에는 황폐한 성이었던 이곳은 색종이와 금색 방울 등으로 장식되어 있다. 네피가 온 후로 꾸준히 수리를 해오긴 했지만 하마터면 몰라볼 뻔했다. 정원에는 새하얀 크로스를 깐 테이블이 늘어서 있고 먹음직스러운 냄새를 풍기는 요리까지 준비되어 있었다.

사건이 일단락된 후, 마왕전을 나설 즈음에는 해가 저물려 하고 있었다. 고메리와의 합류를 포기하고 키메리에스와 쿠로카, 그리고 샤크스, 마지막으로 알시에라──가능하면 초대하고 싶지 않았지만 사정에 대해 들어봐야 할 필요가 있었다──를 데리고 성으로 돌아오니 벌써 밤이 되어 있었다.

그리고 이 파티가 그들을 기다리고 있었다.

"이, 이게 무슨 일이지?"

"오늘은 〈아시엘 이메라〉잖아."

또 〈아시엘 이메라〉다.

오늘 하루는 캐묻지 않겠다고 했지만 결국 의문이 입 밖으로 튀어나오고 말았다.

"도대체 그 〈아시엘 이메라〉라는 건 뭐냐?"

오히려 그 질문을 기다리고 있었던 것처럼 포레의 입가가 풀어

276

진다.

"〈아시엘 이메라〉는 사랑하는 사람에게 선물을 주는 축제날. 그래서 자간과 네피에게 파티를 열어주고 싶었어."

눈시울이 뜨거워졌다.

고메리에게 사랑하는 사람에게 선물을 주는 날이라는 말을 듣긴 했지만 자신이 받게 되는 건 상상조차 하지 못했다.

——아니지, 고메리 녀석, 일부러 그렇게 생각하도록 유도한 건가?

생각해보니 견본으로 보게 된 커플은 남자가 여자에게 선물을 줬었다. 그래서 무의식중에 남자가 선물을 주는 것이라 생각했다.

——요즘 들어서 몰래 뭘 하나 했더니.

부하 마술사들까지 끌어들여서 무언가를 하고 있다는 건 눈치채고 있었지만 예전처럼 고민하는 모습은 보이지 않았다. 그래서 묵묵히 지켜보기로 했는데 설마 이런 일을 할 줄은 몰랐다.

그러고 보니 지금까지 살아오면서 다른 사람에게 축하를 받아본 적이 있었던가.

있다면 〈마왕〉이 된 날, 네피에게 축하한다는 말을 들은 정도. 게다가 그 후에 네피에게 심한 상처를 줬기 때문에 딱히 좋은 추억이라고 말하기는 어렵다.

자간은 무릎을 꿇어 포레와 눈높이를 맞춘 다음 머리를 쓰다듬어줬다.

"이런 경험을 하는 건 처음이다. 놀라긴 했지만, 그게, 저⋯⋯, 고맙다."

"──다행이야."

와락 안겨드는 딸을 자간도 꼭 안아주었다.

그 광경을 보고 라파엘과 다른 부하들──무슨 이유에서인지 다들 빨간 모자를 쓰고 사슴 모습을 하고 있다──도 주먹을 꽉 쥐고 기뻐한다.

자간은 포레를 안고 일어나더니 주위를 두리번두리번 둘러본다.

"그러고 보니 네피는 어디 있지? 네피도 함께 준비한 거냐?"

"아니. 네피에게도 비밀. 네피는 저쪽."

포레는 그렇게 말하며 성을 가리켰다.

그쪽을 보니 현관 뒤에 네피⋯⋯와 네프테로스, 샤스틸까지 있었다.

네피는 자간과 눈이 마주치자 허둥지둥 문 뒤에서 나왔다.

그 모습을 본 자간은 경악으로 눈이 휘둥그레졌다.

"──!"

네피는 하얀 솜으로 장식된 붉은 의상을 입고 있었다. 뭐라고 할까, 부드럽고 복슬복슬한 모습이 보호 본능을 자극했다.

쑥스러운 건 네피도 마찬가지인지 입가까지 얼굴을 가린 채 달려왔다.

"어, 어서 오세요, 자간 님."

"으, 음. 다녀왔어, 네피."

그것만으로도 괜히 부끄러워져서 자기도 모르게 시선을 돌린다.

"그, 그리고 자, 잘 어울려, 그 옷. 평소에 입는 옷도 좋지만, 그, 그것도 아주 귀여워! 꼭 안아주고 싶을 정도다!"

너무 동요한 나머지 입에서 튀어나온, 더없이 직설적인 한 마디에 네피의 얼굴이 귀 끝까지 새빨갛게 물들었다.

"히웃, 아우, 아우우우……. 가, 감사, 합니……다."

네피의 뒤에서 달려온 네프테로스와 샤스틸이 서둘러 우향우를 했지만 자간은 신경 쓰지 않았다.

그러자 이번에는 포레가 네피의 옷을 잡아당겼다.

"네피, 줄 게 있잖아."

"아! 마, 맞아요."

네피는 뒤에서 작은 꾸러미를 주섬주섬 꺼냈다.

"자간 님, 이거, 별것 아니지만 〈아시엘 이메라〉 선물이에요. 괜찮으시다면 받아주세요."

"앗……! 네피도 선물을?"

열심히 선물을 준비했는데 설마 선수를 빼앗기게 될 줄은 몰랐다. 선수를 빼앗긴 자신이 한심했지만 지금 이 선물을 받지 않는다는 선택지는 이 세상이 멸망하더라도 존재하지 않는다.

"감사히 받아야지. 여, 여기서 열어봐도 괜찮을까?"

"아, 네!"

선물을 뜯어본 자간의 눈이 동그래졌다.

놋쇠로 된 가늘고 긴 통이다. 끝부분은 위를 향하듯 구부러져 있고 무언가를 넣을 수 있도록 입구가 벌어져 있다. 손잡이 부분은 목제로 되어 있는데 손에 착 감기는 것처럼 잘 만들어져 있었다.

"류카온의 파이프예요. 지난번에 담배를 피우실 때 마음에 들어 하시는 것 같아서요."

게다가 이건…….

──고메리가 소개해준 가게에서 보고 마음에 들어 했던 물건이다.

인정하고 싶지는 않지만 〈마왕〉 안드레알푸스의 말대로 싸움이 끝난 후에 담배를 피워서 괴로운 기억들을 다 토해내는 것도 그리 나쁜 건 아니었다.

하지만 이번에는 네피를 비롯한 다른 사람들에게 줄 선물을 사러 온 것이기 때문에 나중으로 미뤘는데 설마 네피에게 선물로 받게 될 줄이야.

자신도 모르게 넋을 놓고 보고 있자 네피가 당혹스러운 표정을 지었다.

"저기, 마음에 들지 않으신가요?"

"설마! 마음에 들어. 안 그래도 이것과 똑같은 걸 가게에서 발견하고 어떻게 할까 고민했었거든. 정말 기뻐."

"──그렇다니 다행이네요."

품 안에서 포레가 가만히 올려다보는 게 느껴진다. 왠지 흐뭇한 광경이라도 보는 것 같은 얼굴을 하고 있어서 어떻게 할까 고민하고 있자 포레가 목을 끌어안아 왔다.

'네피는 이걸 사기 위해 밖에서 일을 했어.'

"앗, 포레, 그 말은 하지 않기로 했잖아요!"

네피가 비명을 질렀지만 자간은 충격으로 눈을 커다랗게 뜨고 있었다.

그런 일을 하지 않아도 원하는 것이 있으면 살 수 있는 재산을 충분히 주었다. 그럼에도 불구하고 자간에게는 비밀로 일을 한 의미를 모를 정도로 〈마왕〉은 우둔하지 않았다.

네피가 집안일을 하며 틈틈이 생기는 소중한 시간을 투자하고 그만큼의 마음과 노력을 담아서 마련해준 선물이다. 기쁘지 않을 리 없다.

——크으, 귀여운 의상에 선물, 그것을 마련하는 과정을 들켰을 때 그 쑥스러워하는 얼굴! 어디까지 나를 궁지에 몰아넣을 생각이냐!

4단계 서프라이즈 공격이다. 자간의 심장은 이미 한계를 맞이할 정도로 미칠 듯이 뛰고 있었다.

더 이상의 공격을 허락하면 기쁨으로 인해 가슴이 터질지도 모른다.

자간은 반격에 나섰다.

"네피! 나도 선물을 준비해봤다."

네피와 포레의 눈이 동그래졌다.

"〈아시엘 이메라〉에 대해 알고 계셨어요?"

"아니, 마을에서 벌어지는 축제라는 것밖에 몰랐다. 뭐, 그것도 오늘 알게 된 거지만."

키메리에스와 한 약속도 있었다. 고메리가 없었다면 선물도 제대로 준비하지 못했을 것이다. 그런 의미에서는 이번에도 그 노파의 도움을 받은 셈이다.

자간의 대답에 두 사람은 가슴을 쓸어내린다.

"그럼 다행이에요. 자간 님, 놀라셨나요?"

그 반응을 보고서야 자간이 〈아시엘 이메라〉에 대해 모른다는 전제 하에 그를 놀라게 할 생각이었다는 걸 알 수 있었다.

──크읏, 뭐지, 이 기분은! 이 몸의 얼굴이 헤벌쭉해지는 걸 사전에 막았다니!

키메리에스가 더 이상 추궁하지 말라고 간청했었다. 그가 말리지 않았다면 자간은 지금 이 기쁨을 절반도 맛보지 못했을 것이다.

너무 기쁜 나머지 무릎을 꿇는다.

"이런 일, 당연히 놀라고 기쁘지! 안아봐도 될까?"

"……자간 님, 부끄러워요."

"자간이라면 그렇게 말할 줄 알았어."

부끄러움으로 얼굴을 가리는 신부와 대조적으로 딸은 두 손을 들고 기뻐하고 있었다.

──어째서일까. 최근 들어 딸이 따뜻한 눈으로 나를 바라보는 일이 많아진 것 같은 기분이 드는데.

그러다가 아직 자신이 준비한 선물을 주지 않은 게 생각나서 품에서 선물을 꺼냈다.

"마, 맞다. 네피, 이걸 받아주겠나?"

"네?"

하얀 꾸러미를 건네자 네피의 뾰족한 귀 끝이 순식간에 빨갛게 물들었다.

"저, 저기, 열어봐도 될까요?"

"물론이지."

솔직하게 기뻐하는 모습을 보자 왠지 자간도 안심이 되었다.

──옳거니, 나도 이런 반응을 보였던 건가.

고작 서프라이즈 하나에 이런 반응을 보인다. 이런 서프라이즈가 4연속 이어졌다면 어떤 얼굴을 보여줬을까. 냉정하게 관찰해보고 역시 그게 자신이었다는 사실을 떠올리고 다시 괴로워한다.

선물 꾸러미를 풀자 안에서 나온 것은 부드러운 가죽으로 만든 장갑이었다.

"이건……."

"나, 날씨가 추워졌잖아. 그리고 늘 치유 마술이 발동되도록 손을 써뒀다. 겨울에 물을 만지면 손이 거칠어지니까."

네피도 치유 마술 정도는 사용할 수 있지만 그건 사전에 손을 보호하는 것과는 다르다. 따라서 성으로 돌아오기 전에 서둘러 마술을 걸곤 했었다.

"……감사합니다!"

겉으로 보이는 걸 중시해서 구입했기 때문에 장갑 자체는 고가의 것은 아니지만 네피는 장갑을 소중히 끌어안고 그렇게 말해주었다.

이어서 자간은 포레를 쳐다본다.

"그리고 이건 네 거다."

"나도?"

"그래. 즐거운 파티를 열어준 데 대한 보답이다."

포레에게 준 선물은 비취를 용의 비늘처럼 깎아낸 귀걸이였다.

빛에 비춰보면 무지개색으로 빛난다.

"예뻐라……. 고마워."

솔직하게 기뻐해주는 딸의 모습에 자간도 귀걸이를 걸어준다.

그 즈음 네프테로스를 비롯한 다른 사람들도 가까이 다가왔다.

"이젠 괜찮지, 형부?"

"응? 아, 미안. 나답지 않게 들떴던 것 같군."

"……위엄을 잃지 않으려는 건 알겠는데 얼굴은 이미 헤벌쭉 풀어진 것 알지?"

아무래도 틀린 모양이다.

그러고 보니 처제도 네피와 똑같은 차림을 하고 있었다.

"흐음. 너도 잘 어울리는군. 〈아시엘 이메라〉에는 그런 옷을 입는 건가?"

"그런가 봐. 톤투라는, 어린아이에게 선물을 주는 요정이 있는데 그 요정이 이런 차림을 하고 있대."

"아아, 그래서……."

왜 뒷골목 아이들이 그를 동정했나 했더니 자간이 그런 것도 몰랐기 때문인 모양이다.

뒤이어 샤스틸도 다가온다.

"칭찬 받아서 다행이야, 네프테로스."

"……따, 딱히 그런 건 아니거든."

기쁜 건지 부끄러운 건지, 네프테로스도 귀 끝을 붉히며 몸을 비튼다.

——음……. 지금은 친구가 있는 게 더 좋은 것 같은 느낌이 드

는군.

이 처제에게도 호감을 보이는 남자는 있지만 샤스틸에게 보이는 반응을 보니 아직은 친구와 가족이 더 소중해 보이는 느낌이다.

샤스틸은 곤란해 하며 자신의 옷을 잡았다.

"발바로스에게는 악평을 받았어. 하긴 마술사에게 교회의 축제를 이해하라는 것도 무리겠지만."

"악평이라니, 이번에도 이상한 말을 들은 거냐?"

"……새빨간 얼굴로 화를 내더라고."

"새빨간 얼굴로, 그건……."

대충 사정을 눈치채자 네피가 입 앞에 엑스표를 만들며 말렸다.

"아——, 음. 일단은 발바로스에게 잘 말해보는 게 좋을 것 같군. 오늘은 사정도 있어서 녀석도 정신이 없었을 거다."

"녀석이 그렇게 섬세한 남자였나……?"

——하여간에 골치 아픈 녀석들이라니까…….

이렇게 허구한 날 어긋나는데 용케도 서로 호감을 가지고 있다니.

자간이 어이없어 하고 있자 네피가 화제를 돌리는 것처럼 손을 짝 마주쳤다.

"저기, 샤스틸 씨, 슬슬 괜찮지 않겠어요?"

"아, 맞다, 그랬지. 그걸 부르러 온 건데."

샤스틸도 깜빡 잊고 있었다며 입을 가렸다.

"뭐야, 아직 뭔가 더 있는 거냐?"

자간이 고개를 갸웃거리자 샤스틸이 성을 향해 손짓을 했다.

그쪽으로 시선을 준 자간은──그대로 굳어버렸다.

"이야──. 아하하. 이렇게 와버렸네."

"스텔라?"

붉은 머리로 오른쪽 눈을 가린 소꿉친구가 모습을 보인 것이다.

"너 이제 괜찮아? 아니, 그보다 내가 누구인지는 알아?"

"아──. 응. 알아. 최근 몇 년 동안의 기억은 흐릿하지만 자간에 대해서는 확실하게 기억하고 있지."

안드레알푸스는 약속대로 스텔라를 구해준 모양이다.

──마음에 들지 않는 남자지만 역시 〈마왕〉의 필두는 다르군.

순순히 감사하지 않을 수 없었다.

"……그 차림새, 너 마술사가 된 거냐?"

"차림새만 이런 거야. 게다가 이제 와서 여성스러운 차림을 하는 것도 성격에 맞지 않고 선생님에게도 신세를 졌으니 이걸로 충분해."

"그런 거냐……?"

"그런 거야."

예전과 똑같이 대화를 나눌 수 있게 된 건 자간에게도 일종의 구원이었는지도 모른다.

그런데 스텔라의 입이 미소를 짓는 것처럼 씩 일그러진다.

"그보다 자간, 네 이야기를 해봐. 여자친구가 생겼다면서? 귀엽게 생긴 아이던데 이 누님에게 정식으로 소개해줘야지. 그리고 거기 있는 아이는 뭐지? 아빠 같은 얼굴을 하고 좋아 죽던데."

"에잇, 귀찮아 죽겠네. 아빠고 자시고 포레는 내 딸이다."

"하아앙? 딸이라니, 너, 에에? 벌써 이렇게 큰 자식이……아니, 이상하잖아?"

아무래도 포레의 자기소개는 아직 없었던 모양이다. 침을 튀기며 당황하는 자칭 누나를 자간은 귀찮아 죽겠다는 듯 밀어젖혔다.

──이거 참, 오늘은 선물이 너무 많아서 마술을 사용해도 주머니에 다 넣지 못하겠군.

그런 광경이 펼쳐지는 가운데, 어둠 속에서 기괴한 목소리가 울려 퍼졌다.

'음, 나이스 사랑의 힘! 나도 목숨을 건 보람이 있었어……'

어둠 속에 코피로 이루어진 웅덩이가 생긴 건 또 다른 이야기다.

◇

자간 일행이 즐겁게 떠들고 있는 동안 파티는 이미 시작되어 있었다.

정원 한쪽 구석에서는 그제야 얼굴을 보일 결심을 한 발바로스가 샤스틸이 말을 걸어오자 우왕좌왕하고 있다.

"발바로스, 드디어 발견했군. 내게 불만이 있으면 솔직하게 말해. 제대로 대화를 나눠보자고."

"하앙? 갑자기 무슨 말이야?"

"그치만 오늘 하루, 내 얼굴을 제대로 보려고 하지 않았잖아. 아무리 내가 둔해도 네 태도가 이상한 것 정도는 알 수 있다고."

"아니, 그러니까 그건⋯⋯."

"내, 내게서 땀 냄새가 나서?"

"하앙? 아니, 그건 괜찮다고 할까⋯⋯ 오히려 좋은 것 아닌가?"

"⋯⋯어?"

그 남자의 주머니에도 선물로 보이는 게 들어 있는 것 같았지만 돌아가는 상황을 보아하니 그걸 건네주는 건 한참 나중이 될 것 같다.

다른 테이블에서는 맛있는 요리를 보고 기뻐하는 셀피의 모습에 릴리스가 어이없는 표정을 짓더니 숙녀의 소양이라고 주장하는 것처럼 와인을 기울이고 있다.

"릴리스 짱이 만든 빙과는 어디 있어? 꼭 먹어보고 싶었는데!"

"셀피, 디저트는 제일 마지막에 먹는 거잖아! 너도 왕족이라면 이럴 때는 와인부터 즐겨보는 게 어때⋯⋯――큐우."

"릴리스 짱? 왜 마시지도 못하는 술을 마시고 그래!"

본인은 술에 대한 내성이 별로 없는지 그대로 쓰러졌다.

그 옆에 있는 의자에서는 스텔라와 리제트가 나란히 앉아서 요리를 먹고 있다.

"왠지 이상해. 종족도 모습도 다른 사람들이 같은 곳에서 즐겁게 지내고 있어."

"그렇군. 자간도 이제 이 누나가 없어도 잘 지내게 되어서 다행이야."

"언니가 없으면 쓸쓸해."

성장한 자간을 왠지 섭섭한 눈으로 바라보는 스텔라를 보고 리제트가 진지한 표정으로 말한다.

"아하하──. 리제트는 참 착한 아이구나. 그래, 장성한 남동생을 한동안 지켜보기로 할까."

그런 광경을 보며 사랑의 힘을 고조시키고 있자 이번에는 파티장 한가운데서 비명이 울려 퍼졌다.

"주임님! 왜 쿠우만 수영복 차림인 거예요?"

"아니, 그게, 지난번에 고메리 씨와 함께 준비했었는데 너만 입을 기회가 없었잖아? 게다가 이곳이라면 마술로 따뜻하게 할 수 있으니까 춥지도 않고!"

"춥지만 않으면 괜찮은 게 아니라…… 쿠로카 짱, 나 좀 도와줘!"

어느새 마뉴엘라와 일부 성기사들도 와 있었다.

"네프테로스 님이 행복하시면 전 만족합니다."

리처드라는 성기사도 오긴 했지만 네피와 즐겁게 웃고 떠드는 네프테로스를 보고 그녀를 방해하지 않도록 멀리서 지켜보고만 있다.

미녀의 모습을 한 고메리는 모두 즐겁게 파티를 즐기는 모습을 만족스러운 표정으로 나무 뒤에서 바라보고 있었다.

"이 세상은 아름다워. 이렇게 사랑의 힘이 넘쳐흐르고 있잖아."

"……고메리 씨. 그런 곳에서 뭘 하고 계신 겁니까?"

어이없어 하는 목소리로 말한 사람은 키메리에스였다.

"윽……. 뭐냐, 키메리에스. 나의 지복의 한때를 방해하지 마라."

고개를 휙 돌린 고메리는 꽤나 화가 난 것처럼 뺨을 잔뜩 부풀렸다.

──쓸데없는 걱정을 시키질 않나…….

시어칸의 이름을 들은 고메리는 그녀답지 않게 동요했다. 또 **그 때**처럼 된 건 아닐까 하고 말이다.

키메리에스는 못 말리겠다는 듯 한숨을 쉰다. 그리고는 고메리의 옆에 걸터앉았다.

"전 고메리 님을 놔둔 채로는 어디에도 가지 않습니다. 오늘은 산책을 하느라 정신이 없어서 그런 것뿐입니다."

"……흥."

그래도 일단 무사히 돌아온 건 칭찬해줘야 마땅하다. 고메리는 품에서 뭔가를 부스럭거리더니 펜던트 하나를 꺼냈다. 낮에 네피 일행과 우연히 마주친 가게에서 발견한 송곳니 펜던트다.

그 펜던트를 키메리에스를 향해 휙 던졌다.

"너처럼 방탕한 놈에게는 이런 거라도 달아둬야지 안 되겠어."

"이건, 펜던트입니까?"

"네게 어울리는 개 목걸이지."

"후후후, **올해** 〈아시엘 이메라〉는 상당히 귀여운 선물이군요. 감사합니다."

"에잇, 그런 게 아니라니까!"

매년 반복되는 실랑이에 쓴웃음을 지으며 키메리에스도 품을 뒤적여서 뭔가를 찾는다.

"이건 제가 드리는 선물입니다. 고메리 씨의 마음에 들면 좋겠군요."

그가 건넨 것은 작은 병에 든 향수였다.

고메리는 입술을 삐죽 내밀었다.

──냄새에 관해서는 네가 최고면서 새삼 뻔뻔하게 무슨 말이야!

지금껏 키메리에스가 골라준 것 중에 고메리의 취향에 맞지 않는 냄새는 하나도 없었다.

화를 꾹 참고 향수 뚜껑을 열더니 손을 휘저어서 냄새를 맡아본다.

"흐음, 어떤 것 같아?"

"네. 잘 어울리십니다."

"이번에도 그 말이냐!"

고메리가 고개를 돌린 채 사자에게 기대자 키메리에스도 씁쓸하게 웃으며 자신의 등을 선뜻 내주었다.

◇

"오늘은 독특한 의상을 입고 있구나."

집사된 입장에서 손님들의 시중을 들지 않을 수 없다. 자간과 함께 온 딸에게 말을 걸 수 있게 된 건 파티의 디저트를 테이블에 내놓고 난 후였다.

라파엘의 목소리에 쿠로카의 세모난 귀가 움찔 떨렸다.

"라파엘 님?"

"그래. 식사는 맛있게 했고?"

"네⋯⋯. 그치만 오늘은 많은 사람들이 말을 걸어와서 사실 많이 먹진 못했어요."

"내 그럴 줄 알았다."

라파엘은 이미 접시에 몇 가지 요리를 덜어 담고 있었다. 그걸 나이프로 먹기 좋게 잘 자르더니 포크로 찍어서 내민다.

쿠로카도 익숙하게 입을 벌리더니 야무지게 받아먹었다.

"맛있어요."

"음. 성의 요리사들도 나날이 실력이 향상되고 있군."

한두 마디를 나눈 두 사람은 나란히 앉았다.

쿠로카는 뭔가 생각난 것처럼 스커트를 들어 올린다.

"이 의상 말인데요, 사실 전 지금 어떤 모습을 하고 있는지 몰라서……."

"검은 드레스를 입고 있다. 네 머리와도 잘 어울려서 아주 예쁘단다."

"……엄마도 그렇게 말했어요."

"……그랬구나."

다시 침묵.

하지만 마음이 불편한 분위기는 아니다. 딸처럼 여기는 소녀가 다시 조금 성장한 것을 곱씹는 침묵이다.

잠시 후 쿠로카가 입을 연다.

"라파엘 님, 실은 상담 드리고 싶은 게……."

"그 전에 거기 당신, 무슨 용건이라도?"

왠지 시선이 느껴진다 싶었더니 마술사 중 한 명이 이쪽을 계속 보고 있었던 것 같다.

——마왕전……이 아니라 교회에 배치해둔 왕의 부하인가.

오늘 밤은 자간의 부하들도 모두 초대를 받았기 때문에 낯선 얼굴도 있었다.

말을 걸자 마술사는 불편해 보이는 얼굴을 하고 다가온다.

"용건이랄 것까지는 아니야, 라파엘 나리."

"샤크스 씨?"

아무래도 쿠로카와는 안면이 있는 것 같다. 하긴 같은 교회에 있다. 당연하다면 당연한 일이다.

마술사——샤크스는 어떻게 말하면 좋을지 몰라 하며 간신히 말을 꺼냈다.

"저기, 따님과 잠깐 할 이야기가 있는데, 괜찮을지?"

"……흐음."

무슨 말인지 몰라 고개를 갸웃거리고 있자 샤크스는 몸을 떨기 시작했다. 아무래도 위압적인 표정을 짓고 있었던 모양이다.

그런 라파엘을 말리는 것처럼 쿠로카와가 말한다.

"이분은 제 은인이에요. 오늘 마을에서 사건이 좀 있었는데 그때 제가 신세를 졌거든요."

"그랬구나. 진작 그렇게 말하면 될 것을."

"아니, 죽을 것 같아서 어디 말을 할 수가 있어야지!"

알게 된 지 얼마 되지 않는 상대가 이런 반응을 보이는 건 늘 있는 일이다.

'아버지가 그렇게 무서운 목소리를 내는 건 처음 들었어요.'

……아무래도 오늘은 오랫동안 알고 지낸 사람도 겁에 질릴 정

도로 위압적이었나 보다.

라파엘이 자리를 비켜주자 샤크스도 가슴을 쓸어내렸다. 그리고 지친 미소를 지었다.

"여어. 오랜만……이라고 해도 기억 못하고 있겠지."

"아뇨, 조금은 기억나요. 5년 전에 만났었죠?"

그 대답을 들은 샤크스는 어쩔 수 없다는 듯 머리를 긁적였다.

"그래. 이럴 때 할 이야기는 아니지만 다음에 언제 또 기회가 있을지 모르니까. 일단 내 이야기를 들어볼래?"

"……네."

쿠로카도 긴장했는지 표정이 굳어 있다.

곧 샤크스는 체념한 것처럼 이렇게 말했다.

"난 5년 전, 네 마을에 있었다. 네 마을을 불태운 건 우리다."

그 말을 들은 라파엘의 눈도 휘둥그레졌다.

하지만 쿠로카는 이미 예상하고 있었는지 크게 동요하는 모습은 없었다. 스커트 자락을 꽉 쥐고 되묻는다.

"어째서 우리 마을을 습격한 거죠?"

"……글쎄. 산 제물이 필요했다거나 하는 이유가 아닐까."

"정확한 이유는 모르세요?"

"……어. 난 멍청하거든. 아무 생각도 없이 쫄레쫄레 따라갔다가 그렇게 된 거야."

쿠로카는 한숨을 내쉰다.

"그 이야기를 들은 내가 어떻게 해주길 바라는 건가요?"

"······네가 원하는 대로 해. 그 단검으로 내 목을 베어도 되고 그래도 분이 풀리지 않으면 죽을 때까지 때려도 돼. 네 원수는 바로 여기 있다."

이 남자는 속죄를 위해 이곳에 있다.

쿠로카가 이 남자를 어떻게 할 것인지, 어떻게 하는 것이 올바른 것인지 라파엘도 잘 모른다.

——어차피 나 역시 살인자니까.

그래도 말려야 하는 걸까. 고민하는 동안 쿠로카는 지팡이에서 단검을 빼들었다.

"······알겠습니다. 각오는 되었죠?"

"그래. 한 번에 끝내줘."

남자는 쿠로카의 검에서 눈을 돌리려 하지 않았다.

그리고 쿠로카는 단검을 똑바로 치켜들고——쿵 하는 둔탁한 소리가 울려 퍼졌다.

"아야."

쿠로카가 칼등으로 샤크스의 머리를 때린 것이다.

"이것으로 기분이 좀 풀렸나요?"

"에에······? 기분이 풀리다니, 너."

"전 이제 와서 원망하는 감정은 없어요. 아니, 정확하게는 제 복수는 아주 예전에 끝났죠. 이미 받아들였어요."

그러더니 머리를 감싼 채 웅크리고 있는 샤크스 앞에 무릎을 꿇었다.

"당신이 어떻게 생각하고 있는지 모르겠지만 전 불행하지 않아요. 전 복이 없는 게 아니에요. 저를 도와준 사람도, 구해준 사람도, 이해해준 사람도, 지지해준 사람도 많이 있었어요."

라파엘은 자신의 기우임을 깨달았다.

──쿠로카도 이제 어른이 다 되었구나…….

자신의 힘으로 과거를 극복하게 되었다.

그리고 쿠로카는 샤크스의 손을 잡는다.

"그래도 제 부탁을 들어주시겠다면 한 가지만 부탁드려도 될까요?"

"부탁이라고……?"

"네."

쿠로카는 미소를 지으며 분명 이렇게 말했다.

"이 눈을 치료 받기로 결심했어요."

네피라면 쿠로카의 눈을 고쳐줄 수 있을지도 모른다.

그 이야기는 라파엘도 들어서 알고 있었다.

"하지만 지금도 조금 무서워요. 그러니 제가 치료를 받을 때 곁에 있어주세요"

"……그래. 알았어. 약속하지."

그리고 샤크스는 지친 미소를 지어 보였다.

"너라면 분명 괜찮을 거야."

그 말을 남기고 샤크스는 자리에서 일어난다.

"방해해서 미안해, 라파엘 나리. 난 그만 돌아가지."

"흐음. 벌써 가려고?"

샤크스는 고개를 끄덕이더니 뒤를 돌아봤다.

"잘 있어, **쿠로스케**."

그 한 마디에 쿠로카가 딱딱하게 굳었다.

"아, 아아아알고 계셨어요?"

"아, 역시 그랬군. 방금 눈치챈 거야."

"~~~~~."

새빨개진 쿠로카가 마술사의 등을 마구 때린다. 너무 동요한 나머지 손에도 힘이 전혀 들어가지 않아서 마치 새끼 고양이가 장난을 치고 있는 것처럼 보였다.

사이좋아 보이는 광경에 라파엘도 자연스럽게 웃을 수 있었다. 평소처럼 흉악한 웃음이 아니라 자애로운 아버지의 웃음, 바로 그 것이었다.

그런데 샤크스뿐만 아니라 쿠로카까지 깜짝 놀란다.

"저기, 아버지……?"

"흐음. 왜 그러냐?"

"왜 검을 뽑고 계신 거예요……?"

어느새 라파엘은 왼쪽 의수에서 성검을 뽑아들고 있었다.

"아무 문제 없다. 나의 왕에게는 샤크스는 저 먼 곳으로 갔다고 전해두마."

"잠깐 기다려, 나리. 농담이지? 내가 방금 나쁜 짓이라도 했다고 그러는 거야?"

"어차피 나도 평범한 인간. 때로는 감정에 이성을 잃는 일도 있지. 그러니——불태워라 〈메타트론〉"

성검에서 화염이 솟구치자 샤크스는 쿠로카를 번쩍 안아들고 도망친다.

"거짓말이지? 도망치자, 쿠로스케."

"에에, 왜 나까지."

"거기 서라!"

쿠로카를 안고 있는 게 더 불에 기름을 부은 격이 되었지만 불행하게도 샤크스는 그 사실을 깨닫지 못했다.

성스러운 밤에 성검의 화염이 아름답게 춤추고 있었다.

"저 녀석들, 뭐 하고 있는 거지……."

그런 라파엘 일행의 소동을 자간은 멀리서 바라보며 탄식하고 있었다.

샤크스도 쿠로카를 놔주면 될 일인데 지금까지 계속 데리고 도망 다녔기 때문일까, 그건 전혀 염두에 두고 있지 않는 것 같았다.

——저건 기개가 있는 건지 멍청한 건지…….

정말 답이 없는 남자다.

하지만 라파엘의 기분도 왠지 이해할 것 같았다.

마침내 얼굴을 보인 딸과 재회하게 되었는데 저런 꼴을 보게 되다니, 딸에게 나쁜 벌레가 들러붙었다는 생각밖에 들지 않을 것이다.

쓸쓸하게 웃었지만 괜히 더 불안해진다.

——어라? 나 역시 포레에게 벌레가 들러붙었을 때 저렇게 되지 않는다는 보장은 못할 것 같은데……?

현재 라파엘의 모습은 미래의 자간인지도 모른다.

일말의 불안에 쫓기고 있는데 어둠 속에서 쿡쿡 웃는 달콤한 목소리가 들렸다.

"꽤나 떨떠름한 얼굴을 하고 있네요, 은안의 왕."

알시에라였다.

"모처럼 열린 파티인데 이런 곳에서 혼자 뭐 하고 있죠?"

"파이프를 즐겨보고 싶어서 혼자 온 것뿐이다. 이 녀석은 맛있긴 하지만 다른 사람이 식사를 하는 옆에서 피워선 안 되거든. 그보다……."

맛있게 연기를 내뿜지만 이 담배 연기는 꽤나 독한 냄새를 가지고 있었다. 경우에 따라서는 요리 냄새까지 덮어버릴 것이다. 부하들이 식사를 하는 자리에서, 심지어 포레가 열어준 파티에서 그런 무례한 짓을 할 수는 없다.

자간의 시선이 알시에라를 향한다.

쿡쿡 웃는 흡혈귀의 손에는 와인잔이 있었다.

"그건 와인이냐? 흡혈귀는 피밖에 마시지 않는 줄 알았는데."

"공복을 달래는 정도의 효과는 있으니까요."

"흐음. 맛은 알 수 있고?"

"흡혈귀도 미각이 없는 건 아니랍니다."

인간과 똑같은지는 모르지만 맛이 없다고 느끼는 것도 아닌 것 같다.

흡혈귀가 피 이외의 것을 마시는 모습은 꽤나 드문 일이라서 뚫어져라 보고 있자 알시에라가 불쾌한 목소리를 흘린다.

"저 남자의 팔, 은안의 왕이 만든 건가요?"

"저걸 준 건 포레지만 세공을 한 건 나지."

"……그렇군. 마르코시어스의 유산, 당신이 물려받았군요."

──역시 난 이 녀석이 싫다니까…….

라파엘의 의수에 있는 성검의 격납 기능과 의사(擬似) 입김 기술은 마르코시어스의 유산에서 아이디어를 얻은 것이다. 선대 〈마왕〉의 유산에는 마도구라고 불러야 할지, 마술과 기계를 융합시킨 것 같은 것이 몇 가지 있었다.

자간은 그것들의 기술을 해석해서 라파엘의 의수에 응용했다.

하지만 자간 역시 마술사다. 자신의 실력을 추궁당하는 것도 모자라 간파당하는 건 기분 좋은 일이 아니다.

──아니, 잠깐. 그때 알시에라가 사용한 힘도 마도구와 비슷했던 것 같은데.

불사자 무리를 집어삼킨 〈천린〉과 비슷한 힘. 그 힘이 나온 도구는 라파엘에게 준 〈오바로스의 입김〉과 비슷했다.

둘 다 화살 대신 마력을 쏘는 노궁(弩弓)이기 때문이다.

그 두 개를 비교하던 자간은 시치미를 뗀 얼굴로 중얼거린다.

"마음에 들지 않나? 네 무기……, 뭐라고 부르는 건지는 모르지만 그것과 똑같은 기술을 가진 것일 텐데."

"'천사 사냥꾼'이라고 불러요. 애당초……."

말을 하던 알시에라의 얼굴이 갑자기 굳었다.

자간은 짓궂은 미소를 지어 보인다.

"그렇군. '천사 사냥꾼'이라. 마르코시어스의 유산 중에 꽤 비슷하다는 느낌을 받은 게 있긴 했지만 설마 똑같은 것일 줄은 몰랐어."

유도심문에 걸렸다는 것을 알게 된 알시에라는 인형으로 얼굴을 가렸다.

"……아아. 정말 오늘은 왜 이렇죠? 이렇게 단순한 수법에 걸려들다니."

이 흡혈귀는 늘 이야기를 대충 얼버무려왔다. **반대로 갚아준 건** 이번이 처음인지도 모른다.

"마술에 의존하지 않고 적을 공격하는 무기라니, 참 보기 드물군. 마술을 사용하지 못하는 이유라도 있나?"

알시에라는 체념한 것처럼 한숨을 쉰다.

"마술이 존재하지 않았던 시대의 기술이기 때문이에요."

"……그게 무슨 뜻이지?"

"마술 역시 옛날부터 존재했던 건 아니에요. 마술이 없었던 시절에는 용수철과 화약 같은 약물을 사용해서 화살과 탄환을 쏘는 도구가 발전했었죠."

지금은 상상조차 할 수 없는 이야기였다. 궁시(弓矢)와 노궁(弩弓)은 지금도 존재하지만 마술사를 부리지 못하는 노상강도들이

나 사용하는 도구다. 몇 개나 되는 결계로 몸을 지키는 마술사에게는 통하지 않고 마술사의 반사 신경을 웃돌 정도도 아니기 때문이다.

마술사가 던지는 돌멩이가 훨씬 더 강력하고 마술의 화염과 번개에는 범위도 속도도 전혀 미치지 못한다. 사람을 죽이려면 손질하기 번거로운 활을 가지는 것보다는 마술사 한 명을 고용하는 것이 훨씬 더 효과적이다.

그 이전에 마술사의 영지 정도 되면 애당초 쏘는 도구는 **무용지물이다.** 그래서 성기사도 일부러 세례복이라는 강고한 방호구를 걸치고 검을 이용한 접근전을 벌이는 것이다.

그렇다 보니 지금 시대에는 활 같은 무기는 완전히 쇠퇴해서 부자들의 오락거리 정도의 의미만 가지게 되었다.

알시에라는 인형 위로 얼굴을 내밀고 중얼거린다.

"이제 그건 이 세계에는 불필요한 힘이에요."

더 이상 떠올리고 싶지 않다는 표정을 짓는 흡혈귀의 옆 얼굴을 보니 자간도 조금 과했나 하는 생각이 들었다.

그래서 팔짱을 끼고 코웃음을 흘린다.

"난 그렇게 생각하지 않아. 이렇게 내 부하에게 도움이 되었잖아. 어떤 힘이든 사용하는 사람에 따라 다른 거다."

갑자기 알시에라의 눈이 동그래지더니 송곳니가 살짝 보이는 입가에 희미한 미소가 떠올랐다.

"저렇게 사용하는 건 괜찮은가요?"

그렇게 말하며 파티장을 가리킨다.

라파엘은 아직도 샤크스를 쫓아다니고 있어서 슬슬 말리지 않으면 진짜로 죽일 것 같은 상황이었다. 자간의 뺨에도 땀 한 줄기가 흘러내렸다.

바로 그때 포레가 다가온다.

역시 성검의 화염까지 쏜 건 너무 심했다. 포레가 허리를 손으로 짚고 야단을 치자 라파엘도 마지못해 검을 다시 집어넣었다.

"어머, 용 소녀도 야무지게 잘 자랐네요."

"당연하지. 누구 딸인데!"

흡혈귀를 상대로도 딸 자랑을 할 수 있는 건 조금 기뻤다.

알시에라는 긴장이 풀린 것처럼 씁쓸하게 웃는다.

"방금 당신 모습을 은안의 왕에게도 보여주고 싶었어요."

"……무슨 의미지?"

지금까지 계속 '은안의 왕'이라고 불러온 건 이 소녀다.

알시에라는 평소처럼 웃기만 할 뿐, 역시 아무 대답도 하지 않았다. 그 대신이라는 듯 잔을 들고 중얼거린다.

"센스 있는 생일 선물이라는 뜻이에요."

"……? 너 오늘이 생일이냐?"

"어머, 또 말실수를 해버렸네요. 뭐, 아무래도 상관없는 일이에요."

진심으로 의미를 찾아내지 못하도록 중얼거리는 그 옆얼굴을 보니 왠지 고메리가 떠올랐다. 아무리 어린 소녀로 변할 수 있다 해도 전혀 비슷하지 않은 소녀인데…….

잠깐 생각하다 보니 저 좋을 대로 하고 다니는 노파가 당황한

순간이 떠올랐다.

　——살짝 시험해볼까.

　자간은 파이프의 재를 털더니 망토를 나부끼며 파티장으로 걸음을 돌렸다.

　"남의 파티에서 술을 마시고 있으니 잠깐 같이 좀 가자."

　"세상에, 은안의 왕의 제안이라니, 이렇게 기쁠 데가. 춤이라도 추는 건가요?"

　"비슷한 거다."

　"……?"

　자간은 고개를 갸웃거리는 알시에라를 데리고 파티를 즐기는 무리 사이에 끼어들었다.

　"다들 잠깐 괜찮지?"

　제일 먼저 손을 붕붕 흔든 건 셀피였다.

　"아, 어서 오세요, 자간 씨. 키 세르의 맛은 어땠습니까?"

　"역시 네피가 고른 파이프는 다르더군. 아주 맛이 좋아."

　"와——! 열심히 아르바이트를 한 보람이 있었어요, 네피 씨. 맛이 좋았다네요."

　"……셀피 씨, 부끄러워요."

　신이 난 셀피가 등을 두드리자 네피는 얼굴을 가렸다.

　평소라면 이 타이밍에 릴리스가 난리를 부리겠지만 아무래도 독한 술에 손을 댄 모양이다. 테이블에 엎드린 채 꼼짝도 하지 않고 있었다.

　그러자 이번에는 푸득푸득 날갯짓을 하며 익인족 소녀가 다가

온다. 단골 옷가게의 점원인 마뉴엘라다.

"으음——? 뭐야, 자간 씨, 새로운 아이네. 게다가 패션 센스도 나쁘지 않고. 혹시 오늘 쿠로카 짱이 입은 옷, 네가 고른 거니?"

"어머, 귀여운 새가 있네요. 먹어버리고 싶을 정도예요. 칭찬 받는 것도 그리 나쁘지 않네요. 그리고 그 아이의 옷은 어쩌다 보니 조금."

그런 다음 쿠로카에게로 시선을 준다.

'옷이라기보다는 내 몸의 일부이지만요…….'

마지막은 입 안에서 웅얼거리는 듯한 목소리였다.

——쿠로카가 입고 있는 옷은 옷이라기보다는 박쥐나 그림자가 모인 것인가?

묘한 마력이 실려 있다고 할까. 평범한 드레스는 아닐 거라고 생각했지만…….

알시에라가 평소처럼 미소를 짓자 마뉴엘라도 보기 드물게 공격을 포기한 표정을 지었다.

"음, 빈틈이 없군. 그래도 어려울수록 불타오르는 것이 프로의 영혼인 법!"

"잠깐 기다려, 동지 마뉴엘라."

가슴을 두근거리며 손가락을 기이하게 꼼지락거리는 마뉴엘라를 말린 건 의외로 고메리였다.

"나의 왕이 할 이야기가 있다고 하는군. 일단 경청부터 하지."

"그렇군, 자간 씨의 실력을 좀 볼까. 동지 고메리가 홀딱 반한 재능, 어디 한 번 보자고요!"

두 변태에 둘러싸이자 알시에라의 미소도 점점 굳어가는 것처럼 보였다.

그래도 일단 분위기를 조성하는 데는 성공했다. 자간은 과장된 동작으로 한 손을 들더니 알시에라를 가리켰다.

"몇몇은 알고 있겠지만 이 녀석은 알시에라라는 흡혈귀다. 쿠로카와 샤크스가 신세를 졌지. 오늘은 귀한 손님이라고 생각해주길 바란다."

이렇게 정중한 소개는 미처 예상하지 못한 모양이다. 알시에라도 깜짝 놀라서 눈을 동그랗게 뜨고 있었다.

모두의 주목을 받게 되자 알시에라는 대충 얼버무리는 것처럼 와인잔을 들었다.

자간은 이어서 말한다.

"알시에라는 오늘이 생일이라고 한다. 모두 축하해주길."

"쿨럭."
알시에라가 와인을 내뿜었다.
"으, 은안의 왕?"
"왜 그러지? 쿠로카와 샤크스의 은인이잖아. 당연히 축하해줘야지."

자간은 어쩔 줄 몰라 하는 흡혈귀를 무시하고 박수를 쳤다.

부하들도 처음에는 당황했지만 이럴 때 제일 먼저 호응해주는 건 역시 셀피다.

"와——! 알시에라 씨, 생일 축하드려요! 우리 저희 집에서 몇 번 봤었죠? 셀피입니다. 잘 부탁드려요!"

그렇게 말하며 손을 꼭 잡는 셀피의 목소리를 듣고 의식을 되찾은 건지 릴리스가 벌떡 몸을 일으켰다.

"당신의, 생일……? 히끅, 당연히 축하해야지! 축하드립니다, 축하드려요, 오늘은 정말 좋은 날이에요!"

릴리스는 마치 강박관념에 사로잡힌 것처럼 눈물을 글썽이며 박수를 치기 시작했다.

"자, 잠깐 진정하세요. 당신은 내 귀여운 아기 사슴이잖아요?"

이번에는 포레가 짝짝 손을 마주친다.

——류카온에서는 심한 일을 당했을 텐데……?

기억하지 못하는 건 아닐 것이다. 하지만 그 눈동자는 알시에라를 순진무구하게 바라보고 있었다.

"축하해, 생일은 축하하지 않으면 안 되지."

"웃, 크으……."

역시 이 순진무구한 눈동자는 거역할 수 없었는지, 마침내 알시에라가 한숨을 쉬고 후퇴한다.

그러자 이번에는 쿠로카가 다그치듯 박수를 친다.

"오늘은 정말 많은 도움을 받았어요. 감사합니다. 아무리 감사드려도 부족할 정도예요. ……샤크스 씨도 어서요."

"어이, 그만해, 쿠로스케. 나리가 엄청 부드러운 얼굴로 이쪽을 보고 있잖아. 이번에는 진짜 죽을지도 몰라……. 아아, 진짜, 알겠다니까! 해피 버스데이, 아가씨!"

쿠로카가 팔을 마구 잡아당기자 샤크스의 얼굴이 창백해진다. 그리고 체념한 것처럼 외쳤다.

그것이 방아쇠가 된 것처럼 샤스틸이 손뼉을 치며 노래를 부르기 시작한다.

"해피 버스데이 투 유."

"──. 저, 전 이만 가볼게요!"

"잠깐 기다려. 내 부하들이 감사 인사를 하고 싶다는데 받아줘야지."

박쥐로 변해서 도망치려는 알시에라의 목덜미를 자간이 덥석 잡는다. 그러자 변신하는 데 실패한 흡혈귀는 소녀의 모습으로 돌아와서 마구 버둥거렸다.

"해피 버스데이, 알시에라 님."

"음……. 축하해. 알시에라."

네피와 왠지 복잡한 표정을 짓고 있는 네프테로스도 가세하자 합창은 더 커진다.

결국 도망치는 것도 포기했는지 알시에라도 얌전해진다.

그 얼굴을 가만히 살펴보니 불사자 주제에 귀까지 새빨개져서 눈물을 글썽이고 있었다. 그래도 싫지만은 않은 걸까. 웃으면 되는지 화를 내면 되는지 모르겠다는 얼굴이지만 그 입가는 미소를 짓는 것처럼 풀어져 있었다.

"나이스, 사랑의 힘! 역시 나의 왕이군."

"인해전술을 이용한 칭찬으로 죽이기……! 옳거니, 그런 방법이 있었군. 역시 자간 씨는 다르군."

고메리와 마뉴엘라도 박수를 치면서 찬양한다.

평소라면 너희들에게 칭찬을 받아봤자 전혀 기쁘지 않다고 화를 내겠지만 오늘만은 기분이 좋았다.

'~~, 이것도 모두 오라버니 덕분이에요!'

성스러운 밤에 알시에라의 알 수 없는 비명이 기분 좋게 울려 퍼졌다.

후기

여러분 오랜만에 뵙습니다. 『마왕인 내가 노예 엘프를 신부로 삼았는데 어떻게 사랑하면 되지?』 8권을 선보이게 되었습니다. 테시마 후미노리입니다.

이번에는 늘 여름인 섬에서 수영복과 유카타를 즐겼다면 다음은 크리스마스! 이번에도 할머니만 아주 신이 나겠구나 생각했더니 이런저런 계획을 꾸미는 건 고메리 혼자만이 아니었다. 그런 가운데 고양이가 되어버린 쿠로카는 서투르기 짝이 없는 오빠에게 거둬져서 괴물에게 쫓겨 다니는데!

이렇게 이번에는 크리스마스 편이 되겠습니다. 라고 해도 판타지 세계이니 유래는 그쪽이 아니라 오히려 할로윈이나 부활절이라고 할까요. 이것저것 섞여 있기 때문에 산타도 있고 괴물도 있고 흡혈귀에게도 소중한 날인 것 같습니다.

그나저나 이번에는 난산(難産)이었습니다. 뭐가 그렇게 어려운가 하면 자간에게 크리스마스를 감춰야 하는데 교회에 가면 금방 들통 날 테고, 샤크스와 합류하면 금방 다 떠들어댈 테고, 발바로스는 하필이면 크리스마스 선물에 대해 상담을 해오고.

그렇다 보니 자간과 리처드가 콤비를 이루거나 고메리와 알시에라가 의기투합하는 루트도 있었지만 전부 피할 수밖에 없었습니다. 혼자 타임 리프를 한 기분이에요.

왠지 군상극(群像劇)처럼 되어 버렸지만 어떻게 보셨나요? 개인적으로는 손이 가는 아이일수록 사랑스럽기 때문에 재미있게 읽어주시면 감사할 것 같습니다.

아, 그리고 코믹판 마왕노예 2권도 발행 중이니 이쪽도 잘 부탁드려요.

페이지도 얼마 남지 않았으니 신세를 진 분들에게 감사 인사를 드리겠습니다.

산타 코스프레는 깜빡 잊고 있었는데 아이디어를 주셔서 감사합니다, 담당 K님. 이번에도 코스튬 체인지를 해서 폐를 끼쳤습니다, COMTA 님(이번에는 특히 표지가 최고였습니다!). 만화판 이타가키 하코 님. 코믹 파이어 담당 편집자 님. 그리고 표지 디자인, 교정, 광고 등에 힘써주신 여러분. 전시회 등에서 만나 뵌 모델러 님, 이래저래 늘 힘을 주는 아이들. 그리고 이 책을 구입해주신 여러분. 감사합니다!

2019년 3월 그러고 보니 곧 생일을 앞둔 아침 테시마 후미노리

Twitter : https://twitter.com/ironimuf8

NEXT

마왕인 내가 노예 엘프를 신부로 삼았는데
어떻게 사랑하면 되지?
8

2020년 5월 5일   제1판 제1쇄 인쇄
2020년 5월 10일   제1판 제1쇄 발행

지음 | **테시마 후미노리**
일러스트 | COMTA
옮김 | **권미량**

발행인 | 오태엽
편집팀장 | 김충영
편집담당 | 안세연
한국어판 디자인 | Design Plus
라이츠사업팀 | 이은선, 조은지, 이선, 백승주
출판영업팀 | 안영배, 이풍현, 경주현, 김정훈
제작담당 | 박석주

발행처 | (주)서울미디어코믹스
등록일 | 2018년 3월 12일
등록번호 | 제 2018-000021
주소 | 서울특별시 용산구 새창로 221-19(한강로2가)
전화 | (02)799-9174(편집), (02)791-0752(마케팅)
팩스 | (02)799-9334(편집)
인쇄처 | 코리아 피앤피

ISBN 979-11-367-1134-2
ISBN 979-11-89126-22-3 (세트)

●잘못된 책은 구입하신 곳에서 교환해 드립니다.